DROEMER

Über die Autorin:
Claire Stihlé wurde in der Nähe von Colmar geboren, studierte in Frankreich und in Deutschland, wo sie auch lebt. *Wie uns die Liebe fand* über ein Dorf im Elsass ist ihr erster Roman. Im Herbst 2021 erscheint von der Autorin *Der Ort der verlorenen Herzen*.

CLAIRE STIHLÉ

Wie uns die Liebe fand

Roman

DROEMER

Besuchen Sie uns im Internet:
www.droemer.de

Aus Verantwortung für die Umwelt hat sich die Verlagsgruppe Droemer Knaur zu einer nachhaltigen Buchproduktion verpflichtet. Der bewusste Umgang mit unseren Ressourcen, der Schutz unseres Klimas und der Natur gehören zu unseren obersten Unternehmenszielen. Gemeinsam mit unseren Partnern und Lieferanten setzen wir uns für eine klimaneutrale Buchproduktion ein, die den Erwerb von Klimazertifikaten zur Kompensation des CO_2-Ausstoßes einschließt. Weitere Informationen finden Sie unter: www.klimaneutralerverlag.de

MIX
Papier aus verantwortungsvollen Quellen
FSC® C083411

Eigenlizenz August 2021
Droemer Taschenbuch
Originalausgabe Mai 2020
Droemer Paperback

Ein Imprint der Verlagsgruppe
Droemer Knaur GmbH & Co. KG, München

Covergestaltung: Zero Media
Coverabbildung: FinePic®, München
Illustrationen im Innenteil: gettyimages/
Photographer's Choice RF/Rosemary Calvert
Satz: Adobe InDesign im Verlag
Druck und Bindung: CPI books GmbH, Leck
ISBN 978-3-426-30738-0

2 4 5 3 1

Für meine Großmutter,
die einen wunderbaren Humor hat

»Da zerplatzt einem das Glück im Hirn, wenn man die nimmt.« Das war der Spruch meiner ältesten Tochter Marie, als sie ihr erstes Paar Liebesbomben in unserem Laden verkaufte. Für zehn Francs das Stück. Ein halbes Jahr später hatten wir dreitausend davon an den Mann gebracht. Und an die Frau. Wir fühlten uns reich. Wir waren es auch, verglich man unsere finanzielle Situation mit der von früher.

Das alles ist viele Jahre her. Vierzig, um genau zu sein. Inzwischen bin ich zweiundneunzig und so krumm, dass mein Kopf von ganz allein zu Boden zeigt, die Stirn voraus. Mein Körper weiß genau, wo er bald landen wird. Er gibt bereits die Richtung vor. Aber mein Geist ist noch auf der Höhe, das kann ich Ihnen sagen. Da können selbst manche Sechzigjährige nicht mithalten. Ach, was rede ich, nicht mal die Fünfzigjährigen und die Vierzigjährigen. Selbst die, die in den Dreißigern stecken, sehen alt neben mir aus, zumindest dann, wenn es um das Gedächtnis geht. Ich bin wirklich ein Phänomen. Das mag eingebildet klingen. Aber mit zweiundneunzig Jahren kann ich mir das erlauben. Wobei ich die jungen Leute auch in Schutz nehmen muss. Erinnerung hat für sie eine ganz andere Bedeutung als für jemanden wie mich, der dem Tod näher steht als dem Leben. Immerhin haben die jungen Menschen die Zukunft noch vor sich, da müssen sie sich weniger mit dem abmühen, was früher war, als damit, was kommen wird.

Ich erinnere mich an alles. Selbst an kleine Details. Ich habe Jahreszahlen und Namen im Kopf. Ich weiß, was wann wer an welchem Tag getragen hat und wie hoch die Sonne jeden Morgen stand, wenn ich die Post aus dem Briefkasten holte. Sicherlich, die Erinnerung trügt, heißt es. Und manches habe ich bestimmt vergessen, obwohl es mir schwerfällt, das zuzugeben, nachdem ich hier gerade eben mit meinem Gedächtnis geprahlt habe. Wahrscheinlich habe ich vieles weniger vergessen als verdrängt. Im Kern jedoch, da bin ich mir sicher, ist das, woran man sich erinnert, wahrer als die eigentliche Wahrheit selbst. Schließlich benennt man das, was einem wichtig ist, während man das, was nicht wichtig werden soll, ignoriert. Für einen selbst oder für andere.

Damals, 1979, als es mit den Liebesbomben anfing, war ich selbst noch jung. Zweiundfünfzig. Das ist wirklich kein Alter, auch wenn ich das zu jener Zeit keinesfalls bestätigt hätte. Ich erinnere mich, wie alt und ausgelaugt ich mich in meinen Fünfzigern oft gefühlt habe. Wie mir der Rücken schmerzte und ich mir Ruhe und Erholung wünschte. Abstand zum Alltag, zum Hamsterrad, das mich in seinen Umdrehungen gefangen hielt. Aber damals wusste ich ja nicht, wie es ist, zweiundneunzig zu sein, wie es ist, nur noch mit Mühe in den Himmel blicken zu können, weil einem das, was man erlebt hat, so sehr auf die Schultern drückt, dass das Einzige, was man automatisch sieht, die Erde ist, der man sich zuwendet.

Die Dinge verändern sich im Laufe der Zeit eben. Aber nicht nur die Dinge, auch Ansichten und Einsichten. Die Bescheidenheit und die Demut gegenüber dem Leben wachsen.

Mein Name ist übrigens Marie-Anne Nanon, doch alle nennen mich Madame Nan. Wegen meines Vaters. Weil er mich zu seinen Lebzeiten immer nur Nan statt Marie-Anne rief. Angeblich, weil ich als Kind Schwierigkeiten hatte, meinen Nachnamen richtig auszusprechen. Ich verschluckte wohl jedes Mal die Endung und gab mir so den Kosenamen, den ich bis heute trage: Madame Nan.

Mit meinen vier Töchtern lebe ich in Bois-de-Val, einem Tausenddreihundert-Seelen-Dorf am Fuß des Sonnenbergs im Département Haut-Rhin im Elsass. Mit Blick auf den saftigen Wald, der sich an den Hängen erstreckt und fast zwei Drittel des ganzen Gemeindegebiets bedeckt.

Bei uns im Dorf gibt es nicht viel, dafür aber alles, was man braucht: eine Post, eine Bäckerei, eine Metzgerei, eine Apotheke, eine Bank, einen Friseur, zwei Restaurants, eine Kneipe, drei Hotels, guten Wein und gute Luft. Vor vierzig Jahren jedoch gab es nur die gute Luft und ausreichend Wein für den eigenen Verbrauch. Auch eine Schule und einen Campingplatz. Und nicht zu vergessen: Monsieur Boberschrams ziemlich heruntergekommenen Lebensmittelladen, gleich bei uns um die Ecke. In ihm lebten mehr Kakerlaken (die großen dunkelbraunen und die kleinen hellbraunen), als es Bewohner in unserem Dorf gab. Wir kauften trotzdem dort ein. Das war einfacher, wenn man mal schnell etwas brauchte, als aus dem Ort herausfahren zu müssen, um in einem der Hypermarchés haltzumachen. Außerdem mochte ich die neuen, großen Supermärkte nicht. Ich mag sie bis heute nicht. Ich fühle mich in ihnen verloren, klein, kleiner, als ich mich bei meiner Körpergröße von einem Meter achtzig (gut, inzwischen, bei dem Bogen, den mein Oberkörper macht, sind es vielleicht nur noch ein Meter und sechzig, aber trotzdem!) fühlen müsste.

Ansonsten gab es damals in Bois-de-Val nur noch ein paar Höfe und zwei Fußballplätze. Ja, zwei. Einen unten, neben der Kirche, und einen oben, in der Nähe des Waldrands. Auf beiden verbrachte mein lieber Mann Bernard, Gott hab ihn selig, viel Zeit. Als Schiedsrichter oder Trainer oder als Spieler, Sturm, vorne links. Gelegentlich auch rechts, wenn es denn sein musste.

Meine Töchter Marie, Anne, Chloé und Coraline sind heute sechzig, neunundfünfzig, sechsundfünfzig und fünfzig. Aber damals, 1979, denn von dieser Zeit möchte ich Ihnen erzählen, waren sie gerade mal zwanzig, neunzehn, sechzehn und zehn, alle aschblond, alle schwarzäugig, alle zu groß (ein Meter fünfundachtzig, bis auf Coraline, aber die wuchs ja noch) und grundverschieden. Sie sind nie aus Bois-de-Val weggegangen. Mit Ausnahme meiner zweitältesten Tochter Anne, die für zwei Jahre das Großstadtleben in Straßburg schnupperte, um nach dieser Erfahrung rasch wieder in unser Dorf zurückzukehren und sesshaft zu werden. Alle meine Töchter haben mich zur Großmutter gemacht, zwölfmal, jede drei Kinder. Nur Mädchen, von denen weniger als die Hälfte noch hier wohnt. Dafür in den Nachbargemeinden, bis auf das mittlere Kind von Anne, das auf die Île de la Réunion ausgewandert ist (so wie meine Schwester Alice, die seit 1950 dort lebt), um ihrer Arbeitslosigkeit ein Ende zu bereiten und den Fischen im Indischen Ozean beim Schwimmen zuzusehen.

Zu Hause sprachen wir überwiegend elsässisch, obwohl das nach dem Zweiten Weltkrieg kaum einer mehr tat. Aus gutem Grund: Es war die Sprache des Feindes, der Deutschen. Und damit verpönt. Und nicht nur das: auch unter Strafe verboten. Wie oft mussten meine Kinder den Satz *Je ne parle plus l'alsacien* niederschreiben, fünfzigmal hintereinander, weil sie von Monsieur Tretter, dem einzigen Finsterling und ehemaligem Schulleiter, dabei erwischt worden waren, wie sie sich auf dem Schulhof auf Elsässisch miteinander unterhielten. Monsieur Tretter bekam es mit mir zu tun, das kann ich Ihnen sagen. Wegen mir verließ er die Schule. Wegen mir verließ er unser Dorf. Aber warum, das verrate ich Ihnen zu einem späteren Zeitpunkt, dann, wenn ich in der Stimmung dazu bin.

Oft wissen die jungen Leute von heute gar nicht mehr, dass es uns auch während der Besatzung verboten war, elsässisch zu sprechen. Und das, obwohl die meisten Deutschen unsere Mundart verstanden. Gerade diejenigen, die aus Baden kamen. Vor allem aber hatten es unsere Besatzer auf das Französische abgesehen. Nur Hochdeutsch war erlaubt. Alles wurde »regermanisiert«, wie die Nationalsozialisten dazu sagten. Für ein »Bonjour« oder ein »Bonsoir« gab es Gefängnishaft. Derjenige, der Jean getauft worden war, wurde Hans gerufen. An den Namen Rüdiger mussten sich diejenigen gewöhnen, die eigentlich Roger hießen. Selbst die Wasserhähne, auf denen »chaud« und »froid« stand, wurden ausgetauscht und als deutschlandfeindlich angesehen. Als könnten Hähne es mit einem Land aufnehmen.

Immer wieder drohten uns die Deutschen mit dem Umerziehungslager, das knapp hundert Kilometer von Bois-de-Val entfernt lag. Jeder kannte einen, der dort gelandet war, oder hatte von jemandem gehört, der einen kannte, der dort hingekommen sei, damit ihm die antideutsche Haltung ausgetrieben werde. Es war schrecklich. Besonders schlimm war es für meinen Vater. Schlugen doch zwei Herzen in seiner Brust. Das Herz seiner elsässischen Mutter und das seines bretonischen Vaters. Er wurde, wie viele Männer unter achtunddreißig, von den Deutschen zwangsrekrutiert und sollte gegen seine eigenen Leute kämpfen. Was er nicht wollte und nicht konnte. Er floh. Beziehungsweise: Er versuchte zu fliehen und wurde an der Grenze zur Schweiz erschossen. Eine Kugel, direkt in den Kopf.

Für Deserteure gab es kein Erbarmen.

Meine Mutter hatte sein Vorhaben bewilligt. Ich hatte gelauscht und durch den Türspalt in die gute Stube geblickt. Ich hörte, wie meine Mutter zu ihm sagte: »Lieber erschießen dich die Deutschen, als dass du von einem Franzosen erschossen wirst.« Mein Vater nickte, Tränen in den Augen, groß wie Tautropfen. Dann stand er vom Tisch auf, eine Hand an ihrer Schulter, und verließ das Haus über die Terrassentür zum Garten. Ohne sich noch einmal nach ihr umzudrehen.

Von mir hatte er sich auch verabschiedet. Kurz vor dem Zubettgehen. Noch heute spüre ich seine feste Umarmung, wenn ich an ihn denke. Sein Herz, das so laut schlug, dass es meines in seinem Rhythmus durcheinanderbrachte. Ich fuhr ihm über seine behaarten Arme. Immer auf und ab. Mein Vater hatte eigentlich keine Haare, er hatte ein Fell. Ein dichtes, dunkles Fell auf dem Rücken, auf der Brust, an den Armen und den Beinen. Ich mochte dieses Fell, weil ich fand, dass er stark aussah damit.

Ich vermisse meinen Bobba. Niemals hätte ich gedacht, dass ich das auch noch mit zweiundneunzig Jahren sagen würde. Aber es ist so. Das Alter spielt dabei keine Rolle. Vielleicht vermisse ich ihn, weil ich ihn nur so kurz kennenlernen durfte, aber lange genug, um mich an ihn erinnern zu können. Ich wünschte, ich hätte mehr Zeit mit ihm erlebt. Aber wer wünscht sich das nicht, wenn ein geliebter Mensch zu früh von uns geht?

* * *

Marie, meine Älteste, die Erfinderin der Liebesbomben, wurde von allen bei uns im Dorf und weit über die Dorfgrenzen hinaus anerkennend *La créatrice de la petite bombe d'amour* genannt. Sie kam schon mit einer Neugierde zur Welt, von der sich ihre Schwestern mal eine Scheibe hätten abschneiden können. Anne, Chloé und Coraline wirkten im Vergleich zu ihr eher träge. Faul, um genauer zu sein. Nur nicht, wenn es darum ging, sich zu streiten. Dann sprühten sie vor Energie, waren kaum zu bändigen.

Marie war auch die Einzige von uns, die schon immer offen war für andere Menschen und andauernd Kontakt suchte. Auf der Straße, beim Einkaufen, beim Spaziergang durch die Wälder. »Hallo, ich bin Marie. Wer bist du? Ich bin viereinhalb

Jahre. Ich bin sieben Jahre. Ich bin gestern zwölf geworden.« So ging es die ganze Zeit.

Sie hatte auch stets viele Freundinnen, mit dreizehn einen ersten Freund. Der wurde recht bald ersetzt durch einen, den sie attraktiver fand. Manchmal wusste ich gar nicht mehr, ob ich den Jungen schon kannte, mit dem sie Händchen haltend bei uns im Garten stand, während sie ihm ihren ganzen Stolz präsentierte: den Bergahorn, den meine Ururgroßmutter Thérèse einst gepflanzt hatte, und darin, weit oben im Geäst, das geräumige Baumhaus, von meinem lieben Mann Bernard, Gott hab ihn selig, erbaut, der jetzt schon seit neunundvierzig Jahren unter der Erde liegt. Kaum zu glauben. Wie aber auch die Zeit verfliegt!

Irgendwann jedenfalls stand Marie mit Malou im Garten, nicht Hand in Hand, dafür Arm in Arm, und blickte nach oben in die rauschenden Blätter, die das Baumhaus verdeckten.

Malou blieb.

Malou hätte ich unmöglich nicht wiedererkennen können. Schon allein wegen seiner Ohren nicht. Die waren so groß und abstehend, dass sie wie die Rücklichter der Geliebten unseres Bürgermeisters, ein *Deux Chevaux,* rot-weiß, namens Dolly, leuchteten, sobald die Sonne durch die Ohrmuschel hindurchschien.

Malou kam aus Algerien, aber seine Mutter, eine Leichtathletin, stammte aus Mali und hatte ihm ihr sportliches Aussehen vererbt. Malou war eineinhalb Köpfe größer als Marie und so durchtrainiert, dass man jeden einzelnen Muskel sah, wenn er sich bewegte. Selbst dann, wenn er es nur ein bisschen tat. Hand ausstrecken, bücken. Das reichte schon, damit sich die ganze Pracht seines Körpers entfaltete. Ein Adonis par excellence, das können Sie mir glauben.

Wie viele Algerier war Malou nach Frankreich gekommen,

um zu arbeiten. Er reiste über Marseille ein mit nicht mehr als einem Rucksack auf dem Rücken und einem Koffer in der Hand. Die meisten seiner Landsleute blieben im Süden Frankreichs, ließen sich dort nieder. Aber Malou wollte dahin, wo es niemanden von seinen Leuten hin verschlug: zu uns, ins Elsass. Er sprach fließend Französisch, wobei das nicht die Sprache war, in der er dachte oder träumte. Das war Tamazight – der Klang seiner Heimat, Erinnerung an seine Familie, die bei einem Anschlag ums Leben gekommen war. Nur die Großmutter überlebte. Malou ließ sie alleine zurück, vor einer Schüssel sitzend, in der sie mit ihren hundertjährigen Fingern Teig knetete.

Malou wollte eine Zukunft, die seine Großmutter nicht haben würde, weil es ab einem bestimmten Alter nur noch Gegenwart und Vergangenheit gibt, wie er uns erklärte. Malou war zwar nicht wirklich gebildet, dafür sehr schlau. Das wusste ich damals schon, aber jetzt, im Nachhinein, da ich mit zweiundneunzig Jahren die Sache mit der Vergangenheit und der Gegenwart, die die eigentliche Zukunft so alter Damen ist, wie ich es bin, quasi leibhaftig erfahre, verneige ich mich noch tiefer vor Malous Klugheit.

Von seiner Zeit in Algerien sprach Malou nie. Das sei ein Kapitel in seinem Leben, das er nicht mehr aufschlagen werde. Er habe seiner Großmutter versprochen, sich um seine Zukunft zu kümmern, und die beginne damit, sich nicht mehr mit seiner Vergangenheit zu beschäftigen.

»Raue Schale, weicher Kern«, war der Kommentar meiner Ältesten dazu. Und: »Zum Anknabbern«, wie sie weiter scherzte und sich dann die Lippen leckte. Marie war schon immer ein sinnlicher Mensch gewesen.

Malou sog das Elsässisch auf wie ein Schwamm. Nach ein paar Monaten beherrschte er unsere Mundart ziemlich gut. Es war verblüffend. Und so wurde er schneller Elsässer als Franzose. Was auch damit zusammenhing, dass er den stets etwas schwerblütigen Monsieur Boberschram rettete – an einem besonders heißen Samstagnachmittag im April 1979, kurz vor Ostern.

Von überall her drückten die Touristen in unser Dorf, belagerten mit ihren Wohnwagen den einzigen Campingplatz weit und breit. Es waren hauptsächlich Deutsche aus Schwaben und Baden, auch ein paar Holländer und Südfranzosen waren darunter. Von ihren fahrbaren Unterkünften aus wollten sie in die Wälder, Weinberge und in die Vogesen ausschwärmen. Wanderkuren, Weinverkostungen, Schlemmerwochen. Da war stets für jeden etwas dabei.

Unter den Urlaubern befand sich auch ein Schwachmat, vollgepumpt mit Drogen, der glaubte, es sei eine besonders intelligente Idee, mit vorgehaltener Waffe (es war nur eine Spielzeugpistole, aber dennoch!) Monsieur Boberschram ausrauben zu wollen, der den kleinen Lebensmittelladen bei uns um die Ecke betrieb.

Malou, zufällig in der Nähe, schlug dem Schwachmatikus kurz entschlossen eine Flasche Marillenschnaps – den besten, den Monsieur Boberschram im Regal stehen hatte – über den Kopf und rettete damit dessen Leben (Monsieur Boberschram stand kurz vor einem Herzinfarkt). Außerdem bewahrte er ihn vor dem Bankrott, denn Monsieur Boberschram brachte selten seine Tageseinnahmen zur Bank. Stattdessen bunkerte er sie in einer Schuhschachtel unter dem Tresen, auf dem die Kasse stand – was jeder, aber wirklich jeder in Bois-de-Val wusste.

Seitdem war Malou bei uns eine Art Dorfheld. Früher hatte es bei uns nur die Auszeichnung zum Dorftrottel gegeben. Das ist schon lange her, in meiner Kindheit. Aber die Kindheit prägt ja, das sagt man nicht ohne Grund.

Ich denke da zum Beispiel an François Babion, der seine Zunge beim Sprechen nicht bewegte, sodass niemand sagen konnte, was er da eigentlich von sich gab, wenn er mal etwas von sich gab, was sowieso so gut wie nie vorkam. Er war der erste Dorftrottel, den ich mitbekam, als sich die Jungs aus der Nachbarschaft versammelten, um ihm ein paar Eier an den Hinterkopf zu werfen, sobald er die Straße entlangging. Einfach so, aus Spaß an der Sache. Irgendwann zogen seine Eltern mit ihm weg, auf die andere Seite des Rheins. Im Dorf sagten sie, Babions Vater sei schon immer ein besserer Deutscher gewesen. Aber ich glaube, Babions Eltern wollten nur ihren Sohn retten, damit er sich nicht das Gleiche antat wie Arthur de Reichmann.

Arthur de Reichmann war der Dorftrottel einige Jahre vor François Babion. Ich war zu klein, um ihn mitzubekommen. Zwei oder drei Jahre alt.

Man erzählte sich, Arthur habe zu lange in einem Silo gestanden und so viel Kohlendioxid eingeatmet, dass er fast erstickt sei. Diesem grausamen Tod sei er nur dank einem gut gefütterten Kater entkommen, der um Hilfe rief, indem er wie ein tollwütig gewordener Hund einem vorbeigehenden Passanten ins Hosenbein biss und ihn dann zum Silo führte. Das brachte dem Kater den Spitznamen *Fetter Retter* ein und lobende Worte des Pfarrers von der Kanzel unserer Kirche. Arthurs Verstand aber half die Rettungsaktion nur bedingt. Seine Hirnzellen hatten sich auf ein Minimum reduziert, auf gerade noch so viel, dass er mit ihnen leben konnte.

Auf Arthur wurden nicht nur Eier geschmissen. Auch Kuhmist landete in seinem Rücken, auf seinem Kopf und an seinen Beinen. Er hängte sich in der Scheune seiner Eltern auf. Wegen der Demütigungen seiner Schulkameraden, wie der Abschiedsbrief verriet.

I hass eich. I ko nemmi. I geh.

PS: Momma, Bobba, I red ned von eich.

Eich howi gara.

Das waren seine letzten Sätze.

Bei Malou verhielt es sich anders. Andersrum – könnte man meinen. Wurde er vor dem Überfall auf Monsieur Boberschram noch kritisch beäugt – *Was macht der hier, soll er doch nach Marseille gehen und da sein Glück versuchen oder am besten gleich ganz zurück, dorthin, wo er hergekommen ist* –, nickten ihm nach seiner K.-o.-Aktion mit dem Marillenschnaps alle freundlich zu. Die Mädchen drehten sich nach ihm um und tuschelten, die Jungs bewunderten seinen Mut und seinen Körper, klopften ihm anerkennend auf die Schulter, ein paar der Alten reichten ihm die Hand, bedankten sich bei ihm für die Zivilcourage, die sie ihm gar nicht zugetraut hätten. Und plötzlich fanden auch alle seine Ohren nicht mehr verspottungswürdig. Im Gegenteil. Sie seien etwas ganz Besonderes. So etwas wie ein Markenzeichen.

Malou hatte es geschafft. Er war bei uns aufgenommen worden. Der Zufall hatte es ihm ermöglicht, trotz seiner Herkunft. *Auf Monsieur Boberschram! Hoch die Gläser! Auf Malou!* Plötzlich wurde auch ich auf der Straße angesprochen, was für ein hübsches Paar Marie und Malou doch seien und dass die Störche in den Nestern schon ganz unruhig umherstelzten. *Storrik, Storrik, stibber din Bein und bring de Momma ö Bubbele heim.* Alle waren davon überzeugt, einer der Störche würde sich bald aufmachen zum Kinderbrunnen, dem Kìnderbrénnla, der sich auf einem Pfad unweit des Kreuzwegs hoch über Bois-de-Val befindet. Dort würde er ein Kind vom Grund des Brunnens herausholen und es auf dem Rücken tragend zur Mutter bringen. Es ist ein alter Volksglaube, den alle aus unserem Dorf nur zu gerne zitieren. Manches hat eben Tradition. Da war es auch ganz egal, dass es damals bei uns keine Störche mehr gab. Fast ausgestorben.

Marie und Malou waren in der Tat ein schönes Paar. Nicht nur wegen ihrer Optik. Sie liebten sich sehr, was ich und meine anderen drei Töchter auch jede Nacht zu hören bekamen. Das

Zimmer unter dem Dach, das die beiden bewohnten, war nicht gedämmt worden. Weder nach außen hin noch nach innen. Das hatte Bernard, Gott hab ihn selig, versäumt, weil er meinte, wir würden das Dachgeschoss sowieso nur als Stauraum für Koffer und alten Kram benötigen. Er hatte nicht mit Coraline gerechnet, unserer Jüngsten, die sich ungewollt in mir eingenistet hatte und umso willkommener von mir auf die Welt gepresst wurde.

Marie und Malou legten meistens so gegen dreiundzwanzig Uhr los. Dann rumpelte und klopfte es in regelmäßigen Abständen gegen den Dielenboden, bis die Abstände immer kürzer und dafür umso lauter wurden. Ich bin ja nicht prüde. Das kann man wirklich nicht von mir behaupten. Und so habe ich meine Töchter auch nie erzogen. Aber das bei Marie und Malou ging dann doch zu weit. Man glaubte regelrecht, das Obergeschoss könnte einstürzen oder ein riesiger Durchlass müsste sich auftun, und die beiden würden in ihrem Liebestaumel bis ins Wohnzimmer krachen, wenn sie so weitermachten. Begleitet wurden die Liebesstöße von tierischen, kehligen Lauten, die eindeutig belegten, dass das junge Paar sich auch unterhalb der Gürtellinie ausgezeichnet verstand.

Anne, Chloé, Coraline und ich hielten uns dann immer die Ohren zu. Coraline drückte ihren Kopf gerne auch mal ins Daunenkissen, um die Geräusche aus dem Dachgeschoss zu dämpfen.

Jeden Morgen beim Frühstück – Marie fütterte Malou mit Brioche, die sie in ihren Bol mit warmer Milch tunkte – bat ich sie, ihre Leidenschaft doch woanders auszuleben. Es sei eine Zumutung für uns. Denn diejenigen, die um die Zeit ihrer Erregung schliefen, würden geweckt, und diejenigen, die noch nicht schliefen, kämen nicht zur Ruhe. Das sei auf Dauer nicht gesund. Außerdem hätte niemand von uns Interesse daran, so sehr an ihrem Liebesleben teilzuhaben. Das Grunzen der Schweine von Monsieur Littwiller, der einen Hof kurz vor dem Dorfausgangsschild führte, sei erträglicher als das, was sie von sich gaben.

So kam es, dass Marie und Malou sich das Baumhaus zu eigen machten. Sie verkleideten den Innenraum mit Seegrasmatten. Sie dämmten auch die Außenfassade mit Platten aus Holzwolle (Malou kannte sich aus, er arbeitete viel auf dem Bau und in den Wäldern), sie besorgten sich zudem eine kleine elektrische Heizung und eine Kabeltrommel mit fünfundzwanzig Metern orangefarbenem Kabel, das vom Baumhaus herab quer über den Garten zur nächsten Steckdose gespannt wurde. Sie kauften auch eine Öllampe und ein Dutzend bunter Lampions, die sie in den Bergahorn hängten, bis dieser auch nachts mithilfe von kleinen Glühbirnen in seiner ganzen Wohlgestalt erstrahlte.

Die beiden hatten wirklich ein Händchen dafür, sich in den Wipfeln ein Liebesnest zu bauen. Farbenfroh, warm und mit Lärmschutz. Wobei Letzterer nur beschränkt funktionierte. Zwar mussten meine Töchter und ich nicht mehr fürchten, dass das Obergeschoss einkrachte, dafür wurden die Laute von Maries und Malous allabendlicher Exaltation vom Wind durch ganz Bois-de-Val getragen. Und so kamen im Laufe der Zeit immer mehr Zaungäste zu unserem Haus – Halbstarke ebenso wie die ganz Alten unserer Gemeinde –, in der Hoffnung, im beleuchteten Bergahorn einen Blick auf das vollkommene Glück zu erhaschen. Konnte ja nicht schaden, davon etwas mit nach Hause zu nehmen. Es war zum Haareraufen!

Bei der Ausdauer und Kontinuität, die meine Älteste und mein Schwiegersohn in spe hinlegten, befürchtete ich, das Gerede von den unruhigen Störchen im Dorf könnte bald wahr werden, Storchenarmut hin oder her. Aber Großmutter wollte ich nicht werden. Nicht so schnell jedenfalls. Denn keiner meiner Töchter, die körperlich reif genug dafür waren, traute ich zu diesem Zeitpunkt zu, sich eigenverantwortlich um ein Kind zu kümmern. Ich wusste, was passieren würde, falls die

Störche ein Baby aus dem Brunnen holen sollten: Ich würde als Hebamme und Ganztagsoma missbraucht werden, ohne dabei meine Rolle als Mutter aufgeben zu können – und nach vier Kindern, die ich halbwegs alle auf den richtigen Weg gebracht hatte (abgesehen davon war Coraline mit ihren zehn Jahren noch ziemlich jung), war diese Vorstellung alles andere als einfach für mich. Ich freute mich schon darauf, mich wieder etwas mehr um mich selbst kümmern zu können. Reisen wollte ich, was mit den Kindern ja nicht möglich war. Viel zu teuer. Ich träumte davon, einmal an die Côte d'Azur zu fahren, nach Rom und zu meiner Schwester auf die Île de la Réunion, zu der bis auf eine Postkarte jährlich an Weihnachten jeglicher Kontakt abgebrochen war. Vielleicht würde ich sogar versuchen, einen neuen Mann für mich zu finden, mochte es mir Bernard, Gott hab ihn selig, verzeihen.

Ich sprach meine Älteste darauf an. Als Prävention quasi.

»Du weißt schon, was Pariser sind, Marie?«

»Ja, Menschen, die in Paris leben, warum fragst du das?«

»Und du weißt auch, wie man sie benutzt, oder?«

Marie lachte. Die Hände verschämt vor dem Mund (was nun wirklich absurd war, da sie ja keinerlei Scham zeigte, wenn es darum ging, dass jeder ihren Liebespraktiken mit Malou zuhören konnte).

»Aber Momma, was sollen wir denn jetzt mit einem Kind? Wir sind doch selbst noch fast welche. Mach dir keine Sorgen. Malou und ich passen auf.«

Das beruhigte mich. Ich wollte es ihr glauben.

* * *

Nachdem sich Monsieur Boberschram von dem Raubüberfall erholt hatte – er war immer noch recht blass, und auch seine sonst so blauen Augen hatten an Farbe verloren –, kam er mit einer Flasche Marillenschnaps (dem zweitbesten, den er im Regal stehen hatte), einem Crémant und einem Gewürztraminer bei uns vorbei. Im Gepäck hatte er noch Käse, Wurst, Baguette, Schokolade, Saft und eine Überraschung. Er setzte sich an den Tisch, zog den Korken aus dem Gewürztraminer und füllte die Gläser. Für jede von uns eines, außer für Coraline, ihr gab er einen Traubensaft aus. Weinrot. Dann legte er mit fester Stimme los: »Ich bin alt.« Gleich darauf machte er eine Pause, atmete tief durch, kostete seinen Auftritt aus.

»Seit dem Tod meiner Mutter führe ich das Geschäft. Es lief immer gut, wenn auch etwas schlechter in letzter Zeit. Ich fühle mich zunehmend müde, lasse den Laden öfter geschlossen, als es mir lieb ist. Ich habe ja keine Kinder, wie ihr wisst, an die ich mein Geschäft vererben könnte. Und Marguerite, meine liebe Frau, ist viel zu früh von mir gegangen.«

Wieder machte er eine lange Pause. Länger noch als die, die er zuvor eingehalten hatte. Er faltete die Hände und senkte das Kinn in Richtung der Daumen, die sich leicht berührten. Dann schloss er die Augen. Ich dachte schon, er sei eingeschlafen, leide an Narkolepsie oder Ähnlichem, als er plötzlich mit kräftiger Stimme fortfuhr: »Ich möchte nicht lang um den heißen Brei herumreden. Ich möchte euch dafür danken, dass ihr mein Leben gerettet habt. Ich wünsche mir, dass ihr meinen Laden übernehmt. Ich schenke ihn euch. Ihr habt es verdient. Für mich ist es an der Zeit, mich zurückzuziehen, es langsamer angehen zu lassen. Ich habe genug angespart, um davon leben zu können.«

Beim letzten Satz hob er sein Glas an die Lippen und trank es in einem Zug aus. Dann füllte er es sofort wieder nach.

Als die strohgelbe Flüssigkeit bis an den Rand gestiegen war, reckte er stolz das Kinn in die Höhe und sah jeder Einzelnen von uns in die Augen. Zuletzt mir, auf der sein Blick verweilte. Wässriges Blau, still wie ein Bergsee.

»Was sagt ihr? Wollt ihr das annehmen? Bitte. Ihr habt mir das Leben gerettet.«

Monsieur Boberschram übertrieb maßlos. Weder hatte sein Leben je auf dem Spiel gestanden, noch war er mit seinen sechzig Jahren alt. Das muss an dieser Stelle einfach mal gesagt sein – und das meine ich jetzt nicht aus der Perspektive einer, die in langsamen Schritten (oder in schnellen, je nachdem, wie man das sehen mag) auf die hundert zugeht. Das dachte ich mir damals schon. Außerdem hatten nicht *wir* ihn vor dem Raubüberfall gerettet, sondern einzig und allein Malou. Aber Malou war ihm dann doch zu fremd – *Ist ja schon ziemlich sonnengebräunt, dieser junge Mann, doch er spricht, das muss man ihm lassen, verblüffend gut unsere Sprache* –, als dass er seinen Lebensmittelladen in Malous Hände gegeben hätte. Aber uns, womit er mich meinte – das sei ihm eine große Ehre.

Ich wunderte mich sehr über Monsieur Boberschrams Angebot. Wir waren beide in Bois-de-Val aufgewachsen, wir waren so was wie Nachbarn, aber wir hatten nie viel Kontakt miteinander gehabt. Klar, ich kaufte bei ihm ein, meine Mutter hatte bei ihm eingekauft, auch meine Großmutter hatte das getan. Das war schon immer so gewesen, immerhin hatte er bereits als junger Mann den Lebensmittelladen seiner Eltern übernommen. Aber er hatte sich nie groß für mich und meine Familie interessiert. Ganz und gar nicht. Oft war es mir sogar so vorgekommen, dass er mich mied, dass er den Raum verließ, sobald ich ihn betrat, und dass er extra wegsah, wenn ich ihn begrüßen wollte. Es hatte mich nie gestört. Ich nahm an, dass er einfach so war, wie er war: mürrisch, sich selbst genügend, ein Esel eben, aber einer, der es nie leicht hatte in seinem Leben.

In den Gesichtern meiner Kinder hingegen konnte ich etwas ganz anderes als Verwunderung ablesen. Das, was sie an Mimik zum Besten gaben, unmittelbar nachdem Monsieur Boberschram uns sein Angebot unterbreitet hatte, war eindeutig: Der Kakerlakenladen? Na, vielen Dank auch.

Doch es dauerte nicht lange, dann änderten sich ihre Gesichtszüge. Die Haut auf der Stirn glättete sich, die Mundwinkel zogen sich leicht nach oben. Bei Marie blitzte sogleich etwas in ihren Augen auf. Neugierde, Lust, was auch immer. Das Blitzen in den Augen sprang auf ihre Schwestern über. Der Reihe nach sprühten mir plötzlich eine Menge Funken entgegen. Es war ein Feuerwerk der Vorfreude.

Und so nahmen meine Töchter und ich, als hätten wir uns abgesprochen, die Stiele unserer Weingläser in die Hand und hoben sie an. Monsieur Boberschram tat es uns mit zeitlicher Verzögerung gleich. Als das Tönen der Kelche verhallte, die wir aneinandergestoßen hatten, war es beschlossene Sache: Wir wurden Inhaber eines kleinen Ladens, der seine besten Zeiten schon lange hinter sich hatte (in Wahrheit aber noch vor sich haben sollte, wie die Zukunft zeigen würde).

Noch am gleichen Abend fanden wir einen neuen Namen für unser Geschäft: *Chez Malou*. Das waren wir Malou schließlich schuldig. Damit wollten wir ihm unsere Wertschätzung entgegenbringen. Immerhin waren wir nur zu Monsieur Boberschrams Laden gekommen, weil er dem Piffpaff von Urlauber, der ihn hatte ausrauben wollen, eine Schnapsflasche über den Kopf gezogen hatte und weil sich meine Tochter und er zufällig liebten.

Malou dankte uns die Geste der Wertschätzung mit einer Bemerkung, die mich lange beschäftigte. Er sagte: »Der eine bekommt, was dem anderen gehört, und dem anderen gehört, was ihm nicht zusteht, und dem, dem es zusteht, steht es einfach nicht zu, weil es ihm nicht gehört. So ist das Leben.«

Er ist wirklich schlau, unser Malou. Dagegen kann man nichts sagen.

* * *

Als Erstes räumten wir den ganzen Laden aus und holten den Kammerjäger. Ganze drei Mal. Wir waren nicht sicher, ob das ausreichte, immer wieder krabbelte eine Schabe über den Boden, winkte uns mit ihren langen Fühlern zu und wackelte mit ihrem Hinterteil, bevor sie irgendwo in einem Spalt der Mauer verschwand. Also entschieden wir, noch eine Weile abzuwarten, bevor wir uns an die Renovierung des Innenraums machten. Es gab ja auch draußen genug Arbeit zu tun. Das einstige Schild *L'épicerie* hing herunter, Kabel schauten heraus, der Rahmen der großen Fensterscheibe zur Straße hin war völlig verrostet. Auch die Fassade des gesamten Gebäudes musste dringend neu gestrichen werden.

Das alte Fachwerkhaus mit den unregelmäßigen Balken und Streben hatte es wirklich nötig. Die Farbe blätterte bereits an den Läden der vielen kleinen Fenster in den beiden oberen Stockwerke ab, die von Monsieur Boberschram bewohnt wurden und sich über dem *Chez Malou* befanden, das im Erdgeschoss lag. Von einem intakten Putz konnte schon lange nicht mehr die Rede sein. Monsieur Boberschram hatte sich nie ernsthaft die Mühe gemacht, seinen Besitz in Schuss zu halten. Er hatte auch kein Geld dafür ausgegeben, damit jemand anderes das für ihn übernahm. Und so hatten wir einiges zu tun.

Zuallererst bauten wir ein Gerüst auf, das die komplette Frontseite des Hauses bekleidete. Eigentlich waren nicht wir es, die es aufbauten, sondern Malou. Er stand jeden Morgen um fünf Uhr auf, kletterte die Strickleiter vom Baumhaus herunter (Sie hätten mal sehen sollen, wie Bizeps und Trizeps hier miteinander harmonierten!) und begab sich vor Monsieur Boberschrams ehemaligen Laden. Dort stellte er die Fußspindeln so dicht wie möglich vor der Hauswand auf, begann damit, die Diagonalbefestigungen richtig zu justieren, dann nahm er sich die Vertikalrahmen vor, um schließlich die Rückengeländer in die Diagonalbefestigungen einzuhängen.

All das tat er mit einer Seelenruhe, während er leise vor sich hin summte. Als hätte er in seinem Leben nie etwas anderes gemacht, als Baugerüste aufzustellen. Aber er war ja auch vom Fach, hatte vielen im Dorf geholfen, ihre Gebäude zu sanieren.

Nach und nach wuchs das Gerüst vor dem Haus in die Höhe, bis Malou uns eines Morgens beim Frühstück berichtete, er habe Monsieur Boberschram, der sein Schlafzimmer unterm Dach des Gebäudes hatte, beim Schnarchen zugehört. Da wussten wir, dass das Gerüst stand und wir mit der Fassadenfarbe loslegen konnten.

Wir einigten uns auf Rot, nachdem es zwei Abende fürchterlichen Streit darüber gegeben hatte, welches Gelb die richtige Farbe für das *Chez Malou* sein sollte. Sie hätten meine vier hübschen Nervensägen (wenn es zur Sache ging, überschlugen sich ihre Stimmen, für die Ohren kaum zu ertragen) mal hören sollen. Die eine schrie: »Senfgelb! Senfgelb ist toll!« Die andere, »Oh, nein, lieber Zitronengelb«, während die dritte die Hände über dem Kopf zusammenschlug und behauptete: »Das ist nicht euer Ernst! Niemals! Eidottergelb muss das Haus werden.« Coraline, die Jüngste, beharrte auf Pastellgelb, das würde gut zu den grünen Fensterläden passen. Immerhin begründete sie ihren Wunsch, was man von ihren älteren Schwestern nicht behaupten konnte.

Es war Malou, der, wie so oft, den Streit schlichtete. Er sagte: »Das Haus wird in den panafrikanischen Farben gestrichen. In Gedenken an meine Mutter. Basta! Grün die Fensterläden. Die müssen nur noch überlackiert werden. Rot die Fassade. Gelb die Balken.«

Meine vier Nervensägen klatschten begeistert in die Hände, bis alles wieder von vorne losging. »Pastellgelbe Balken«, »Nein, zitronengelbe«, »Ihr spinnt doch, Eidottergelb, das ist das wahre Gelb!« Malou erstickte auch dieses Feuer, das sich entzündete, schnell.

»Schluss jetzt! Die Balken werden sonnengelb!« Den letzten Satz beendete er mit einem Knallen seiner Hand auf den Esstisch.« Damit war die Diskussion vorbei.

Die Balken blieben dunkelbraun, so, wie sie waren. Zu viel Arbeit. Und keineswegs sinnvoll. Denn als es so weit war, dass sie gebeizt und gestrichen hätten werden können, interessierte es niemanden von uns mehr, welche Farbe sie bekommen sollten. Alle waren wir froh, nicht noch mehr renovieren zu müssen. Wir hatten Schwielen an den Händen, stanken nach Farbe, und mein Rücken schmerzte von der vielen Schlepperei, die die Restaurierung mit sich gebracht hatte. Außerdem war es ja doch auch eine Frage des Geldes. Ich hatte einen Kredit aufgenommen, den ich nur bekommen hatte, weil Monsieur Boberschram für mich bürgte. Keine leichte Situation für mich. Was uns allerdings nichts von der Freude nahm, die wir bei der Neugestaltung unserer Zukunft hatten. Monsieur Boberschram hatte uns eine Aufgabe vererbt, mit der wir nie gerechnet hätten und die wir mit vollem Eifer und großer Zuversicht annahmen. Wir konnten ja nicht ahnen, wie sehr das Glück bald auf unserer Seite stehen würde. Bis dahin, das kann ich behaupten, waren wir davon nicht wirklich verfolgt gewesen.

Bernards Tumor hatte uns alle getroffen. Nicht nur meinen lieben Mann, Gott hab ihn selig. Ihn aber hatte er getötet. Nach monatelangen Qualen, die nur mit Morphium zu lindern gewesen waren.

Als Bernard starb, waren wir alle froh. Nicht, dass er gestorben war natürlich, sondern dass das Leiden für ihn ein Ende hatte. Leid ist unerträglicher als Gewissheit. Auch so ein Spruch von Malou.

Zu der Erleichterung, die wir verspürten, als Bernard seine Augen für immer geschlossen hatte, gesellten sich eine tiefe Erschöpfung, eine bleierne Trauer und Zukunftsangst. Ich hatte, als wir meinen lieben Mann beerdigten, vier Kinder im Alter von damals elf, zehn, sieben und fast zwei Jahren großzuziehen. Das war hart, das kann ich Ihnen versichern.

Manchmal wünschte ich mir, ich könnte morgens einfach das Haus verlassen und irgendwo eine Arbeit verrichten. In einem Büro oder wieder in der Apotheke, so wie früher. Ich könnte mal aus dem Fenster sehen und den Wolken beim Vorbeiziehen zuschauen. Ich könnte mit jemandem reden, über ganz alltägliche Dinge wie irgendeine Medikamentenbestellung, die nicht rechtzeitig eingetroffen war, oder über das Wetter. Ich könnte mir mit meinem Gehalt ein neues Kleid leisten, ein Parfüm oder ein Buch, vielleicht sogar ein paar Ohrringe, Perlen oder etwas aus Jade, die mich zum Strahlen brachten. Doch Tatsache war, dass ich seit der Geburt unserer ersten Tochter nicht mehr in meinen Beruf zurückgekehrt war. Wie auch? Irgendjemand musste sich ja um Marie kümmern und um ihre Schwestern, die nach ihr kamen.

Und so verließ ich das Haus nie, jedenfalls nie allein, weil mir gerade der Sinn danach stand oder weil ich schnell mal ein paar Besorgungen erledigen wollte. Ich hatte immer die Kinder bei mir, tagein, tagaus, bis sie irgendwann so groß waren, dass sie auch ohne mich hinausgehen konnten. Aber da war es zu spät, wieder in meinen Beruf zurückzukehren.

Eigentlich hatte ich Préparatrice en Pharmacie gelernt und war als junge Frau jeden Tag nach Colmar gefahren, um dort in einer Apotheke unter der Aufsicht meines Chefs (das war vielleicht ein Kontrolleur, herrje!) Medikamentenbestellungen aufzugeben und Rezepturen zu mischen. Als jedoch Marie zur Welt kam, endete mein Beschäftigungsverhältnis, und ich verdiente auch nichts mehr. Bernard hingegen fuhr weiter Streife (»Ich bin der geborene Gendarm«, pflegte er zu sagen, »weil ich mit Képi besser aussehe als ohne.«) und saß ansonsten seine Zeit im Polizeirevier ab. Es gab nicht viel zu tun für ihn. Die Kriminalität hielt sich in unserer Region in Grenzen.

Bernard hatte als Polizist nicht viel Kapital erwirtschaftet, das er mir hätte hinterlassen können. Nach seinem Tod brachen auch in finanzieller Hinsicht düstere Zeiten für mich an. Es kostete mich viel Kraft, sie allein durch mein Gemüt zu erhellen. Doch ich tat es meinen Töchtern zuliebe und weil Bernard, Gott hab ihn selig, immer sagte, ich trüge die Sonne in mir, daran solle ich denken, wenn dichter Nebel die Sicht beeinträchtige.

* * *

Nachdem wir sicher davon ausgehen konnten, dass keine Kakerlake überlebt hatte, nahmen wir uns den knapp dreißig Quadratmeter großen, leer geräumten Lebensmittelladen vor.

Erst säuberten wir den alten, mit Fossilien eingefassten Steinboden, »ein dekoratives Stück Erdgeschichte, wer hätte das gedacht?«, wie Chloé, meine Drittgeborene, sich ausdrückte, bis der sandfarbene Ton wieder zum Vorschein kam, der unter einer jahrzehntelangen Schmutzkruste versteckt gewesen war. Dann verputzten wir die Wände neu, spachtelten jede Ritze zu, in der sich ein Insekt hätte verkriechen können, und malten den Raum aus. Weiß. Rein und klar. Es war befreiend, das zu tun, weitete unsere Sinne und ließ den Ladenbereich größer wirken, als er war.

Kaum trocknete die Farbe an den Wänden, stellten wir die alten Regale auf, die man nach ihrer Grundreinigung nicht mehr wiedererkannte. Malou hatte die kaputten Bretter durch neue ersetzt und dort mit Schrauben versorgt, wo welche gefehlt hatten. Nichts wackelte mehr, auch klebte das Regal nicht mehr, wenn man es anfasste.

Überall, wo man hinsah, glänzte es. Vor allem die polierten Messingverzierungen an der Eingangstür und an der großen

Vitrine, an der wir den alten Tresen durch einen neuen aus heimischem Holz ersetzt hatten. Endlich war es auch wieder möglich, durch das große Fenster zur Straße hin durchzuschauen. Weg waren die toten Fliegen und die Spinnennester, die es in jeder Ecke, in jedem noch so kleinen Winkel gegeben hatte. Es roch frisch, nach Farbe und nach Reinigungsmitteln, überwiegend nach Javelwasser, von dem wir uns eine desinfizierende und vor allem schädlingsabschreckende Wirkung erhofften.

Die Tatsache, dass man jeden unserer Arbeitsschritte sofort sah, fühlte sich gut an. Das gab uns Zuversicht, die wir benötigten, um uns weiter mit viel Energie in unsere neue Aufgabe hineinzustürzen.

Unser ganzer Stolz war die große Markise, die wir anbrachten und die uns eine Stange Geld gekostet hatte, weil wir in großen weißen Lettern *Chez Malou* hatten einsticken lassen – dort, wo die Markise in Wellen herunterhing. Wir investierten auch in kleine runde Bistrotische und passende Stühle dazu. Wir stellten sie vor das Geschäft, auf das Trottoir, das an dieser Stelle breit genug war, um Passanten (so viele gab's ja eigentlich nicht, aber was nicht war, konnte noch werden, dachten wir uns und sollten damit richtigliegen) zum Verweilen einzuladen.

Auf die fünfzig faustgroßen Lampions, die drinnen und draußen angebracht wurden, bestand Marie. Sie sagte, wegen des leuchtenden Bergahorns in unserem Garten kämen stets so viele Gäste zu uns nach Hause, dass wir diesen Ansturm gut auch für unseren Laden nutzen könnten. Ich antwortete ihr, dass ich mir sicher sei, die Zaungäste kämen nicht wegen des beleuchteten Baums. Es läge vielmehr an den lustvollen Geräuschen, die aus ihm herausdrangen, was Marie gekonnt ignorierte. Sie dekorierte den Laden mit einer ungeheuren Detailversessenheit, bis das *Chez Malou* in sattem Rosa erstrahlte. Und sie behielt recht: Die Leute rannten uns von überall her die Bude ein.

Wir hatten unser Sortimentsangebot erweitert – eine Idee meiner Zweitjüngsten, Chloé – und servierten nun auch Snacks und Getränke. So kamen nicht nur die aus Bois-de-Val zu uns, sondern gelegentlich auch Leute aus den umliegenden Dörfern. Sie blieben, tranken und unterhielten sich. Sie setzten sich an die Bistrotische, manchmal auch einfach auf den Bordstein des Trottoirs. Sie lehnten im Türrahmen und an der roten Fassade. Sie tauschten Neuigkeiten unter der Markise aus, ein Glas weißen oder roten Wein in der einen Hand, einen Würfel Käse in der anderen. Auf jedem Käsewürfel eine Miniaturfahne. Mal die von Algerien, mal die von Mali, was manch einer als Provokation hätte verstehen können, wenn nicht auch unsere elsässische Flagge auf dem Servierteller gehisst gewesen wäre.

Anne, meine Zweitälteste, behauptete, die Leute kämen nur wegen ihr, schließlich stünde sie hinter dem Tresen und verkaufe. In der Tat kamen auffällig viele junge Männer aus Ammersbach-au-Val, Lautbach-au-Val, Strohwihr-les-Bains und Suesswihr zu uns in den Laden und bestaunten Anne. Sie lungerten zwischen Vitrine und Bordstein herum und versuchten, mit ihr ins Gespräch zu kommen, was selten jemandem gelang. Anne war schon immer wählerisch gewesen.

Marie hingegen war überzeugt davon, die Leute kämen vor allem wegen ihres Talents, mit Licht einen gemütlichen Ort zu zaubern, an dem man sich heimisch fühlte. Sie sagte, wir sollten nicht unterschätzen, was eine gute Beleuchtung ausmache. Wenn man sie richtig einsetze, so Marie, könne sie nicht nur einen Raum erhellen, sondern auch das Herz erwärmen.

Die Konkurrenz zwischen Marie und Anne war stets ein großes Thema. Ich kann nicht genau sagen, woran es lag. Vielleicht waren sie sich von allen Geschwistern einfach am ähnlichsten – zu ähnlich. Oder es lag daran, dass nicht viel zeitlicher Abstand zwischen ihnen lag. Sie teilten sich ja fast das gleiche Alter.

Bevor sie sich in die Haare kriegten, wer wohl die meisten Kunden anlockte, sagte Malou: »Die Menschen kommen, weil du, liebe Anne, im rosa Licht noch schöner strahlst als sonst.« Das sagte er und gab Marie, die schon ganz eifersüchtig dreinblickte, unmittelbar darauf einen langen Kuss. Damit verstummte Marie und das aufflammende Streitgespräch meiner beiden Ältesten gleich mit.

* * *

Monsieur Boberschram war hin und weg von dem Zulauf, den sein Lebensmittelladen erfuhr. Es gefiel mir, ihn lächeln zu sehen, wenn er die frisch lackierten Fensterläden im ersten und im zweiten Stock öffnete und nach unten auf das volle Trottoir blickte. Dann spitzte er den Mund so seltsam und rümpfte dabei leicht amüsiert die Nase. Ich sah, dass er glücklich war (etwas, das ich mir früher nie bei ihm hatte vorstellen können), und aus irgendeinem Grund versetzte mich seine gute Laune in eine ausgelassene Stimmung.

Gelegentlich scherzte er, dass, wenn er gewusst hätte, wir würden seinen Laden in eine Goldgrube (und zu der Zeit wussten wir ja noch nicht, dass es noch besser kommen würde) verwandeln, er sich vertraglich eine saftige Beteiligung hätte festschreiben lassen. So aber lud er sich nur jeden Abend bei uns ein und bat um ein Glas Wein, manchmal um ein Blondes, aber immer um ein warmes Essen, am liebsten Baeckeoffe, in Weißwein mariniertes Schweine-, Rind- und Hammelfleisch, mit Gemüse verschlossen in einer Terrine und ummantelt mit frischem, selbst gemachtem Teig. Eine Mordsarbeit, denn man stand ewig dafür in der Küche.

Baeckeoffe war sein Lieblingsgericht, eines von den vielen, das seine verstorbene Frau so gut konnte, wie er nicht aufhörte zu schwärmen. »Marguerite, Marguerite, sie war wirklich eine ganz besondere Seele, kann ich euch sagen. Und kochen konnte sie, es war jedes Mal ein Gedicht.« Dabei sah er mir stets in die Augen, als erwartete er, dass ich ihm zustimmte. Was ich auch tat.

Ich hatte Marguerite gekannt, nicht gut zwar, auch sie war mir aus dem Weg gegangen, aber sei's drum. Kochen konnte ich auch. Fantastisch sogar. Da musste ich mich wirklich nicht verstecken. Das soll jetzt nicht eingebildet klingen. Aber meine Großmutter Yolande, eine eigenwillige Frau mit viel Herz und Improvisationstalent, hatte mir alles beigebracht, was man am Herd wissen musste – und das war eine ganze Menge. Sie war mit Messerklingen an den Händen geboren worden, jonglierte mit Zutaten und Gewürzen wie eine Akrobatin auf dem Seil beim Cirque du Soleil. Sie hatte für die besten elsässischen Restaurants gearbeitet und zuletzt, keine drei Jahre bevor sie starb, eine kleine Taverne in einer alten Mühle in Bommerschwihr betrieben, die in jedem lukullischen Reiseführer lobend erwähnt wurde.

Meine Großmutter hatte zwar ein Händchen fürs Essen, aber keines fürs Geld, und so musste sie trotz des kulinarischen Erfolgs irgendwann Insolvenz anmelden, was ihr Leben schneller beendete – zu viele Sorgen, zu viel Stress –, als es vorgesehen gewesen wäre, wenn sie einfach, ihrem Alter entsprechend, den wohlverdienten Ruhestand vorgezogen hätte. Davon bin ich überzeugt, während meine Schwester Alice auf ihrer Insel im Indischen Ozean gar nichts davon mitbekam.

Eines Morgens, ich war sehr früh wach geworden und stand in der Küche, um das Abendessen für Monsieur Boberschram, Malou und meine Töchter vorzubereiten, gesellte sich Chloé zu mir. Ihre langen, aschblonden Haare hatte sie zu einem Knoten zusammengebunden, der auf ihrem Kopf lag wie draufgesetzt. Einige Strähnen waren herausgerutscht und hingen ihr ins blasse Gesicht. Sie sah müde aus, und ich fragte mich, was sie zu der Zeit in der Küche verloren hatte, während sie doch sonst das Bett nur unter Androhung von Hausarrest verließ. Chloé war mit ihren sechzehn Jahren hochpubertär, und allein mit dem Verbot, sich nicht mit ihren Freundinnen treffen zu dürfen, gelang es mir, sie in die Schule zu schicken, zum Hausaufgabenmachen oder zum Zimmeraufräumen zu bewegen.

Bevor ich sie fragen konnte, warum sie so früh am Morgen in der Küche herumschlich, als gäbe es hier etwas zu holen, kam sie mir mit einer Frage zuvor.

Sie setzte sich auf den Barhocker, schob ihn nahe an die Arbeitsplatte heran, auf der ich gerade zugange war, und goss sich ein Glas Milch ein.

»Hast du mit Papa jemals darüber gesprochen, wieder zu heiraten, wenn er tot ist?«, fragte sie gespielt gelangweilt und schleckte sich dabei den Milchbart mit der Zunge ab.

»Wie kommst du darauf, mein kleiner Floh?«

»Du sollst mich nicht immer ›mein kleiner Floh‹ nennen.«

»In Ordnung, mein kleiner Floh.«

»Momma!«

»Entschuldige, das war keine Absicht. Dich so zu nennen, steckt in mir drin. Ich habe dich schon so genannt, als du noch ein Baby warst.«

Sie strich sich eine Strähne aus dem Gesicht, und an der Art, wie sie sie hinters Ohr klemmte, erkannte ich, dass sie mir das mit dem kleinen Floh schon längst verziehen hatte. Sie war wirklich ziemlich pubertär, meine kleine große Chloé, (allein schon dieser Blick, den hätten Sie mal sehen sollen!), aber äußerst empathisch und ein nervöses Bündel, sobald es mal nicht so harmonisch zuging bei uns in der Familie, wie sie es brauchte, um sich wohlzufühlen.

»Dein Vater, mein Schatz, hat mir noch am Sterbebett das Versprechen abgenommen, dass ich mir einen neuen Mann suche, wenn er nicht mehr ist. Schon allein wegen euch Kindern. Ich habe es deinem Vater also versprochen, weil er es sich von mir wünschte, doch wie du weißt, mein Schatz, gibt es keinen Mann in meinem Leben. Ich wüsste auch nicht, wann und wie. Ich habe genug mit euch Kröten zu tun. Da kann ich keinen Mann gebrauchen.«

Kröten – so nannte ich meine vier nur zu gerne, weil Bernard einmal zu mir gesagt hatte, für den Fall, es sei uns nicht vergönnt, Kinder zu kriegen, lege er sich einen Teich voller Kröten zu; Bernard hatte schon immer einen speziellen Sinn für Humor gehabt.

Ich wollte Chloé nicht sagen, wie einsam ich mich oft fühlte, trotz meiner vier Kinder und Malou, den ich bei uns aufgenommen hatte, als sei er mein eigener Sohn. Ich wollte ihr auch nicht sagen, dass mich das Gefühl, ich würde ihren Vater betrügen, davon abhielt, mich um einen neuen Mann zu bemühen. Ich wollte ihr nicht sagen, dass ich glaubte, Bernard könnte es mir nicht verzeihen, obwohl er mir das Versprechen abgenommen hatte, mich nach seinem Tod wieder in eine Beziehung zu begeben. Es war nicht zu erklären. Nicht mir, nicht ihr. Niemandem. Und abgesehen davon, war es nicht Chloés Aufgabe, sich um mich zu kümmern. Ich war ihre Mutter, und sie war nicht meine Freundin, auch wenn sie sich das oft von mir wünschte.

Chloé strich sich eine weitere Haarsträhne hinters Ohr und musterte mich. Über der Oberlippe klebte noch ein Rest vom Milchbart. Mal sah sie aus wie ein Kind. Mal wie eine junge Frau. Es wechselte. Je nach Tagesform, Lichteinfall oder Mimik.

»Du kannst gerne auch ein paar Kartoffeln pellen, falls dir langweilig sein sollte«, sagte ich, um sie auf andere Gedanken zu bringen. Ich wollte Pot-au-feu machen, da ich einiges Gemüse zu verarbeiten hatte, das wegmusste, und da bot sich Pot-au-feu an.

Zu meiner Überraschung nahm sich Chloé ein Schälmesser aus der Schublade, schnappte sich eine Knolle vom Haufen und fing an, sie zu skalpieren.

»Bist du krank, mein kleiner Floh?«

Sie schüttelte den Kopf, ohne auf meine neckende Liebkosung einzugehen, die ihr so verhasst war, seit ihre Brüste und ihre Pickel zu sprießen begonnen hatten.

»Ich muss mit dir ein ernstes Wort sprechen, Momma«, sagte sie und ließ das Gelb der Kartoffel mit einer gekonnten Bewegung aufleuchten.

»So, so«, meinte ich neugierig und legte meine Arbeit weg.

»Ja. Ist dir schon aufgefallen, dass Monsieur Boberschram gut für dich ist? Bist du denn gar nicht an ihm interessiert?«

Die Art, wie sie es sagte, ließ mich nicht erkennen, ob Chloé befürchtete, ich könnte an Monsieur Boberschram interessiert sein, oder ob sie sich wünschte, ich würde ihm mehr Aufmerksamkeit schenken.

Ich zuckte mit den Achseln.

»Ich finde, du solltest dich mit Monsieur Boberschram zusammentun. Er hat seine Frau verloren und du Papa. Er hat uns seinen Laden geschenkt, nun ist er fast hier eingezogen. Da könnt ihr doch gleich Nägel mit Köpfen machen.«

So kannte ich meine sonst oft gleichgültige, meist introvertierte Tochter gar nicht. Pragmatisch, direkt und einfordernd waren alles Attribute, die ich eher Marie zugeschrieben hätte. Vielleicht noch Anne. Aber sicherlich nicht meiner Dritten. Ich wurde nicht ganz schlau aus Chloé. Ständig im Wandel. Ein Chamäleon auf der Hut. Aber sie war ja auch mitten in ihrer Reifung. Ihre Entwicklung würde sich noch zeigen.

Dennoch dachte ich ernsthaft darüber nach, was Chloé gesagt hatte. Mittags stand ich beim Zähneputzen vor dem Spiegel (nach dem vielen Abschmecken hatte ich oft das Bedürfnis nach Zahncreme) und betrachtete mich. Das runde Gesicht, die vollen Wangen mit dem Muttermal unter dem linken Auge, das die Form eines Tropfens hatte und mich trauriger wirken ließ, als ich war. Ich betastete die Haut, die um den Mund herum immer weicher wurde und an Spannung verlor. Ich spielte mit den fächerförmig zu meinen Schläfen hin strahlenden Fältchen, die sich vertieften, sobald ich meine Mundwinkel nach oben schob. Ich sah mir tief in meine schwarzen Augen, versuchte, die Grenze zwischen Pupille und Iris auszumachen – ohne Erfolg.

Ich mochte meine Augen, weil sie das Interesse auf sich zogen und weg von meinen Haaren lenkten, die sich, seitdem sie überwiegend grau geworden waren, strohig anfühlten. Seit ein paar Jahren schon trug ich sie deswegen kurz. Nicht zu kurz. Gerade noch so, dass ich sie sonntags aufwickeln konnte, auf vierzehn Lockenwickler, die ich ins Haar drehte, damit sie wellig wurden und mir locker auf die Stirn und in den Nacken fielen. Ich muss gestehen, ich war nie unzufrieden mit meinem Aussehen gewesen. Obwohl ich nicht viel dafür tat. Ich fand mich ansehnlich für eine Frau, die vier Kinder zur Welt gebracht hatte und sie noch dazu alleine großzog. Da blieb einfach keine Zeit für intensive Körperpflege.

Während weißer Schaum aus meinem Mund ins Waschbecken tropfte, dessen Keramik an manchen Stellen schon kaputtgegangen war – es mussten dringend auch Renovierungsarbeiten an unserem Haus vorgenommen werden, das Bad war nur eine Baustelle von vielen –, stellte ich mir ganz plötzlich vor, wie Monsieur Boberschram seine Hand ausstreckte, um mich zu berühren. Es war eine harmlose Vorstellung, keine erotische Geste, und trotzdem ließ mich der Gedanke daran nicht mehr los. Auf einmal verspürte ich ein noch nie da gewesenes Gefühl für Monsieur Boberschram. Ein Gefühl, das sich bis in meine Fingerspitzen ausdehnte und mir an den Kuppen Schmerzen verursachte.

Ich starrte meine Finger an, den Ehering, der sich selbst mit Seife nicht mehr von meinem Ringfinger schieben ließ, die langen Nägel, die sich im Laufe der Jahre immer mehr gerundet hatten, wie die Krallen unseres Katers, den Monsieur Littwiller aus Versehen an einem schneereichen Tag mit seinem Traktor überfahren hatte, lange ist es her. Jedenfalls wollte ich diesen pulsierenden Schmerz einfangen, indem ich auf die Fingerkuppen tippte, sie massierte. Doch der Schmerz wurde nur noch stärker. Es mag sich unglaubwürdig anhören, aber ich mochte ihn; ich kann nicht anders, als den Schmerz, den ich empfand, als behaglich zu beschreiben.

Dass ich Monsieur Boberschram nie ernsthaft als potenziellen Kandidaten für eine Partnerschaft in Betracht gezogen hatte, wenngleich ich mir oft mit schlechtem Gewissen Bernard gegenüber vorstellte, wie schön es doch wäre, wieder eine Beziehung einzugehen, lag auf der Hand. Ich war seit meiner Kindheit Luft für Monsieur Boberschram gewesen, bis zu dem Tag, an dem er uns seinen Laden vermachte und uns fortan in Begleitung seiner verstorbenen Frau beim Abendessen Gesellschaft leistete. Erst da lernten wir uns wirklich kennen. Und ich mochte den mürrischen Esel, mehr noch, ich fand ihn interessant, und es gefiel mir, wenn ihm gefiel, was ich tat. Dann wollte ich ihm noch mehr gefallen, damit er mir wiederum noch mehr gefiel. Meine Zuneigung für ihn wuchs von Tag zu Tag, von Woche zu Woche. Doch sie war schleichend gekommen, und ich hatte tatsächlich ein Gespräch mit Chloé gebraucht, um meine Gefühle für ihn als Verliebtheit zu erkennen und mir einzugestehen.

Monsieur Boberschram war zwar recht klein für mich – mit ein Meter achtzig ist es gar nicht so einfach als Frau, einen Mann zu finden, der bei meiner Größe keinen Minderwertigkeitskomplex bekommt –, dafür hatte er das Herz am richtigen Fleck, knapp oberhalb seines beachtlichen Bauchs, der ihn charakterisierte, so wie seine kräftigen Hände, sein volles Haar und sein herausfordernder kühl-blauer Blick, wie der eines Huskys, der auf ein paar Streicheleinheiten aus ist. Monsieur Boberschram hatte auch etwas zu sagen. Er blickte hinter seiner mürrischen Fassade positiv in die Welt, selbst wenn er gelegentlich etwas wehleidig war, vor allem dann, wenn es um seine verstorbene Frau Marguerite ging. Dann verließen ihn der Lebensmut und der Humor, was mich stets ärgerte.

Am Nachmittag, nach getaner Buchhaltung, bei der ich die ganze Zeit über mich, Bernard, Gott hab ihn selig, und die Liebe nachgedacht hatte (in Ordnung, ich gebe es zu, ich dachte auch daran, mit Monsieur Boberschram Liebe zu machen), fuhr ich mit dem Fahrrad zum *Chez Malou.*

Vordergründig wollte ich nach dem Rechten sehen. Hintergründig wollte ich natürlich Monsieur Boberschram treffen, obwohl er sowieso zum Abendessen zu uns nach Hause kommen wollte. Ich hatte ja gekocht. Pot-au-feu à la Madame Nan, da konnte seine Marguerite einpacken, tot oder lebendig.

Chloé und Coraline waren noch in der Schule, Marie und Anne teilten sich den Dienst. Die eine verkaufte hinterm Tresen, die andere räumte die Lebensmittel in die Regale ein und machte sauber, während Malou auf dem Dach des Hauses herumkletterte – ich konnte nicht hinsehen, ohne dass mir schlecht wurde –, um ein paar kaputte Ziegel auszutauschen und die ersten Vorbereitungen für das Drahtgestell zu treffen, das als Unterbau für das Storchennest dienen sollte, damit die Tiere in diesem Jahr über dem *Chez Malou* nisteten. Damit die Vögel überhaupt wieder ins Elsass zurückkehrten. Es gab ja kaum noch welche. Alle waren sie verendet wegen der vielen kalten Tage und der Nässe. Aber auch wegen der Starkstromleitungen, die sie grillten, wenn sie dagegenflogen. Malou sagte, als ich einmal laut den starken Bestandsrückgang der Störche bedauerte: »Nicht beklagen, Madame Nan, machen! Am Glück muss man arbeiten, damit es sich einnistet. Und wenn du willst, dass die Störche nach Hause kommen, musst du ihnen ein Heim schaffen.« Und so schuf er ihnen ein Heim. Zumindest den Grundstock für ein Heim. Ihre Nester sollten sie schon selber bauen. Immerhin bringen Störche der Legende nach den Bewohnern eines Hauses, auf dem sie brüten, Glück – darin sind sich alle Elsässer einig. So auch wir.

Als ich um die Ecke bog, war Monsieur Boberschram gerade dabei, das Haus zu verlassen. Er hatte sich in Schale geworfen, trug Anzug und Hut, was ihn etwas antiquiert, aber durchaus elegant wirken ließ. Er sah wirklich stattlich aus, und ohne darauf vorbereitet gewesen zu sein, wurde mir in dem Moment, als ich ihn aus der Haustür treten sah, ganz heiß. Eine Empfindung, die ich zuletzt mit Bernard verspürt hatte. Ich errötete und machte mich, kaum war ich von meinem Fahrrad abgestiegen, am Gepäckträger zu schaffen, um meine Gesichtsröte vor Monsieur Boberschram zu verbergen. In meinem Alter, das war nun wirklich peinlich!

Er ging an mir vorbei, grüßte knapp, indem er den Hut lüftete, und verschwand eilig um die Ecke. Ich blickte ihm verdutzt hinterher, war es doch seit der Überschreibung des Ladens an mich ziemlich ungewöhnlich, von ihm einfach so stehen gelassen zu werden. Noch dazu in dem gelben Kleid, das ich aus der hintersten Ecke meines Schranks gezogen hatte, um verwundert festzustellen, wie gut es mir auch nach so vielen Jahren noch passte. Nur um den Bauch herum zwickte es ein wenig, doch solange ich ihn einzog, war das gar kein Problem.

Ich sah toll aus, fand ich, strahlte wie das Gelb einer Margeritenblüte (ein Vergleich, den Monsieur Boberschram sicherlich für unangebracht gehalten hätte). Ich wirkte jünger und nicht so mollig wie in den Hosen, die ich sonst trug.

Einen Tag zuvor noch hätte es mich nicht tief in meinem Innern getroffen, wenn Monsieur Boberschram mich nicht weiter beachtet hätte. Ich hätte ihn allenfalls als Murrkopf beschimpft oder als distelfressenden Esel, doch jetzt, da Chloé mit einer einzigen Bemerkung mein Begehr für diesen Mann vom Grunde meines Unbewussten nach oben geschwemmt hatte (da muss man sich schon fragen, ob irgendetwas bei mir nicht stimmte! Ich meine, brauchte ich meine pubertäre Tochter wirklich dazu, um meine Sinnesreize anzukurbeln?), traf mich seine Nichtbeachtung sehr. Die behaglichen Schmerzen in meinen Fingerspitzen verloren ihr Adjektiv, allein das Gefühl, mir hielte jemand ein Feuerzeug unter meine Hand, blieb.

Marie und Anne bemerkten sofort, dass mit mir etwas nicht in Ordnung war. Seit Bernards Tod waren wir, die hinterbliebenen Frauen des Hauses, noch enger zusammengerückt als zu Bernards Lebzeiten. Verstimmungen konnten wir schwer verstecken. Es war, als schrillten imaginäre Alarmglocken, wenn es bei einer von uns fünf einmal nicht so rundlief. Dann kamen wir alle zusammen, bohrten so lange an derjenigen herum, bis diese herausrücken musste mit dem, was sie beschäftigte. Da waren wir unnachgiebig, zäh, manchmal gar ungerecht. Ich meine, vier gegen eine. Was soll man dazu noch sagen?

Anne kam sofort herbei, als sie mich sah, und legte mir den Arm um die Schulter. »Was ist geschehen, Momma?«

»Nichts ist los, meine Kröte«, sagte ich, grinste und versuchte so, meine Enttäuschung zu verbergen.

»Du solltest Anne nicht anlügen«, eilte Marie ihrer jüngeren Schwester zu Hilfe und baute sich vor mir auf. Die Arme vor der Brust verschränkt, die Beine breitbeinig, wie ein Boxer, im Boden verankert.

»Genau«, stimmte Anne mit ein, die mich sogleich an sich

drückte. Ich konnte ihre Brust spüren, prall und warm. Ihr Busen war wirklich eine Sensation. Ich konnte verstehen, warum sich die jungen Männer Bois-de-Vals und die aus den Dörfern drum herum andauernd zu uns auf den Weg machten. Anne war in jeglicher Hinsicht eine Augenweide.

»Du hast dich so herausgeputzt. Siehst gut aus, Momma. Nur dein Gesicht strahlt nicht, selbst wenn du grinst.« Hartnäckig, wie Marie war, wollte sie unbedingt etwas aus mir herauslocken. Ihr Ehrgeiz machte vor nichts halt. Während Marie mich weiter fixierte (sie musste gar nichts sagen, ein Blick von ihr reichte, um Druck auszuüben), hob Anne ihre Hand und fing an, zärtlich über meinen Oberarm zu streicheln. Sie fuhr genau über die Stelle, an der ich ein erhabenes Muttermal habe, das mich seit meiner Kindheit stört.

»Ha, ich hab's«, sagte Anne nach einer Weile und hörte augenblicklich auf, mich zu streicheln. »Momma ist verliebt! Siehst du das, Marie? Schau doch. Schau doch! Wer ist der Glückliche?« Sie klatschte aufgeregt in die Hände und sprang vor mir auf und ab, als hätte sie einen Flummi verschluckt. Ich konnte gar nicht darauf reagieren, da hallte schon ein »Neeeiiiiin, ist nicht dein Ernst, Momma!« durch den kleinen Raum, und Marie fiel mir laut lachend und nicht minder bühnengerecht in die Arme. »Monsieur Boberschram, Monsieur Boberschram«, schrien jetzt meine beiden Kröten einstimmig und so laut, dass es auch ja jeder in Bois-de-Val mitbekam. »Damit haben wir schon gar nicht mehr gerechnet.« Sie tanzten aufgeregt um mich herum, bis Malou die Ladentür öffnete, seinen Kopf hereinsteckte und erstaunt fragte, ob wir in der Lotterie gewonnen hätten oder warum wir uns so freuten.

»Viel besser!«, rief Marie, zog Malou zu uns herein und umarmte auch ihn fest. »Momma ist verliebt.«

»Unglücklich verliebt«, korrigierte ich sie, um die allgemeine Euphorie zu dämmen.

»Woher willst du das wissen, Momma?«, versuchte Anne die Lage zu sondieren.

»Er hat mich nicht beachtet, obwohl ich mich heute extra für ihn schick gemacht habe. Wie kann man mich denn in diesem Kleid ignorieren?«, fragte ich und wies mit beiden Händen auf mein Dekolleté, von dem aus sich in Reihe kleine, glänzende Knöpfe bis runter zum Saum schlängelten.

»Ach, Momma, heute ist doch der Todestag von Monsieur Boberschrams Frau. Heute darfst du es ihm nicht übel nehmen, wenn er dich mal nicht beachtet. Es ist ja nicht so, dass er sonst keinen Appetit auf dich hätte.«

Marie und Anne kicherten. Malou pfiff anerkennend auf den Fingern. Gleich zweimal hintereinander.

»Woher weißt du das?«, richtete ich mich an meine Älteste.

»Was? Dass er Appetit auf dich hat?«

Erneutes Gekicher.

»Nein, dass heute der Todestag von Marguerite ist.«

»Er hat es mir gesagt, als ich heute Morgen den Laden aufsperrte. Er klang ehrlich verzweifelt. Gott, muss er seine Frau geliebt haben.«

Ich nickte und spürte, wie die Luft meine Lungen füllte und den Brustkorb weitete. Wie sich zu der Luft eine Portion Erleichterung mischte, weil es sein konnte, dass allein der schwarze Tag ihm das leuchtende Gelb meines Kleides vergällt hatte.

»Ja, vielleicht habt ihr recht. An einem solchen Tag darf ich mir nichts von ihm erwarten. Ich weiß sowieso nicht, wie das mit meinen Gefühlen jetzt plötzlich so stark kommen konnte. Seit Chloé mich darauf angesprochen hat …«

»Chloé!!!«

Ein Name, drei Stimmen.

»… ja, Chloé. Seitdem sie mich heute Morgen darauf ansprach, warum ich mich nicht mit Monsieur Boberschram zusammentue, ist es so, als sei eine Mauer um mich eingebrochen. Als sähe ich erst jetzt das, was ich viel früher hätte sehen müssen.«

»Chloé hat dir die Augen geöffnet.«

Malou musste aber auch wirklich immer alles kommentieren.

* * *

Malou und meine Mädchen wussten nun, dass es um mich geschehen war, wenn Monsieur Boberschram den Raum betrat (und auch, wenn er nicht in meiner Nähe war, konnte ich keinen klaren Gedanken mehr fassen).

Er kam nach wie vor fast jeden Abend bei uns vorbei und aß mit uns, brachte das ein oder andere Mal eine Flasche Wein aus unserer Region mit, gelegentlich zum Dank auch eine Schachtel Pralinen aus Roufwiller, wo Paul, sein jüngerer Bruder, den er einmal die Woche besuchte, die rechte Hand des hiesigen, berühmten Chocolatiers war.

Seit ich wusste, dass ich in Monsieur Boberschram verliebt war, kochte ich noch aufwendigere und ausgefallenere Gerichte, traute mich an die Haute-Cuisine-Rezepte meiner Großmutter Yolande heran, nur um Marguerite zu übertrumpfen, die in Monsieur Boberschrams Erinnerung die beste Köchin aller Zeiten gewesen war, eine Künstlerin mit Kochlöffel statt eines Pinsels. Marguerite wurde zu meiner Konkurrentin, unbesiegbar, aber nicht unantastbar, wie die kommenden Wochen zeigen sollten.

Monsieur Boberschram lobte meine Küche, nicht selten entfuhr ihm ein »Ah«, ein »Oh« oder ein »Mmh«, gelegentlich auch ein wohliges Schnalzen mit der Zunge. Oft musste er sich zusammenreißen, nicht auch noch den Teller auszuschlecken und seinen Finger in die Soße zu stecken, die vor ihm in einer Schale auf einem Stövchen warm gehalten wurde. Ich konnte ihm ansehen, dass er den Drang, nichts von dem übrig zu lassen, was vor ihm stand, nur mit Vernunft unterdrücken konnte und weil er unsere amüsierten Blicke wahrnahm. Doch egal, wie sehr ihm mundete, was ich ihm servierte, immer salzte er meine Gerichte wie ein Verrückter nach und kam auf Marguerite zu sprechen. Er war wie besessen von ihr. Er hatte nicht, wie ich es seit Bernards Tod getan hatte, eine Mauer um sich gebaut, die ihm die Sicht nahm, er hatte sich sein eigenes Grab geschaufelt, neben seiner Frau, der er ohne Unterlass die kalte Hand hielt.

Kalti Hand, awer a warmi Lieb!

Je öfter Monsieur Boberschram bei uns aß und seine verstorbene Frau lobte, desto unzufriedener und unglücklicher wurde ich. Meine Mädchen sahen das und sorgten sich um mich. Sie machten sich Gedanken, wie sie mir helfen und Monsieur Boberschram einen Schubs in die richtige Richtung geben konnten. Sie waren überzeugt davon, dass er mich liebte und dass er nur zu blockiert sei, um sich diese Liebe einzugestehen.

»Momma, warum hat er dir einfach so seinen Laden überlassen, und warum sitzt er jeden Abend bei uns und schleckt sich die Finger?«, fragten sie einstimmig (Einstimmigkeit kam bei meinen Töchtern nicht oft vor), und auch Malou nickte dazu, was der ganzen Einschätzung noch mehr Plausibilität verlieh.

Jeden Tag aufs Neue dachten sie sich die wahnwitzigsten Ideen aus, wie sie Monsieur Boberschram und mich verkuppeln könnten. Einmal deckten sie den Tisch feierlich ein, zündeten Kerzen an und mussten plötzlich alle ganz schnell weg, schoben irgendeine Erledigung vor, Hausaufgaben hier, ein Treffen dort – Sie können sich bestimmt vorstellen, wie das ablief. Es war mir ziemlich unangenehm, vor Monsieur Boberschram so vorgeführt zu werden. Doch er schien erst gar nicht zu verstehen, was da vor sich ging. Er würdigte nur den hübschen Tisch und wie viel Mühe meine Töchter sich gegeben hätten, während er gleich wieder auf Marguerite zu sprechen kam und dass auch sie ein Händchen fürs Dekorative gehabt hatte.

Aller Einsatz meiner Kinder half nichts. Auch nicht, als sie sich sogar ein Bild von Marguerite besorgten (fragen Sie mich nicht, wie meine Kröten das anstellten, ich möchte es auch nicht so genau wissen), in der Hoffnung, sie könnten etwas an meinem Äußeren verändern – Haare, Frisur, Kleidung –, damit es dem von Marguerite nahekäme und es endlich klick machte bei Monsieur Boberschram. Sie zupften mir die Augenbrauen, zogen einen Scheitel in mein Haar, plätteten es mir, damit es länger wirkte. Es war makaber. Geradezu erbärmlich.

Irgendwann, als ich mich weigerte, weiterhin Marguerite zu spielen, und sich meine Mädchen daranmachten, neue Ideen zu finden, um zum Erfolg zu gelangen, schaltete sich Malou in die allabendliche Diskussion ein, die einsetzte, sobald Monsieur Boberschram nach Hause gegangen war. Er verkündete, selbstbewusst, wie er war: »Ich weiß die Lösung.«

»Ach, was du nicht sagst, Malou.« Anne war schon immer etwas skeptisch ihm gegenüber gewesen. Manchmal glaubte ich, sie wäre gerne an Maries Stelle. Aber sicher war ich mir nicht.

»Klar doch, klar doch«, antwortete Malou, schlug ein Bein übers andere, verschränkte die Arme hinterm Kopf und schmiegte seinen Rücken lässig in die Lehne des Stuhls. Dabei ließ er seinen Blick durch den Raum schweifen, sah jede meiner Töchter prüfend an.

»Und was ist die Lösung? Wie willst du es anstellen, dass sich Monsieur Boberschram in Momma verliebt?« Coraline klang aufgeregt. Sie sah zu Malou auf, dem Über-zwei-Meter-Mann, der wie ein großer Bruder für sie geworden war.

»Mit Voodoo. Das ist in der Heimat meiner Mutter ganz üblich. Und hat schon vielen geholfen.«

Sie hätten mal Malous Ohren sehen sollen, wie sie leuchteten. Fehlte nur noch, dass sie zu blinken anfingen.

Marie, Anne, Chloé und Coraline fuhren sich gleichzeitig durch ihr aschblondes Haar, ließen ihre schwarzen Augen in seine Richtung aufblitzen.

Voodoo also, dachte ich, während ich die Szenerie betrachtete und die letzten beiden Töpfe abtrocknete, die ich benötigt hatte, um das Abendessen vorzubereiten: Choucroute Royale mit Schweineschwanz, so wie ich es von meiner Großmutter Yolande gelernt hatte.

»Wir benötigen dafür nur ein wenig Erde, rote Erde, bei Vollmond unserem Planeten entnommen. Dazu etwas Rinde. Die Rinde eines starken Baums, ebenso bei Vollmond abgekratzt. Dazu Nelken, das Haar einer Ziege und etwas Zeit, um all das zu einer knetbaren Paste zu verkochen, die derjenige mit sich trägt, der sich verliebt hat, und an den Menschen weitergibt, von dem er geliebt werden möchte.«

»Ha!«, sagte ich laut, verräumte die beiden Töpfe in der ausziehbaren Schublade unter dem Herd und verabschiedete mich zu Bett. So viel Humbug musste ich mir dann doch nicht anhören, wenngleich mich der Eifer meiner Kinder, mich glücklich verliebt sehen zu wollen, anrührte. Aber genug war genug.

Was ich nicht mehr mitbekam, als ich die Jalousie herunterließ, um den Vollmond, der für so vieles herhalten musste, aus meinem Schlafzimmer auszuschließen, war, dass auch Anne, Chloé und Coraline sich für die Nachtruhe zurückzogen. Nur Marie und Malou blieben am großen Esstisch unserer Wohnküche sitzen, hielten Händchen, küssten sich zwischendrin, standen dann gemeinsam auf, um ihr Nest im Baum aufzusuchen, das in den Farben des Regenbogens gegen das grüne Blätterdach des Bergahorns anleuchtete.

In dieser sternenklaren Nacht ließen sie allerdings die Finger voneinander. Dafür wies Malou meine Älteste in die Kunst des Voodoos seiner Mutter ein, und am nächsten Morgen hatte Marie einen Plan gefasst, der nicht nur mir, sondern auch unserem Kleinunternehmen dienlich sein sollte. Ach, was rede ich da: *äußerst* dienlich sein sollte.

Es verging knapp eine Woche, da baten Marie und Malou uns an den Familientisch auf der Terrasse, den Bernard, Gott hab ihn selig, für uns zusammengezimmert hatte.

Es war ein Sonntag, ich zupfte gerade Unkraut im Garten, während Anne und Coraline mit Bernards alter Kamera unter der Schatten spendenden Pergola Fotos von sich machten. Kussmundposen, Brust raus, Mund offen, alles sehr lasziv. Oft fragte ich mich, ob ich nicht eingreifen sollte, aber dann beschloss ich, ihnen einfach kein Geld für die Entwicklung der Filme zu geben. Das war sowieso viel zu teuer, und so konnten meine Mädchen keinen Unfug mit ihren Bildern anstellen.

Damals war vieles leichter. Heute lässt sich das ja nicht mehr steuern. Ich lese Zeitung, ich schaue fern, denken Sie bloß nicht, ich sei nicht à jour, was die Probleme dieser Tage mit dem ganzen Internet und so betrifft. Auch mit zweiundneunzig weiß ich, was ein Smartphone ist. Ich kann dieses Wort sogar aussprechen. Ich besitze sogar eines. Da staunen Sie, nicht wahr? (Wenn man alt ist, wird man oft nicht nur für gebrechlich gehalten, sondern auch für dumm oder zumindest für rein retrospektiv. Das ist ein echtes Problem! Daher reagiere ich so vehement. Nehmen Sie es bitte nicht persönlich.)

Nachdem Marie und Malou uns zu sich gerufen hatten – ihre Stimmen klangen aufgeregt, irgendetwas Wichtiges schienen sie uns sagen zu wollen –, ließ ich meine Harke fallen, wischte mir den Schweiß von der Stirn, streifte mir die

Gartenhandschuhe ab, streckte meinen müden Rücken durch und ging, unzählige Gebete in den Himmel schickend, dass Malou Marie nicht geschwängert hatte, entlang der blühfreudigen Rosen zum Familientisch. Es war zehn Uhr in der Früh, und die Temperatur lag jetzt schon bei fünfundzwanzig Grad. Der Duft von Zitronenkraut, Aprikose, Marille, Birne, Karamell und Cidre wehte mir von den zartgelben Rosenblüten entgegen. Sie waren eine Züchtung von Monsieur Stab, meinem ehemaligen Lehrer, längst unter der Erde, der den Rosen nach seiner Pensionierung seine ganze Zeit und Aufmerksamkeit geschenkt hatte. *Un Souvenir d'Alsace* hatte Monsieur Stab damals zu mir gesagt, als er mir einen leuchtenden Stock vorbeibrachte, zur Aufmunterung nach Bernards Tod.

Marie und Malou standen Händchen haltend auf der Terrasse und wiesen mich an, am Familientisch Platz zu nehmen. Anne und Coraline saßen bereits dort und warteten geduldig. Nur Chloé hatte, wie so oft, wenn keine Schule war, ihr Bett noch nicht verlassen und würde das auch bis zum Mittag nicht tun, außer man köderte sie oder man drohte ihr mit etwas. Als ich den Stuhl zurückzog und mich hinsetzen wollte, trat Chloé gerade verschlafen durch die Terrassentür. Fragen Sie mich nicht, wie Marie und Malou es geschafft hatten, sie an jenem Sonntag zu überreden, zu uns zu stoßen. So missmutig, wie meine Drittgeborene sich auf den Stuhl fallen ließ, hatten sie ihr wohl gedroht. Mit was auch immer.

Kaum waren wir also vollzählig, öffneten Marie und Malou eine der Pralinenschachteln, die Monsieur Boberschram mir gelegentlich aus der Roufwillerschen Schokoladenmanufaktur mitbrachte – und wir sahen auf zwei in etwa gleich große, erdbraune Murmeln, die die Konsistenz von gepresstem Kuhmist zu haben schienen, präsentiert in silbern glänzenden Aluminiumförmchen.

»Was ist das?«, fragte Chloé genervt und konnte ein Gähnen nicht unterdrücken.

»Voilà, darf ich vorstellen: un couple d'une petite bombe d'amour.«

»Ein Paar Liebesbömbchen!«, übersetzte Anne irritiert, als spräche sie kein Französisch und müsste das, was Marie gesagt hatte, erst in verständliche Worte fassen.

»Genau. Aber auf Französisch klingt es universeller, daher haben wir uns für die französische Variante entschieden. Schließlich soll unsere Erfindung in ganz Frankreich Erfolg haben.«

»Nicht nur in Frankreich«, ergänzte Marie, die schon immer ehrgeizig war, »auch international!«

Chloé rümpfte die Nase. Anne zog die Augenbrauen hoch. Und Coraline lachte, als hätte jemand einen richtig guten Witz gerissen.

Ich nahm die Schachtel zur Hand und hob sie vorsichtig an meine Nase. Es roch nach Nelken und Zimt, aber auch recht erdig und nach frischem Heu. Ziemlich weihnachtlich unter der strahlenden Sonne, befand ich. Aber immerhin roch es besser, als es aussah.

»Kann man das auch essen?«, erkundigte ich mich kritisch und hoffte insgeheim, die beiden kämen nicht auf die Idee, mir die Ehre erweisen zu wollen, den ersten Bissen nehmen zu dürfen.

»Nein, keine Sorge«, sagte Malou. »Essen sollte man die Liebesbomben nicht, dafür sind sie nicht gemacht. Aber sie mit sich führen, das sollte man, am besten an der Haut. Sie sind entwickelt worden, um der Liebe eines Menschen ein Gegenüber zu geben. Trägt derjenige, der sich verliebt hat, die Liebesbombe mit sich, während derjenige, in den er sich verliebt hat, das Gegenstück bei sich hat, dann schlägt die Liebe zu. Sie werden zueinanderfinden.«

»Ist das was für Homosexuelle?«, fragte Chloé.

»Wie kommst du darauf?«, fragte Marie genervt und blitzte ihre kleine Schwester böse an.

»Na, weil Malou nur in der männlichen Form spricht.«

»Schlaumeier«, entfuhr es Marie.

»Schlaumeierin, wenn ich bitten darf«, konterte Chloé, nicht ohne ein breites Grinsen aufzusetzen.

Die Nachwehen der Achtundsechzigerbewegung waren elf Jahre später auch im Elsass angekommen. Zumindest bei Chloé, die sich mit ihren sechzehn Jahren für alles interessierte, was zur Gleichberechtigung zwischen Mann und Frau beitragen könnte. Was ich gut fand, nur damit Sie Bescheid wissen.

»Und das glaubt ihr wirklich?«, mischte sich meine Jüngste in die Unterhaltung ein, griff nach der Schachtel und schnupperte an ihr.

»Ja«, antwortete Malou mindestens so überzeugt wie Marie, deren Ja zur gleichen Zeit und mit ebensolcher Kraft wie das meines Schwiegersohns in spe herausgeschossen kam.

»So ein Quatsch«, raunte Chloé und schüttelte den Kopf, bis ihre Haare flogen. Als Marie etwas darauf sagen wollte, fing Chloé wieder demonstrativ zu gähnen an, mit extra weit aufgesperrtem Mund und sehr, sehr lange. Dann erhob sie sich, winkte in die Runde und ging davon, um sich wieder ins Bett zu legen. Der Tag war einfach zu schön, als dass man ihn draußen hätte genießen können.

»Ich bin bereit, die Liebesbomben zu testen.« Das sagte Anne, kaum war Chloé im Haus verschwunden. Anne stand Marie am nächsten, auch wenn sie oft – zu oft – miteinander konkurrierten. Außerdem hatte sie ein Anliegen: »Ich möchte mit Jérôme zusammenkommen, aber der ist schon mit Janine liiert. Geht das dann auch? Also wenn einer bereits in festen Händen ist?«

»Ja, klar, dann dauert es vielleicht nur länger«, antworteten Marie und Malou gleichzeitig. Die Freude über Annes Interesse war ihnen anzusehen. Ihre Mundwinkel gingen synchron nach oben und verharrten auf gleicher Höhe.

Und so fing alles an.

* * *

Jérôme. Ich hörte an diesem Tag zum ersten Mal, dass meine Zweitälteste von ihm schwärmte. Ich kannte ihn. Ich hatte ihn schon in den Armen gehalten, da war er gerade mal sechs Wochen alt und sah aus wie eine reife Erdbeere. Rotes Gesicht, übersät mit kleinen, weißen Pusteln, die irgendwann verschwanden. Ich war mit seiner Mutter Louise zur Tanzschule gegangen. Wir hatten uns aus den Augen verloren; nicht, weil etwas zwischen uns vorgefallen war, wir fanden nur mit den Kindern keine Zeit mehr, uns zu sehen. Es war nicht wirklich schade drum. Louise war freundlich, nett, aber auch ein wenig einfältig. Dafür konnte sie nichts, dennoch waren die Gespräche mit ihr unbefriedigend. Sie machten meinen Kopf leer, statt ihn zu füllen mit Anregungen, die ich mir von einer Freundschaft wünschte. Und so verlor sich unser Kontakt.

Jérôme lebte mit seinen Eltern in Laboire, dem Bergdorf mit der extra sauberen Luft. Er kam auffallend oft die zehn Kilometer zu uns mit dem Fahrrad gefahren. Dafür musste er durch eine Menge Wald radeln und hatte auch ein paar Höhenkilometer zu überwinden. Um das zu tun, musste er schon einen guten Grund haben. Und der Grund, da waren sich alle einig, war Anne.

Zwar war Jérôme zu einem sportlichen jungen Mann herangewachsen, aber deswegen mit einem alten Fahrrad bis zu uns ins *Chez Malou* zu fahren, nur um ein paar Kaugummis und eine Flasche Cola zu kaufen, das war in der Tat recht ambitioniert. Das musste auch ich zugeben.

Oft stand er nach dem Kauf noch eine Weile im Laden herum und starrte auf die Lampions, als müsste er sie zählen. Irgendwann schlurfte er hinaus ins Freie und setzte sich im Schneidersitz auf den Bordstein des Trottoirs, die Kaugummis und die Cola stellte er vor sich auf den Asphalt. Da saß er dann und berichtete allen, die es hören und auch nicht hören wollten, von den Spielen, die seine Mannschaft gewonnen hatte. Die Misserfolge erwähnte er nie.

Jérôme war ein Basketballspieler von zwei Metern. Er war fast exakt so groß wie Malou. Ihm fehlte nur ein halber Zentimeter, was Marie für außerordentlich wichtig hielt – immer diese Konkurrenz zwischen meinen beiden Ältesten, herrje!

Jérôme war aber nicht nur wegen seiner Größe nicht zu übersehen, sondern auch wegen der Sommersprossen um seine Nase, die die gleiche Farbe hatten wie sein kupferrotes, halblanges Haar. Oft zog er sich nach seiner Konversation mit den Anwesenden vor dem *Chez Malou* ein Paar Kopfhörer über die Ohren, schaltete seinen Walkman ein – das war damals brandneu, eine echte Sensation, nicht nur in Bois-de-Val – und wippte im Takt der Musik mit seinem elend langen Oberkörper (im Vergleich zu Malou, der sowohl lange Beine als auch einen langen Oberkörper hatte, hatte Jérôme eher kurze Beine und einen dazu unproportional langen Oberkörper) vor und zurück.

Jérôme war ein liebenswürdiger Kauz, einer, der sich keine Gedanken darüber machte, wie er aussah und wie er bei anderen ankam. Er hatte keine Ahnung von seiner eindrucksvollen Präsenz, die er nicht nur seinen roten, langen Haaren verdankte und seinem schlaksigen Körper, sondern auch seinem schelmischen Grinsen, den großen, gutmütigen grünen Kulleraugen und seiner Art, sich zu bewegen, die nichts anderes ausdrückte als Gelassenheit. Eine Gelassenheit, die man sich nicht antrainieren kann. Entweder man hat sie oder man hat sie nicht. Jérôme hatte sie und kam weit mit ihr in seinem Leben, das kann ich Ihnen sagen.

Dass er eine Freundin hatte, wusste nur Anne zu berichten, die ihn einmal in einem ruhigen Moment darauf ansprach, wobei sie allen Mut zusammennehmen musste.

»Kommt deine Freundin auch einmal mit nach Bois? Wir feiern im Herbst ein kleines Fest und holen die Einweihung unseres Ladens nach.«

Jérôme nickte und sagte dann: »Ja, wenn Janine in den Semesterferien wieder nach Laboire zurückkommt, dann bestimmt.«

Damit war das Thema für Anne erledigt – bis Marie und Malou verkündeten, diese erdigen, nach Weihnachtskeksen duftenden Kugeln seien die Rettung für alle unglücklich Verliebten.

Ich hielt es für einen Scherz. Für eine Spielerei zweier junger Erwachsener, die noch nicht weit genug von ihrem Kindsein entfernt waren, als dass sie sich solcherlei Späße nicht hätten erlauben dürfen. Ich dachte nicht daran, dass sie die Sache mit den Liebesbomben wirklich ernsthaft weiterverfolgen würden. Obwohl ich es besser hätte wissen müssen, schließlich kannte ich Maries Willenskraft.

* * *

Anne glaubte an die Liebesbomben. Beziehungsweise: Sie wollte an sie glauben. Unbedingt. Sie war naiv genug und ziemlich impulsiv. Ein großes Mädchen voller Emotionen, das sich mehr von ihren Gefühlen leiten ließ als vom Verstand. Was nicht immer falsch sein muss, verstehen Sie mich da bitte richtig.

Behutsam und unter Malous strengem Blick nahm Anne eine der Kugeln aus der Pralinenschachtel und entfernte das silbern glänzende Aluminiumförmchen. Währenddessen zog Marie ein kleines rosafarbenes Organzasäckchen aus ihrer

Hosentasche, öffnete es und hielt es Anne auffordernd hin, die die erdige Murmel auch sogleich darin versenkte. Nun zog Marie das Säckchen mithilfe zweier Laschen oben zu und ließ es an ihrem Finger hin und her baumeln.

Malou erklärte, Anne müsse den kleinen Beutel jeden Tag bei sich tragen, am besten direkt am Körper. Auch nachts solle sie ihn nicht ablegen. Nur wenn sie sich dusche, sei es ihr erlaubt. Die Liebesbomben würden mit der Zeit immer kleiner werden, ihre Form verlieren, lediglich eine Mischung aus Sand und Erde würde in dem Säckchen übrig bleiben und sich nach und nach mit ihrer Haut verbinden. Anne müsse – das sei äußerst wichtig –, sobald die Kugel sich zerlegte, die zweite Liebesbombe, die Marie, als sei sie Malous perfekte Assistentin, gerade in ein Organzasäckchen in blauer Farbe steckte und mit einem kräftigen Zug verschnürte, an Jérôme weitergeben. Sie müsse ihn davon überzeugen, das Säckchen ebenso tags wie nachts mit sich zu führen. Auch er solle seine Haut damit in Kontakt bringen. Sobald die zweite Liebesbombe ihre Form verliere und ihren Inhalt durch die netzartige Struktur des Organzabeutels an Jérômes Körper abgebe, würde sich herausstellen, ob die beiden füreinander bestimmt seien. Entweder sie kämen zusammen, Jérôme würde sich von seiner Freundin trennen, weil er erkenne, dass er Anne liebe, oder aber Anne wisse, falls dieser Fall nicht eintrete, dass sie sich neu orientieren müsse, da Jérôme niemals mit ihr einen gemeinsamen Weg einschlagen werde.

»Aha«, sagte ich. »Da habt ihr euch ja nach allen Seiten hin abgesichert. Ganz schön schlau.«

Meine Bemerkung wurde von Malou mit zweimaligem Achselzucken quittiert. Mehr nicht. Ich hatte es nicht anders erwartet. Er war ein Fuchs, unser Malou.

Anne steckte sich das Säckchen in den Bund ihres Slips.

»Ich muss nur aufpassen, dass es mir nicht in die Toilette fällt, wenn ich aufs Klo gehe, aber ansonsten ist das eine perfekte Stelle. Sie fällt niemandem auf außer mir.«

Anne konnte es kaum erwarten, dass es Montag wurde und sie sich hinter den Tresen vom *Chez Malou* stellen konnte, um zu verkaufen und auf die Ankunft Jérômes zu warten. Sie machte sich nur große Sorgen, wie zum Teufel sie Jérôme die zweite Liebesbombe andrehen konnte.

»Wie soll ich das nur anstellen?«, fragte sie Marie und Malou, die dafür keine Anleitung parat hatten, aber dennoch um keine Antwort verlegen waren.

»Das ist ein Teil des Voodookonzepts. Du musst es für dich selbst herausfinden, nur dann funktioniert es.«

»Konntet ihr nicht ein Voodooding konzipieren, bei dem man nicht von vornherein an der Umsetzung scheitert?«

»Du wirst es schaffen. Wir glauben an dich.«

Marie und Malou sprachen eine Sprache.

Fünf Tage (und fünf Besuche Jérômes im *Chez Malou*) brauchte Anne, bis sie mit der Liebesbombe für ihn herausrückte. Ihre eigene Kugel hatte bereits recht früh ihre Form verloren, ein Großteil der erdigen Substanz hatte sie sich in ihren Slip gerieben, »was alles andere als appetitlich aussieht, dafür nicht schlecht riecht«, wie sie uns wissen ließ, ohne uns zu fragen, ob wir das so genau wissen wollten.

»Halt einfach die Klappe«, war Chloés Kommentar dazu, gefolgt von einer Geste, als müsse sie sich augenblicklich übergeben.

Anne versuchte ihr Glück bei Jérôme auf direkte Art und Weise. Etwas, das sie sich, so impulsiv und emotional sie auch war, sonst nicht getraut hätte.

Als Jérôme den Laden betrat, um eine Cola und um die Kaugummis (Limette, grüngelb, einzeln in Silberpapier gewickelt) bat, um die er immer bat, hielt ihm Anne mit ausgestrecktem Arm die Liebesbombe in dem blauen Säckchen vors Gesicht.

»Was ist das?«, fragte Jérôme und stierte irritiert das baumelnde Säckchen an.

»Kommt ursprünglich aus Westafrika«, erklärte Anne stolz, als hätte sie es selbst importiert. »Aus Mali, um genauer zu sein. Ist Voodoo und soll Menschen helfen herauszufinden, ob sie füreinander bestimmt sind. Es sieht aus wie Kötel, ich weiß, ist es aber nicht, riech doch mal!«

Anne streckte die Hand noch weiter über den Tresen aus und hielt das Bündel nun direkt unter Jérômes Nase. Der wich erst einmal ein Stück zurück wie aus einem Reflex, bevor er sich besann und sich vorsichtig nach vorne beugte. Sein dünner Oberkörper machte dabei einen langen Bogen.

Intensiv beschnupperte er den Inhalt, seine Nasenflügel blähten sich, zogen sich zusammen, dann machte er sich wieder gerade und sagte: »Riecht nach Spekulatiuskeksen.«

»Stimmt.« Anne drückte freudig ihre Brust heraus, was Jérôme nicht unbeeindruckt ließ.

»Und was soll man jetzt damit machen?«, fragte er, wobei er weder das Säckchen noch Anne ansah, sondern ihre Brüste.

»Man trägt es eine Weile am Körper, so lange, bis die Kugel sich auflöst – und dann wartet man ab, was passiert. Im besten Fall findet man die Liebe seines Lebens. Ich habe meine Kugel in die Unterhose getan.« Während Anne das sagte, hob sie ihr T-Shirt hoch, entblößte ihren flachen Bauch, zupfte am Bund ihrer Unterhose herum, sodass Jérôme, dessen Sommersprossen auf einmal mit seiner Gesichtsfarbe verschmolzen, Annes Leiste sehen konnte, an der die Schnüre des rosafarbenen Säckchens klebten.

»Ah, gut«, stammelte Jérôme, schnappte sich Cola und Kaugummis vom Tresen, um sich so schnell wie möglich der Situation zu entziehen, die ihm allmählich etwas zu heikel wurde.

Anne, ausdauernd wie sie ist, hielt ihn auf.

»Du kannst das Säckchen natürlich auch an einer anderen Stelle tragen, falls es dich da unten« – sie zeigte mit ihrem Finger in Richtung seines Hosenstalls – »stören sollte.«

»Ach so, äh, ja, gut.«

Jérôme war wirklich ein höflicher Junge. Wohlerzogen und aufmerksam. Er war stehen geblieben und blickte Anne und ihren Fingerzeig nun ratlos an.

»Aber warum sollte ich es überhaupt tragen?«, fragte er, immer noch ganz rot im Gesicht.

»Ganz einfach«, befand Anne. »Du sollst mir helfen herauszufinden, ob dieser Voodoozauber etwas taugt oder nicht. Ich habe eine Wette mit meiner älteren Schwester laufen«, flunkerte sie.

Sie hätten mal Annes Augen sehen sollen, wie sie funkelten und einem mit ihrem Feuer das Herz erwärmten. Dazu ihr Lächeln, kokett, verschmitzt und so weich und cremig, als könnte sie mit ihren Lippen ein Butterbrot schmieren.

»Also, wie sieht's aus? Magst du das für mich tun?«

Jérôme zuckte die Achseln, und sein roter Kopf verschwand zwischen seinen knochigen Schultern.

»Wenn du meinst.« Er sagte es so, als hätte er keine andere Wahl. Dann ging er zwei Schritte auf sie zu, griff nach dem Säckchen, das Anne ihm weiterhin demonstrativ hinhielt, steckte es in die Hosentasche und verließ eilig den Laden, sodass die Glocken über der Eingangstür lange nachschellten.

Jérôme setzte sich wie gewohnt an den Rand des Bordsteins, die Beine im Schneidersitz, und legte seine Einkäufe zwischen sich auf den Asphalt. Daraufhin zog er das Säckchen hervor, schnupperte erneut daran und steckte es heimlich (er sah sich vorher um, ob ihn jemand dabei zusah) in den Bund seiner Boxershorts, wo sich sein Schweiß mit dem erdigen Material schnell vermischte.

Der Anfang war gemacht.

* * *

Während die Sonne in jenem Sommer am Himmel brütete, als strahlte sie über Afrika, die Felder dürsteten, die Weinreben ihre Köpfe hängen ließen und die Winzer gegen das Ausdörren der Trauben ankämpften, drang die erdige Masse der Liebesbomben in Annes und Jérômes Poren ein und verbreitete ihr würziges Aroma.

Die Neugierigsten im Dorf, die jeden Wandel schon ahnten, noch bevor er einsetzte, streckten bereits ihre Nasen in die Luft und witterten etwas. Gelegentlich hörte ich den Wind Wörter wie »Zauber« und »Voodoo« flüstern und wunderte mich, wie es sein konnte, dass von der Aktion mit den Liebesbomben irgendetwas nach draußen gedrungen war, andererseits wunderte es mich, dass ich mich überhaupt darüber wunderte. In Bois-de-Val bekommt jeder alles mit, selbst dann, wenn es eigentlich gar nicht möglich ist, etwas mitzubekommen. Das ist das Gesetz des Dorfes. Der Dörfer allgemein. So war es immer schon gewesen. Gerüchte verbreiten sich stets schneller, als das eigentliche Geschehen vorangeht.

Erst als die Starkregenfälle einsetzten, verstummten die Gerüchte. Zwangsweise. Wir hatten alle viel zu tun, um unser Eigentum vor den Wassermassen zu schützen, die die Straßen und Gassen heruntergeschossen kamen, als hätten wir unsere Häuser an einer unberechenbaren Schlucht gebaut, als hätte unser nahe gelegener Fluss vor, unsere Region von dem Schmutz reinzuwaschen, der sich seit der letzten Hochwasserkatastrophe bis in die tiefsten Ritzen unseres Dorfes hinein angesammelt hatte.

Wir mussten die Markise einholen, die Bistrotische und alle Stühle in unserer Garage verstauen. Wir schlossen unseren Laden, verriegelten die Tür und das große Fenster zur Straße hin mit den Sandsäcken, die uns von Rettungskräften (was wäre nur aus uns geworden ohne sie?) zur Verfügung gestellt worden waren. Es gab niemanden, der auf die Idee kam, bei uns einkaufen zu wollen. Wie auch? Bois-de-Val war am Untergehen, alle pumpten wir, so gut es ging, die Keller leer, jeder half jedem, was notwendig war, wenn wir unser Dorf nach dem Unwetter nicht schon wieder neu aufbauen wollten. Es stand ja noch nicht so lang in seinem alten, neuen Glanz. Aber das ist eine andere Geschichte, auf die ich zu einem späteren Zeitpunkt noch zurückkommen werde, dann, wenn ich die Kraft dafür habe, tiefer in meine Erinnerungen zu dringen und in eine Zeit zurückzukehren, die nur die Schattierungen einer einzigen Farbe kennt: Schwarz.

Marie und Malou waren die Einzigen, denen das Wasser nicht zu nahe kam. Sie saßen in ihrem Baumhaus, über das sie eine dicke, große Plane gespannt hatten (ein Wunder, dass diese einfache Konstruktion ausreichte, um sie zu schützen), und gaben sich nach getaner Hilfsarbeit (sie ackerten wirklich hart, schleppten Sandsäcke, bauten Schutzwälle, halfen Nachbarn und Freunden) ihrer körperlichen Begeisterung füreinander hin (was mir Marie eines Morgens, fragen Sie mich bitte nicht, warum, mitteilte). Trotzdem drang in der Zeit des Starkregens nur selten ein Schrei der Verzückung bis zu uns hindurch. Das lag in jenen Tagen allein an der Natur. Das harte Prasseln der Regentropfen auf dem Dach und gegen die Fenster sorgte dafür, dass wir unsere Ohren nicht zuhalten mussten, um vom Glück der beiden verschont zu werden.

Als sich die Sonne zwei Wochen später wieder traute, hinter den dicken Quellwolken hervorzuschauen, die nach wie vor den Himmel über dem Elsass dominierten, rollten wir die Markise aus, trugen die Bistrotische und die Stühle von der Garage zum Trottoir, drehten das Schild von *fermé* auf *ouvert* und rissen die Tür weit auf, damit die Feuchtigkeit entweichen konnte, die sich nicht nur im *Chez Malou*, sondern in allen Mauern Bois-de-Vals festgesetzt hatte.

Unser erster Gast war Jérôme. Er kam mit dem Auto, zusammen mit seiner Mutter Louise, da es den Weg durch den Wald, den er sonst immer mit dem Fahrrad genommen hatte, nicht mehr gab. Er war, wie so vieles, weggewaschen worden.

Ich begrüßte Louise, drückte ihr ein Küsschen rechts, dann links auf die Backe und bot ihr an, mit mir einen Kaffee zu trinken, draußen, auf dem Trottoir, das von den Strahlen der Sonne gerade trockengeleckt wurde und dessen Grau Stück für Stück an Intensität verlor.

Jérôme stand neben seiner Mutter, die Arme nah am Körper herunterhängend, und bewegte sich nicht. Auch Anne machte keine Anstalten, Louise und mir eine Tasse Kaffee einzuschenken. Sie gaffte Jérôme von ihrem Platz hinter dem Tresen aus an wie einen Außerirdischen. Der Mund war halb offen, die Kinnlade nach unten geklappt (es sah alles andere als vorteilhaft aus, das können Sie mir glauben!), die Augen weit aufgerissen und leicht gerötet, als hätte sie die Nacht durchgemacht.

Jérôme seinerseits sah nicht viel besser aus. Auch er hatte den Mund geöffnet, zeigte seine rosa Zunge, die wie bei einem hechelnden Hund halb heraushing. Sein ganzer Körper zitterte, als friere er, was in dieser warmen, schwülen Luft, die unseren Laden in eine Dampfsauna verwandelt hatte, nicht nachvollziehbar war.

Und dann geschah etwas, das mir auch im Nachhinein noch unwirklich vorkommt, so unwirklich, dass ich Schwierigkeiten habe, die richtigen Worte für eine angemessene Beschreibung dessen zu finden, was sich vor meinen Augen und vor denen von Jérômes Mutter abspielte: Die beiden lösten sich ganz plötzlich aus ihrer Starre und bewegten sich gleichzeitig, als wäre ein Startschuss gefallen, aufeinander zu. Keiner war schneller oder langsamer, sie hatten das gleiche Tempo, blieben dann voreinander stehen, legten jeweils ihre Hände auf die Schultern des anderen, streckten ihr Kinn nach vorne und versanken in einen langen, nicht mehr enden wollenden Kuss.

Ein Kuss, der es in sich hatte und der – das mag in Ihren Ohren jetzt vielleicht übertrieben klingen, aber es war so! – Schmetterlinge auffliegen ließ. Nicht nur in meinem Bauch, wie Louise mir später gestand, als wir doch noch einen Kaffee zusammen tranken, sondern auch in ihrem. Und vor allem in unserem Laden. Hunderte Schmetterlinge (ach, was rede ich, Tausende!) tanzten wie wild um Jérôme und Anne herum, flogen auf und ab, landeten mal hier, mal dort, beschnupperten sich gegenseitig, flatterten wieder weg, zeigten uns ihre Farben und Formen. Der reinste Genuss für die Augen, die ich mir permanent rieb, um zu überprüfen, ob das, was ich sah, auch der Realität entsprach.

Von dem Tag an waren Jérôme und Anne unzertrennlich. Sie sind es bis heute, das verrate ich Ihnen gleich. Sie haben geheiratet und drei Mädchen gekriegt, Marion, Antoinette und Rosy, inzwischen vierunddreißig, zweiunddreißig und dreißig, alle rothaarig, alle schwarzäugig und mit einem Meter neunzig viel zu groß, um einen Mann zu finden, auf den sie nicht hinunterblicken müssen.

Kaum waren Jérôme und Anne ein Paar, ging das Gerede im Dorf wieder los. Und das nicht zu knapp. Die einen, die nur das hörten, was sie hören wollten, behaupteten, das *Chez Malou* sei nach dem Starkregen von einer Schmetterlingsepidemie heimgesucht worden. Die anderen, meist die Jüngeren, sprachen davon, sie hätten Jérôme und Anne bei uns im Laden zwischen den Regalen beim Liebemachen beobachtet. Was vermutlich nicht einmal gelogen war, so wie sich Jérôme und Anne täglich ansahen, voller Hunger aufeinander. Wieder andere munkelten, Malou habe – bei was auch immer – seine Finger im Spiel gehabt, sie hätten gesehen, wie er Jérôme und Anne mithilfe irgendeiner ätherischen Essenz aus seiner alten Heimat verzaubert habe. Ach was, verhext!

Letztlich hatten alle irgendwie recht. Aber niemand hatte eine Ahnung davon, was wirklich geschehen war. Auch ich nicht. Geschweige denn Marie und Malou, wobei die beiden das zum damaligen Zeitpunkt niemals zugegeben hätten.

Fakt war, dass es funktionierte, was sie uns im Garten vor dem Familientisch stehend prophezeit hatten: dass die Liebesbomben unglücklich Verliebten dazu verhalfen, glücklich zu sein.

Zufall oder nicht, das war dabei ganz egal.

D'Liewe päppt wie Bäredreck,
M'r bringt si nim vom Herze weg.

* * *

Irgendwann, es muss keine zwei Wochen nach Jérômes und Annes Zueinanderfinden gewesen sein, stand Coralines Klassenlehrerin – eine noch recht junge Frau von vielleicht achtundzwanzig Jahren – bei uns im Laden und machte ihre Einkäufe. Sie kam aus einem Kaff in Lothringen nahe der luxemburgischen Grenze (ihr Weiler zählte gerade mal vierzig Einwohner, wie sie mir erzählte; Bois-de-Val musste ihr vorkommen wie eine Großstadt) und hatte ein Appartement unweit der Schule bezogen. Coraline, meine Jüngste, mochte sie gern, sie bekam stets gute Noten von ihr – und so fand auch ich sie sympathisch.

Mademoiselle Dupont legte ihre Einkäufe auf den Tresen und kramte lange in ihrem Portemonnaie nach Münzen. Etwas zu lange. So groß war das Fach ihrer Geldbörse nun wirklich nicht. Braunes Leder mit einem silbernen Schnallenverschluss.

Ich beobachtete sie, ihre roten Wangen, die leicht zittrigen Hände, die feuchte Haut über der Oberlippe, und fragte mich gerade, ob sie vielleicht krank sei, sich eine Sommergrippe eingefangen habe, als sie plötzlich mitten im Kramen innehielt, sich weit zu mir über den Tresen beugte und etwas flüsterte, das ich nicht verstand. Ich dachte, sie spräche womöglich wegen ihres Infekts so leise, weil der Hals schmerzte oder ihre Mandeln angeschwollen waren. Doch dann drehte sie sich verstohlen um, als überprüfe sie, ob sich noch weitere Kunden bei uns im Laden aufhielten, was bis auf den Kapellmeister nicht der Fall war – und da wusste ich schon, woher der Wind wehte.

Erneut richtete sie ihre Worte an mich, aber nur unmerklich lauter: »Ich habe gehört, dass Sie da was haben, Madame Nan.« Sie hüstelte verschämt. Sie war wirklich noch grün hinter den Ohren, auch wenn sie schon auf die dreißig zuging und in ihrem Beruf eine Menge Verantwortung trug.

»Was meinen Sie denn, Mademoiselle Dupont?«, fragte ich.

»Ich meine was gegen Liebeskummer. Etwas, das wirkt. Damit er weggeht oder …«, jetzt beugte sie sich noch weiter vor und hauchte die Worte, statt sie zu flüstern, »… oder dass sich Monsieur Allmery in mich verliebt.«

Ihre Stirn glänzte, als sie den Satz ausgehaucht hatte. Sie machte sich augenblicklich wieder gerade, sichtlich erleichtert, dass ihr Anliegen nun endlich heraus war, und blickte sich ein weiteres Mal im Laden um. Kurz fixierte sie den Kapellmeister, der etwas im Regal bei den Dosenfrüchten suchte, als wollte sie herausfinden, ob er gelauscht hatte.

»Mademoiselle Dupont«, sagte ich und kam hinter dem Tresen hervor. Es war ja nicht mit anzusehen, wie sie sich quälte. »Andere Länder, andere Sitten, das wissen Sie«, sagte ich so leise wie möglich, damit sie sich nicht unwohl fühlte.

»Malou und meine Tochter haben etwas kreiert, das angeblich helfen soll, wenn man unglücklich verliebt ist. Ich kann nicht sagen, dass ich daran glaube. Ich kann aber auch nicht behaupten, dass es im Falle von Jérôme und Anne nicht gewirkt hat. Und wegen dem, was zwischen Jérôme und meiner Tochter geschehen ist, sind Sie doch hier, nicht wahr?«

Sie nickte wie ein Kind, dem man erklärt, dass es nicht auf die Straße rennen dürfe, ohne sich vorher nach links und rechts und wieder nach links umzusehen.

Ich fuhr fort: »Was ich allerdings denke, liebe Mademoiselle Dupont, ist, dass Monsieur Allmery erfreut sein würde, wenn er wüsste, dass eine so feine, gebildete Dame, wie Sie es sind, etwas für ihn übrig hat. Er ist schon viel zu lange ledig. Reden Sie doch einfach mit ihm. Er kann keiner Fliege etwas zuleide tun.«

»Das geht nicht«, antwortete sie, während der Schweiß auf ihrer Stirn nun Tropfen bildete.

»Warum nicht, Mademoiselle Dupont?«

»Weil ich viel zu schüchtern bin und weil er darüber hinaus mein Vorgesetzter ist. Stellen Sie sich vor, er weist mich zurück! Alle würden es erfahren, ich könnte mich nicht mehr blicken lassen, ohne mich in Grund und Boden zu schämen.«

»Aber für Ihre Gefühle müssen Sie sich doch nicht genieren, Mademoiselle Dupont.«

Es war nichts zu machen. Und ich konnte sie gut verstehen. Ich riet ihr etwas, das ich selbst nicht zustande brachte. Monsieur Boberschram hatte keine Ahnung, was ich für ihn empfand, obwohl ich jeden Abend für ihn aufkochte, als würde ich mich um einen Stern für den Guide Michelin bewerben. Das war schon ziemlich verlogen. Aber es war nicht überheblich von mir gemeint. Im Gegenteil. Ich meinte es gut mit Mademoiselle Dupont, sie war wirklich ein Schätzchen. Und sie tat mir leid.

Zwei Tage später stand sie wieder bei mir im Laden und sah mich mit ihren großen Augen fragend an. Ich nickte ihr zu, wies sie mit einer Kopfbewegung an, näher zu kommen. Sie trat langsam hinter den Tresen, nicht ohne sich zuvor mehrmals umzudrehen. Als würde jeder nur darauf achten, was sie tat. Sie war wirklich äußerst ängstlich.

Ich übergab ihr zwei Liebesbomben, um die ich Marie und Malou noch am Abend zuvor gebeten hatte. (Sie können sich ja vorstellen, was ich mir von den beiden anhören musste, als ich sie danach fragte. Ein lang gezogenes »Aha« war die kürzeste und harmloseste spöttische Bemerkung, die ich auf meine Bitte hin bekam.) Die eine steckte in einem rosafarbenen Organzasäckchen, die andere in einem blauen.

Mademoiselle Dupont nahm die beiden Säckchen dankbar und voller Ehrfurcht, wie es mir vorkam, entgegen und erkundigte sich, was sie mir schuldig sei. »Nichts«, antwortete ich. Ich wäre niemals auf die Idee gekommen, ihr dafür etwas abzuknöpfen. Ich half ihr gerne, wenn auch mit Skrupel, da ich an den Humbug, den mein Schwiegersohn in spe und meine Älteste veranstalteten, nicht glaubte. Und auch nicht glauben wollte. Es dauerte noch zwei weitere Liebesbomben, bis sich meine Einstellung den erdigen Murmeln und der Macht des Voodoo gegenüber änderte.

Mademoiselle Dupont zögerte nicht lange. Sie band sich das Säckchen mit der Liebesbombe noch im Laden um den Hals. Dafür nahm sie ihre lange goldene Kette ab, entfernte das Kreuz, das daran hing (nicht ohne es vorher zu küssen), legte es behutsam in das Münzfach ihres Portemonnaies und ersetzte es durch die erdige Kugel im luftigen Säckchen. Es verschwand tief in ihrem Dekolleté, das von einer hochgeschlossenen Bluse gut verdeckt wurde.

Von da an kam sie jeden Nachmittag zu mir in den Laden und warf mir einen verschwörerischen Blick zu. Anfangs dachte ich, sie wolle sich mir erkenntlich zeigen, weil sie so viel wie nie zuvor bei uns einkaufte. Zahnbürsten, Klopapier, Putzmittel – Drogerieartikel hatten wir neu in unser Sortiment aufgenommen, wir wollten expandieren. Oft kaufte sie gleich mehrere Packungen von dem jeweiligen Produkt. Ich hatte keine Ahnung, wo sie das ganze Zeug in ihrem Appartement aufbewahren wollte. Allein die Putzmittelflaschen, die sie aus unserem Laden trug, sollten ihr mindestens für ein Jahr reichen. Wenn nicht gar für länger.

Irgendwann verstand ich den eigentlichen Grund ihrer täglichen Besuche und merkwürdigen Einkäufe. Ihr fehlte eine Idee, wie sie Monsieur Allmery das Säckchen mit der Liebesbombe, die für ihn bestimmt war, andrehen sollte. Sie schlief nicht mehr, konnte ihrem eigenen Unterricht kaum mehr folgen, quälte sich mit der Frage, wie sie das Problem lösen könne – und suchte Rat bei mir. Aber sie hatte Skrupel, mich noch einmal um Hilfe zu bitten. Sie glaubte, sie dürfe meine Hilfe nicht über Gebühr in Anspruch nehmen, sonst wäre ich ihr nicht mehr gewogen. Das viele Einkaufen war eine Art Übersprunghandlung, mit der sie ihren Stress zu kompensieren versuchte.

Als sie mit zwei Flaschen Glasreinigungsmittel und zwei Kehrschaufeln am Tresen stand und wieder einmal zu lange in ihrem Portemonnaie nach Münzen kramte, sprach ich sie darauf an.

»Was haben Sie vor, Mademoiselle Dupont? Machen Sie neben Ihrer Wohnung auch noch an Ihrer Schule Großputz?«

Sie starrte mich an, als hätte ich Chinesisch gesprochen.

»Wie meinen Sie das, Madame Nan?«

»Na, Sie kaufen seit Tagen unsere Reinigungsvorräte auf. Damit könnten Sie ganz Bois-de-Val auf Vordermann bringen.« (Hier hätte Chloé jetzt »auf Vorderfrau« gesagt, sie achtete sehr darauf, dass die Sprache weiblicher wurde, »um dem Patriarchat«, wie sie erklärte, »von Grund auf Macht zu entziehen«.)

Mademoiselle Dupont starrte mich weiter an. Dann brach sie ohne Vorwarnung in Tränen aus. Ihr ganzer schmaler Körper schüttelte sich vor mir. Überrascht trat ich vor den Tresen, nahm sie so lange in die Arme, bis sie sich beruhigt hatte.

»Was haben Sie denn, Mademoiselle Dupont? Kann ich Ihnen irgendwie helfen?«

Sie nickte. Schnell und ohne eine Pause zu machen. Ihr Kopf ging andauernd auf und ab, als hätte sie einen Tick. Ich dachte schon, es müsste ihr schlecht werden, wenn sie nicht augenblicklich damit aufhörte.

»Stopp!«, rief ich. »Stopp.«

Und sie stoppte.

Letztlich hatte ich keinen wirklichen Rat für Mademoiselle Dupont. Dafür fehlte mir einfach der Glaube an die Wirksamkeit der Liebesbomben. Ich sagte ihr nur, dass sie mit Monsieur Allmery ganz offen über ihr Vorhaben sprechen solle, weil ich insgeheim hoffte, ihr Geständnis ihm gegenüber würde dazu führen, dass sie es sich sparen könnte, diesen kleinen Erdklumpen zwischen ihren Brüsten zu tragen.

»Unmöglich!«, war ihre verzweifelte Antwort auf meine Empfehlung. Sie hatte etwas leicht Hysterisches. Bekam sofort rote Flecken am Hals, von dem man sowieso immer nur den oberen Teil zu sehen bekam. Auch ihre Stimme stieg an, bis sie einem Piepsen glich, das nicht sonderlich angenehm war.

Es war schließlich Anne, die sich Mademoiselle Duponts Problem annahm. Sie hatte beim Auffüllen der Regale alles mitbekommen und trat voller Tatendrang an sie heran. Glücklich verliebt, wie meine Tochter war, schien sie nichts mehr aufhalten zu können. Ich sah Anne seltener als früher, weil sie zwischen Bois-de-Val und Laboire hin- und herpendelte. Und wenn sie dann mal zu Hause war, war ihr Gesicht meistens irgendwo in Jérômes Nacken vergraben. Oder ihre Lippen klebten an denen ihres Freundes, was die Kommunikation zwischen uns nicht leichter machte.

Doch es gab keinen Grund, mich zu beschweren. Anne entwickelte sich zu einer dynamischen jungen Frau mit Zukunftsplänen. Das war wirklich neu für mich; zuvor kannte ich Anne nur als eine Person, die nicht vorhatte, jemals ihr Elternhaus und ihre gewohnte Umgebung zu verlassen. Inzwischen überlegte sie ernsthaft, ob sie in Straßburg studieren solle, irgendetwas im sozialen Bereich. Jérôme würde dort bald auf die Sporthochschule gehen, und natürlich war für meine Tochter die Vorstellung, ihn nur noch am Wochenende zu sehen, katastrophal. Nein, lieber wollte sie selbst studieren und in seiner Nähe sein. Sie wollten sich eine kleine Wohnung nehmen und neben dem Studium arbeiten, um sich ihr Leben in der Stadt finanzieren zu können. In einer Bar. Meine Tochter dachte auch darüber nach, eine Stelle als Verkäuferin anzunehmen. Am liebsten in einem Modeladen. Da gab es ja viele Möglichkeiten.

Mir gefiel die neu gewonnene Energie meiner Zweitältesten, und ich freute mich, dass sie ihre Jugend unbeschwerter genießen konnte als ich damals, die in ihrem Alter mitten im Krieg gewesen war.

Als die Deutschen kamen und das Elsass besetzten, hatte meine Mutter eine Menge reifer Erdbeeren im Garten. Unser Haus war eines der wenigen gewesen, die nicht zerstört worden waren, und so campierten deutsche Soldaten bei uns vor der Scheune.

Ich erinnere mich, wie ich die Erdbeeren pflückte und sie auf einen Teller legte, um sie den Männern in Uniform anzubieten. Ich wusste, dass sie unsere Feinde waren und dass mir das, was ich vorhatte, eine Menge Ärger einbringen würde. Aber sie sahen hungrig aus, manche gar wie Kinder.

Es war ein angenehmer, warmer Tag, es schneite Blüten, und die Deutschen saßen an den Bretterverschlag der Scheune gelehnt, als ich ihnen den Teller mit den Erdbeeren hinhielt. Sie schüttelten ihre Köpfe, scheuchten mich weg. Fünf Männer, fünf Hände, von links nach rechts wischend. Ich verstand nicht, warum sie das taten, und biss kurzerhand (und ein wenig eingeschnappt, sensibel, wie ich bin) selbst in eine der Erdbeeren hinein, die sie verschmähten. Da stand einer der Soldaten auf und ging auf mich zu. Ich hatte keine Angst vor ihm, obwohl meine Mutter mir eingeschärft hatte, mich von den Männern fernzuhalten. Der Soldat lachte, zeigte seine weißen Zähne, weiß wie Perlen, und schnappte sich eine Erdbeere vom Teller.

»Wohl doch nicht vergiftet«, sagte er zu mir und gab mir einen Klaps auf den Hintern. Ich ließ den Teller fallen, weniger verängstigt darüber denn überrascht, was er mir zugetraut hatte, drehte mich um und rannte davon, zu meiner Mutter, die weiter hinten im Garten Unkraut jätete. Ich schämte mich dafür, weggerannt zu sein, ohne zu wissen, warum.

Von da an klapste mir der Soldat jedes Mal, sobald ich an ihm vorbeiging, auf den Hintern und bat mich, ihm ein paar frische Beeren zu bringen. Er sah gut aus, der Soldat mit den weißen Zähnen, die wie Schmuckstücke seinen Mund verschönerten. Ich traute mich nicht, ihm zu widersprechen, weil er mich in einer Art aufforderte, die nichts Gutes verhieß, käme ich seiner Anweisung nicht nach. Da mochten seine Zähne noch so lieblich glänzen.

Sobald ich ihm die Früchte reichte, biss er in das saftige Fleisch und leckte sich die Lippen, während ich vor ihm stand und ihm dabei zusah. Er muss in etwa so alt gewesen sein wie meine Zweitälteste jetzt. Vielleicht aber auch nur ein Jahr älter als Chloé. Ich kann es nicht sagen. Was ich aber damals sah, war, dass er älter war als ich. Und mit dreizehn kommen einem die um die achtzehn ja schon richtig erwachsen vor. Gerade in Uniform.

Der deutsche Soldat mit den weißen Zähnen war der erste

Mann, mit dem ich schlief. Nicht ganz freiwillig. Er vergewaltigte mich nicht, verstehen Sie mich da nicht falsch. Das nicht. Es war mehr, als dringe er in meine Gedanken ein und steuere meinen Willen. Er war fähig, mich kraft seiner dominanten Art willfährig zu machen. Er schaffte es, dass ich tat, was er wollte, ohne dass er Gewalt anwenden musste. Er besaß eine natürliche Autorität, der ich mich fügte. Außerdem war ich seinem Aussehen verfallen, besonders seinem großen Mund mit den glänzenden weißen Perlen. Was für eine schöne Kette man aus seinen Zähnen machen könnte, wenn man sie nur schliff – das dachte ich mir damals, während sich über mir der Himmel verdunkelte und ich entjungfert wurde.

Anne hatte einen Plan für Mademoiselle Dupont. Sie hatte vor, Monsieur Allmery, zu dem sie schon als Schülerin (sie hatte immer nur gute Noten vorweisen können) einen guten Draht gehabt hatte, von einem Projekt zu erzählen, an dem sie mitwirke. Irgendetwas, das mit ihrem Wunsch, etwas Soziales zu studieren, im Zusammenhang stand. Anne wusste zwar noch nicht, was das für ein Projekt sein sollte, das sie Monsieur Allmery weismachen wollte und das plausibel genug klang, um sich ein Organzasäckchen mit irgendeiner braunen Masse drin umhängen zu lassen, aber das sollte Mademoiselle Dupont ihre Sorge sein lassen. Ihr würde schon etwas einfallen. Im Übrigen habe sie keinen Zweifel daran, dass Monsieur Allmery mitmachen würde.

Ihr Optimismus war ansteckend. Mademoiselle Dupont schwebte förmlich aus unserem Laden, nachdem Anne ihr ihren vagen Plan unterbreitet hatte.

Ein schüchterner Engel auf dem Weg in den siebten Himmel.

* * *

Wir erfuhren nie, wie Anne es einfädelte, Monsieur Allmery davon zu überzeugen, ein hellblaues Säckchen mit einer weihnachtlich riechenden Substanz an seinem Körper zu tragen und darauf zu warten, dass es sich mit seinem Schweiß verband. Aber wir sahen, dass sie es geschafft hatte. Denn keine Woche, nachdem Anne großspurig ankündigte, für Mademoiselle Dupont würde bald ein neues Leben beginnen, ein Leben voller Lust und Leidenschaft, geschah es wieder: Der Tanz der Schmetterlinge ereignete sich – wie hätte es anders sein können? – im *Chez Malou.*

Es war ein Montagmorgen. Ein Regentag – dampfig der Nebel, der von den Wäldern in unser Dorf hineinragte. Ich hatte die Frühschicht übernommen. Wir öffneten ja bereits um sechs Uhr, um den Waldarbeitern die Möglichkeit zu bieten, bei uns einen Kaffee zu trinken oder ein belegtes Baguette zu essen.

Mademoiselle Dupont betrat an jenem Morgen als Erste den Laden. Sie sah müde aus. Das Haar fettig, streng zu einem Dutt nach hinten gezogen. Sie trug wie immer eine hochgeschlossene Bluse mit Spitze und einen langen Rock, der an ihrer Wespentaille mit einer großen schwarzen Schleife verziert war. Sie kam mir stets vor wie jemand aus einer anderen Zeit. Eine strenge Gouvernante aus dem 19. Jahrhundert, der man nur noch den Rohrstock in die Hand drücken musste, damit das Bild perfekt war.

Ich begrüßte sie freundlich. Sie kam sofort zu mir an den Tresen, beugte sich zu mir vor, nicht ohne sich wie immer nach irgendwelchen möglichen Beobachtern umzudrehen. Sie zeigte mit ihrem Finger auf ihre Bluse, auf Höhe des Busens, der abstand, als hätte sie kleine Verkehrshütchen über ihre Brüste gestülpt, und sagte: »Ich habe mich seit über einer Woche nicht geduscht. Nur mit einem Waschlappen das Nötigste getan. Zwischen meinen Brüsten juckt es schon etwas. Die Liebesbombe, Sie wissen schon, Madame Nan. Sie ist da noch. Jedenfalls ein Teil von ihr. Was soll ich nur tun?«

In dem Moment, als ich ihr antworten wollte, ging die Ladentür ein zweites Mal an diesem Morgen auf, und Monsieur Allmery schritt über die eingefassten Fossilien der Bodenfliesen.

Mademoiselle Dupont drehte sich zu ihm um, als die Glocken über der Tür noch schellten. Monsieur Allmery hielt mitten im Gehen inne, das eine Bein in der Luft, und starrte die strenge Gouvernante mit einer Mischung aus Verzweiflung und Erregung an. Da kamen sie von überall her angeflattert. Tintenfleck-Weißling, Segelfalter, Schwalbenschwanz, Alpenapollo, Aurora, Zitrone, Großer Fuchs, Tagpfauenauge, Kleiner Eisvogel, Sägefleck und Mädesüß-Perlmutt. Alle waren sie da, schwirrten wild durcheinander, bevor sie sich sortierten. Die eine Hälfte flog auf Mademoiselle Dupont zu, setzte sich auf ihren Kopf, auf ihre Ohren, bis es aussah, als trüge sie eine bunte Perücke. Die andere Hälfte der Schmetterlinge sammelte sich über Monsieur Allmerys Haupt und bildete dort die Form einer Krone. Wie auf Kommando setzte Monsieur Allmery seinen Schritt fort, der zuvor in seiner Bewegung eingefroren gewesen war, und näherte sich Mademoiselle Dupont, die ihrerseits den Weg in seine Richtung einschlug. Kaum standen die beiden voreinander (sie hatten, warum auch immer, einen Esstisch breit Platz zwischen sich gelassen), streckten sie jeweils ihr Kinn nach vorne, spitzten die Lippen, bis diese sich berührten. Ihre Haltung sah unbequem aus. Die Rücken gerade, die Hälse gestreckt, die Augen geschlossen, die Stirn wegen der Anstrengung in Falten gelegt. Wären nicht in dem Moment ihres Kusses die Schmetterlinge wieder aufgeflattert und wie wild um das Paar herumgeflogen, sodass deren Köpfe inmitten der bunten Flügelpracht verschwanden, man hätte dem Beginn ihrer Liebe wenig Eleganz zugeschrieben. So aber formten ihre Körper einen Bogen, an dessen höchstem Punkt ein Strauß schillernder Falter thronte. Es war ein berauschender Anblick, das können Sie mir glauben.

Beim Abendessen berichtete ich meiner Familie von dieser Begegnung. Malou pfiff durch die Zähne – er hat eine recht große Zahnlücke zwischen den vorderen Schneidezähnen, müssen Sie wissen, und kann damit besonders anerkennend klingende Laute von sich geben, während Marie beide Arme nach oben streckte und mit ihren hübschen Händen einen flatternden Schmetterling nachahmte.

»Siehst du, Momma, wir haben es dir ja gesagt. Die Liebesbomben werden ihre Wirkung entfalten. Erst Anne und Jérôme, nun Mademoiselle Dupont und Monsieur Allmery. Eine Trefferquote von hundert Prozent ist das. Das kann sich sehen lassen, nicht wahr?«

Malou nickte beifällig und ergänzte: »Meine Mutter hat vielen Menschen mit Voodoo geholfen. Sie war eine Meisterin ihres Fachs und meine beste Lehrerin. Wir werden gemeinsam noch Großes vollbringen.«

Chloé verdrehte die Augen. »Pass auf, dass dir der Größenwahn nicht noch zu Kopf steigt, Malou. Er hat schon vielen das Genick gebrochen.«

Malou lachte, während sich Monsieur Boberschram, der seinen Teller nun schon zum dritten Mal mit Fleischschnacka und Salat befüllte, in seinem Stuhl zurücklehnte, die Arme vor der Brust verschränkte und sich an mich richtete, als säßen die anderen nicht mit am Tisch: »Du glaubst doch nicht wirklich, Madame Nan« – er duzte mich, wenngleich er mich weiterhin Madame Nan nannte, weshalb auch ich ihn duzte und ihn weiterhin Monsieur Boberschram rief –, »dass die Zuneigung von Mademoiselle Dupont und Monsieur Allmery etwas mit Malous Zauberkunst zu tun hat, oder?« Er klang ehrlich empört, und ich ärgerte mich über seinen Missmut. Sobald es um die Liebe ging, machte er zu. Entweder versank er in Erinnerung an seine Marguerite, stieg zu ihr ins Grab hinab und blies ihr mit seinem Atem etwas Rouge auf die eingefallenen Wangen – oder aber er wurde mürrisch. Mir gefiel beides nicht. Er war wirklich ein Esel, der Gute.

Bevor ich ihm jedoch antworten konnte, kam mir Anne zuvor, die sich bislang mit einer Bemerkung zurückgehalten hatte und ausnahmsweise einmal ohne ihren Jérôme mit uns beim Abendessen saß.

»Wie wäre es, wenn ihr beide den Test macht?« Dabei richtete sie ihren Zeigefinger erst auf mich, dann auf Monsieur Boberschram und wieder zurück auf mich. So ging es eine Weile hin und her, bis Monsieur Boberschram ihren Fingerzeig mit einer leicht genervten Geste wegwischte und sagte: »Was für einen Test denn?«

Anne zog ihren Finger ein, legte den Kopf schief und erklärte: »Na, was für einen Test wohl? Ihr könntet herausfinden, ob Malou tatsächlich das Talent seiner Mutter geerbt hat, Menschen durch schwarze Magie zusammenzuführen.« Während sie das sagte, sah sie Monsieur Boberschram herausfordernd an, um mir kurz darauf so unauffällig wie möglich zuzuzwinkern. Mit dem rechten Auge, zweimal.

»Nein, bei so etwas mache ich nicht mit!«, kam prompt die Antwort von Monsieur Boberschram. Energisch, ablehnend. Dieses Thema verhagelte ihm wirklich die Laune.

Ich hatte nichts anderes erwartet und bot ihm um des lieben Friedens willen noch eine weitere Fleischschnacka an. Er lehnte ab. Er habe schon genug gegessen. Eine Aussage, die bei ihm sehr selten vorkam, was auch sein großer Bauch verriet, der, seitdem er allabendlich zum Essen bei uns vorbeikam, erheblich an Umfang gewonnen hatte.

»Er hat kä Harz, awer zwei Mage«, kommentierte Malou sein Verhalten, nachdem Monsieur Boberschram nach Hause gegangen war.

* * *

Fleischschnacka – das war eines der ersten Gerichte, die ich gemeinsam mit meiner Großmutter Yolande für all diejenigen kochte, die nach dem großen Brand am 18. Juni 1940 in Bois-de-Val obdachlos geworden und in den extra deswegen erbauten Baracken vor unserem Dorf untergekommen waren.

Ich erinnere mich gut an den Tag, an dem ich Knoblauch und Zwiebeln unter das Hackfleisch mischte, während mir zwei deutsche Soldaten dabei über die Schulter blickten und jeden meiner Handgriffe penibel kontrollierten. Wenn sie mir zu nahe kamen, stellte ich mir vor, wie mir das scharfe Messer reflexartig in ihre Richtung ausrutschte. Ich wusste, dass dieser Gedanke absurd war, zumal sich die beiden Soldaten mir und meiner Großmutter gegenüber überaus höflich verhielten. Doch seit dem Mann mit den Perlenzähnen taten mir solcherlei gedankliche Ausbrüche gut. Je mehr jungen Männern ich in meiner Fantasie die Eier abschnitt, desto besser fühlte ich mich. So habe ich, bis ich Bernard kennenlernte, mindestens drei Dutzend Soldaten kastriert. Wenn meine Opfer davon gewusst hätten, hätten sie mich bestimmt gehängt. Aber so töricht war ich nicht, ihnen meine Gedanken zu verraten.

Meine Großmutter Yolande wusste, was in mir vorging. Sie brauchte dafür kein Geständnis, keine Worte. Das Massaker auf dem Schneidebrett, das ich anrichtete, war für sie, die von äußerst feinfühliger Natur gewesen war, Erklärung genug. Sie sagte: »Meine liebe Nan, du versaust uns mit deinen bösen Ideen noch das Essen. Das schlägt dann allen auf den Magen. Reiß dich zusammen, wir haben schon genug erlebt, wir müssen uns das Leben nicht noch schwerer machen, als es ist.« Ich nickte, während mir die Tränen wegen der Zwiebelschärfe und der Anspannung, unter deutscher Beobachtung kochen zu müssen, ins Gemüse tropften.

Ich wischte sie mit dem Handrücken weg und ertastete dabei das Muttermal unter meinem linken Auge. Es war in der Nacht meiner Entjungferung entstanden. Wie aus dem Nichts heraus. Zu Beginn war es noch ganz klein und blass gewesen, erst in den folgenden Jahren sollte es immer größer und dunkler werden, bis es sich irgendwann zu einem Tropfen ausgewachsen hatte und meinem Gesicht eine Melancholie verlieh, die ich nie mit meinem Charakter zusammenbrachte.

Nach dem Zweiten Weltkrieg, als der erste Sommer der Befreiung begann, hatte ich unendliche Angst. Mehr noch als zur Zeit der Besatzung selbst. Ich hatte Angst davor, dass mir der Kopf geschoren würde. Dass mir meine Rechte genommen würden. Wählen. Arbeiten und so weiter. Da gab es eine Menge Restriktionen. Säuberungsmaßnahmen nannten die Politiker es. Und alle machten mit.

Meine fünf Jahre ältere Freundin Madeleine traf es besonders hart. Weil sie sich in einen deutschen Wehrmachtssoldaten verliebt hatte und von ihm schwanger geworden war. Obwohl die Deutschen nur zu gut wussten, wie man uns keine Kinder macht. Das hatten sie wohl trainiert. Geschlechtsverkehr ja, Kinder nein – das war eine von vielen Regeln, munkelte man, an die sie sich angeblich hielten. Mit Regeln kannten sie sich ja aus. Aber das zwischen Madeleine und Hans war Liebe. Eine Liebe, die nicht sein durfte.

Die Liebe zum Feind galt nach dem Krieg als Hochverrat. Hochverrat war aber auch, wenn man den Feind nicht geliebt, sondern nur mit ihm in Kontakt gestanden hatte. Ob intensiv oder weniger intensiv, spielte dabei oft gar keine Rolle.

Madeleine jedenfalls wurde der horizontalen Kollaboration bezichtigt. So wie sieben andere Mädchen, von denen ich aber nur Madeleine kannte. Ihnen wurden die Haare geschoren. Vor der Dominikanerkirche in Colmar. Zwei Männer legten Hand an. Der eine schor, der andere hielt ihnen die Arme fest, wenngleich sich die Mädchen gar nicht wehrten. Sie saßen einfach nur da und nahmen teilnahmslos hin, was mit ihnen geschah. Es gab sowieso kein Entrinnen.

Die Menge um sie herum heizten die Demütigungen auf. Sie schrien, buhten die Frauen aus, spuckten vor ihnen zu Boden, manche trafen sie mit ihrem eingespeichelten Hass sogar ins Gesicht. Später wurden sie durch Colmar gefahren. Auf einem Pferdewagen. Sie wurden zur Schau gestellt wie Vieh. Es war ein Fest für alle, die noch nicht genug hatten von den Grausamkeiten des Krieges. Männer, Frauen, Kinder. Alle machten sie dabei mit, Sündenböcke ausfindig zu machen für etwas, das niemals gesühnt werden konnte.

Ich erinnere mich genau an den Blick meiner Freundin, ruhig und leer, als sie da oben auf dem Wagen stand und ihr einer der Männer, die mitfuhren, über die Glatze strich. Ich erinnere mich an ihr Kleid, das halb heruntergerissen worden war. Ich erinnere mich, wie es über ihrer rechten Schulter hing, an der sie blutete. Ich erinnere mich an die Sonne, wie sie zwischen ihr und einem der anderen Mädchen hindurchblitzte und die beiden Frauen in ein göttliches Licht tauchte – ein Licht, von dem ich hoffte, es würde sie vor weiteren Herabwürdigungen schützen.

Es war das letzte Mal, dass ich Madeleine sah. Eingehüllt in diesen gleißenden, warmen Schein. Es hieß, sie sei zu den Boches gegangen. Sie hätte Hans dort gesucht, um ihren Sohn gemeinsam mit ihm großzuziehen. Einmal hörte ich auch, Madeleine hätte Hans gefunden, aber nicht den Hans, den sie gesucht hatte, sondern einen anderen, mit dem sie ihr Glück versuchte.

Alles, was geredet wurde, konnte wahr sein. Aber eben auch erfunden. Am besten, man hörte erst gar nicht hin.

Meine Angst damals war nicht unberechtigt. Auch ich hatte

mich mit einem Deutschen eingelassen. Nicht freiwillig, aber auch nicht unfreiwillig – und es hätte auch gar keinen Unterscheid gemacht.

Ich hatte mich zu dem Soldaten mit den schönen Zähnen hingezogen gefühlt. Er war mir gegenüber charmant gewesen und auf eine Weise frech, die mir gefiel. Aber ich hatte nicht geplant, mich von ihm entjungfern zu lassen. Ich hatte es auch nicht darauf angelegt. Ich war viel zu jung dafür. Auch zu unbedarft. Damals war das anders als heute. Heute sehen die Mädchen mit dreizehn schon aus wie erwachsene Frauen. Nicht alle natürlich, aber viele. Wenn ich da nur an meine Enkelinnen denke, herrje, was die veranstalteten, um mit zwölf Jahren für volljährig gehalten zu werden. Alle Achtung! Aber damals, das sage ich Ihnen, gab es das so nicht. Wir steckten ja mitten in der Nachkriegszeit. Wir hatten andere Sorgen, als uns älter machen zu wollen.

Außer meiner Mutter hatte niemand mitbekommen, dass der Soldat und ich uns nähergekommen waren. Aber das kann man in so einem kleinen Dorf wie Bois-de-Val nie so genau sagen. Hier bleibt selten etwas geheim.

Doch ich hatte Glück. Wegen meiner Mutter. Sie hatte mehr Macht als die wichtigsten Männer in Bois-de-Val zusammen. Das hätte öffentlich niemand zugegeben, andererseits gab es aber auch niemanden, der es bestritten hätte. Ich wusste von ihrer Position in unserem Dorf, aber ich hätte damals nicht sagen können, warum sie sie innehatte. Als Kind nimmt man vieles einfach so an, wie es ist, ohne es zu hinterfragen. Das kommt oft erst später. Manchmal auch zu spät. Oder gar nicht. Oder nur, weil es der Zufall so will.

* * *

Nachdem Mademoiselle Dupont und Monsieur Allmery Händchen haltend durchs Dorf gegangen waren, hatte jeder, der bei uns lebte oder mal eben auf Besuch war, mitbekommen, dass es zwischen den beiden gefunkt hatte. Und wie! Man konnte das frisch verliebte Paar regelrecht riechen, noch bevor man es sah. Ein Duft nach Zitrone, frischem Heu und Nelke schlug einem ins Gesicht, kaum bogen sie um die Ecke. Man hätte meinen können, ihre Liebe hätte irgendwelche Drüsen dazu angeregt, besonders wohlriechende Stoffe zu produzieren. Tatsache war jedoch, wie mir Mademoiselle Dupont verriet, dass sie und Monsieur Allmery sich jeden Morgen gegenseitig mit ätherischen Ölen einrieben, die ihrer Meinung nach dem Aroma der Liebesbomben ähnelten.

»Wir sind beide abergläubisch«, sagte sie und kicherte dabei, »das ist eine der vielen Gemeinsamkeiten, die wir an uns entdeckt haben.«

Sie waren überzeugt davon, ihre Liebe würde sich noch weiter festigen, wenn sie sich duftend durch den Tag bewegten. Ich nickte dazu nur kräftig und hoffte, Mademoiselle Dupont würde mich in Zukunft mit weiteren Details verschonen. Schon allein deshalb, weil die Art, wie sie zum Beispiel »abergläubisch« oder »Gemeinsamkeiten« sagte, etwas Unanständiges an sich hatte. Ich stellte mir augenblicklich vor, wie sie sich liebten. Wie Monsieur Allmery unter ihren Gouvernantenrock schlüpfte. Aber vielleicht waren auch nur meine Gedanken unanständig. Das würde Bernard, Gott hab ihn selig, jetzt wohl mit einem heftigen Kopfnicken bestätigen. Er sagte immer: »Wenn ich im Bett nur einen Bruchteil dessen erleben dürfte, was bei dir an Unanständigkeiten im Kopf herumgeht, dann wäre ich der glücklichste Mann der Welt.«

Bernard war ein ausgesprochen glücklicher Mann, das können Sie mir glauben!

Glücklich waren auch Mademoiselle Dupont und Monsieur Allmery. Es war kaum auszuhalten in ihrer Nähe. Ständig berührten sie sich, zwinkerten mit den Lidern, als hätten sie nervöse Zuckungen, nahmen sich an der Hand. Ihr Glück war ansteckend. Es gab niemanden, der sich nicht für die beiden freute. Sie passten wirklich wunderbar zusammen. Monsieur Allmery mit seinen glatten, glänzenden dunklen Haaren, den breiten, der Mode schon lange nicht mehr entsprechenden Koteletten und den schmalen Lippen, die ihn strenger wirken ließen, als er war. Mademoiselle Dupont, die unsichere junge Frau, die morgens garantiert viel Zeit benötigte, um ihren übergroßen Dutt mit diversen Haarnadeln auf dem Kopf zu befestigen, und die sich auffallend altmodisch und zugeknöpft kleidete, nur um seriöser zu wirken. Hätte man die beiden aus Marzipan geformt, sie hätten ein hübsches Figurenpaar auf einer Hochzeitstorte abgegeben.

Ganz Bois-de-Val amüsierte sich über Mademoiselle Dupont und Monsieur Allmery, ohne sie auszulachen. Im Gegenteil: Wohlwollen und allgemeine Freude kamen auf, sobald sie zusammen gesichtet wurden. Die meisten profitierten sogar von ihrer Liebe. Die Schülerinnen und Schüler genossen seit ihrer Liaison einen besonders ausgelassenen Unterricht. Sie unternahmen auch mehr Ausflüge in die Natur. Sie bekamen bessere Noten, und immer öfter, so kam es mir vor, klingelte die Schulglocke schon vor dem eigentlichen Unterrichtsende. Auch die Eltern, deren Kinder fürchteten, nicht versetzt zu werden, konnten aufatmen. Plötzlich bestand für kein Kind mehr die Gefahr, ein Jahr wiederholen zu müssen. Überhaupt breitete sich eine allgemeine Entspannung über dem Dorf aus. Schwer zu sagen, ob diese Entspannung und Unbekümmertheit unmittelbar mit Mademoiselle Duponts und Monsieur Allmerys Zueinanderfinden zu tun hatte oder ob es Zufall war, doch die Menschen von Bois-de-Val waren seit dem Tanz der Schmetterlinge eindeutig vergnügter als sonst. Man schenkte sich gegenseitig einen frisch geernteten Kopfsalat oder einen Bund Minze, auch lud man sich auffallend oft zum Grillen oder auf einen Aperitif ein. Diejenigen, die sich eigentlich sonst nicht mochten und stets grußlos aneinander vorbeigegangen waren, begrüßten sich. Es war sogar so, dass sich die beiden größten Erzfeinde, Madame Rohrbach und Madame Guggebühl, deren Vergangenheit sich um einen gemeinsamen Mann drehte, weshalb sie kein gutes Wort, sondern ausschließlich Schimpfsalven füreinander übrig hatten, die Heckenschere teilten, ohne sich damit umbringen zu wollen. Vor allem aber profitierte das *Chez Malou* seit dem Liebesbeginn von Mademoiselle Dupont und Monsieur Allmery.

Unser Laden war nun von morgens bis abends voll mit Leuten. Die Waldarbeiter kamen bereits ganz in der Früh, aßen mehr als sonst von den Sandwiches, die in der Auslage waren und von mir weit vor Sonnenaufgang frisch zubereitet wurden. Auch tranken sie doppelt so viel Kaffee wie normalerweise. Ich vermutete, es lag an der allgemeinen guten Stimmung im Dorf, die die Redseligkeit förderte und damit auch den Wunsch, sich bei einem heißen Getränk und einer kleinen Stärkung über Neuigkeiten auszutauschen.

Kaum waren die Waldarbeiter weg, um an ihr Tagwerk zu gehen, kamen die Mütter, die ihre Kinder in den Kindergarten oder in die Schule gebracht hatten. Sie fuhren nicht mehr zu den Hypermarchés, sondern kauften bei uns ein. Wir kamen kaum mehr mit den Warenbestellungen beim Großhändler hinterher.

Mittags waren dann alle Bistrotische auf dem Trottoir vor dem *Chez Malou* besetzt. Immer mehr Einheimische, aber auch Männer und Frauen aus den Nachbardörfern zog es zu uns. »Weil sie sich verlieben wollen«, meinte Marie, unterstützt von Annes kräftigem »Ja, genau!«, die für diesen Satz extra ihren Kopf aus Jérômes Nacken genommen hatte. »Wohl eher, weil sie Mommas Snacks lieben«, behauptete Chloé und meinte damit die kleinen süß-salzigen Küchlein, die ich erfunden und *Madame Nans kleine Magenfüller* genannt hatte.

(In Ordnung, ich gebe es zu, »erfunden« ist etwas übertrieben; ich habe mich lediglich von Mademoiselle Duponts Herkunftsregion Lothringen inspirieren lassen und Miniatur-Quiche-Lorraines gebacken, wobei ich mit den Zutaten für den Belag experimentierte.) Die kleinen Magenfüller kamen wirklich sehr gut an bei unseren Kunden. Und bei Monsieur Boberschram, der gleich ein ganzes Dutzend davon vertilgen konnte.

Coraline, die jüngste, aber besonnenste von all meinen Kröten, meinte nur: »Sie kommen wegen Mommas Küchlein *und* wegen der Liebe.« Und Malou, der schlaue Kerl, der fast immer das letzte Wort hatte und es verstand, aufkeimende Streitgespräche diplomatisch zu beenden, ergänzte: »Das hast du schön beobachtet, Coraline. Sie kommen wegen der Liebe und wegen des guten Essens. Denn Liebe geht nun mal durch den Magen.«

Immer öfter griff Malou am frühen Abend, wenn die ersten Weinflaschen entkorkt wurden, zur Gasba, seiner Flöte, die er aus Algerien mitgebracht hatte – einer der wenigen persönlichen Gegenstände, die er bei seiner Ankunft in Frankreich mit sich führte. Mit ihr blies er den Sand der Sahara durch unsere elsässischen Gassen, was den einen oder anderen, der sonst nichts für das Fremde übrig hatte, dazu bewog, im Rhythmus von Malous Musik in die Hände zu klatschen und die Hüften zu schwingen.

»Unser Dorf ist wie besoffen«, kommentierte Malou die Verwandlung Bois-de-Vals und traf mit seiner Beobachtung mal wieder ins Schwarze.

Der Einzige, dem die neuerlichen Entwicklungen unseres Dorfes plötzlich nicht mehr gefielen, war Monsieur Boberschram. War die Atmosphäre in und vor unserem Laden besonders ausgelassen, schrie er besonders laut aus einem seiner Fenster um Ruhe. Gelegentlich pfefferte er auch ein paar Trauben oder Nüsse (für mehr Gewicht reichten seine Unzufriedenheit und seine Empörung nicht aus!) nach unten aufs Trottoir. Ansonsten verbrachte er die meiste Zeit seiner Tage bei Marguerite. Es war eine Flucht. Aber auch eine Obsession. Er pflegte ihr Grab mit einer Akribie, die krankhaft zu werden schien.

Sie müssen wissen, dass wir Marguerites Ruhestätte einmal in der Woche sahen, da Monsieur Boberschrams Frau unweit von Bernard beigesetzt worden war, dem wir mittwochs immer alle zusammen (außer Malou, der kam nie mit, auch dann nicht, wenn sich Marie das von ihm wünschte; mit dem Tod wollte er partout nichts zu tun haben) einen Bund Schnittblumen und ein paar liebe Worte vorbeibrachten. Um zu Bernard zu gelangen, mussten wir an Marguerites Grab vorbeigehen, weshalb wir notgedrungen jede Änderung mitbekamen, die Monsieur Boberschram dort vorgenommen hatte. Und da war seit der ersten Liebesbombe, die Marie und Malou in die Welt gesetzt hatten, eine Menge geschehen.

Ich sage es mal so: Die Gärten von Versailles waren ein Witz dagegen. Vor Marguerites grau glänzendem Grabstein erstreckten sich symmetrische Arabesken aus Blumen und Büschen in Miniatur, nachts beleuchtet von vierundzwanzig orangeroten Grablichtern, sauber in Reihe gestellt, die Abstände zueinander wie mit dem Lineal abgemessen. Auch die Grabinschrift auf dem Stein war gesäubert worden, Buchstabe für Buchstabe. Jetzt standen hier nicht nur die Worte, die Monsieur Boberschram einst für Marguerites Denkmal gewählt hatte, jetzt schrie einem der Stein regelrecht entgegen, was er für sie empfand:

Hier ruht die beste Frau der Welt.
Marguerite Boberschram, geborene Kirstätter.
Ein Engel weniger auf Erden,
dafür einer mehr im Himmel,
wo er ewig leben wird.

Kein Datum, wann sie geboren worden war, kein Datum, wann gegangen. Ich traute mich nie zu fragen, warum. Das übernahm irgendwann Chloé für mich und bekam die Antwort: »Weil Engel ewig sind. Sie kennen keinen Anfang und kein Ende.«

Chloé. Sie geriet mit Monsieur Boberschram aneinander. Das war nicht schön. Für keinen von uns. Und überschattete unsere Beziehungen zueinander viel zu lange.

Es war ein Mittwoch wie jeder andere. Wir hatten Bernard sieben blühende Rosen aus unserem Garten vorbeigebracht und sie in einer Vase mit frischem Wasser auf die Steinplatte, unter der er lag, gestellt, die von der Sonne ganz heiß geworden war. Wie immer fragten meine Mädchen, eine nach der anderen, wie es ihrem Vater gehe und was er da oben so treibe. Das war so Tradition bei uns.

»Wie geht es dir, Papa?«

»Spielst du viel Fußball im Himmel?«

»Siehst du Gott oft?«

»Hast du uns letzte Nacht den Regen geschickt, damit wir die Blumen im Garten nicht gießen müssen?«

»Ist dir mal die Alte von Monsieur Boberschram über den Weg gelaufen?«

»Chloé! Nimm dich zusammen!«

»Was denn? Könnte doch sein. Sie liegt doch auch gleich hier nebendran. Warum sollten sie da nicht auch im Himmel Nachbarn sein, oder?«

»Schluss jetzt.«

Dann erzählte Marie von ihrem Malou, Anne neuerdings von ihrem Jérôme, Chloé schwieg sichtlich beleidigt nach meiner Zurechtweisung, und Coraline motzte wie so oft, wie unfair sie es fände, dass ihr Vater so früh gegangen sei, immerhin habe sie als Letztgeborene am wenigsten von ihm gehabt und wisse gar nicht, zu wem sie da eigentlich rede, der da unter dieser Steinplatte liege, sie habe nur die Erinnerung, die ihr von uns in den Kopf gepflanzt worden war, sonst aber nichts.

Ich konnte sie sehr gut verstehen und drückte ihr mitfühlend die Schulter.

Nach einer Viertelstunde verabschiedeten wir uns von Bernard, indem wir zur Steinplatte winkten und dabei in den Himmel sahen, gaben ihm wieder ein paar Aufgaben für die kommende Woche mit, die er für uns erledigen sollte, hauptsächlich Wünsche nicht kapitalistischer Art, und schlenderten nach Hause.

Ich ging sofort in die Küche, um das Abendessen vorzubereiten. Kaninchen in Rotwein mit glasierten Möhren. Wir waren hungrig, auch etwas müde von den vergangenen Wochen, die uns viel Arbeit beschert hatten. Ich schälte gerade eine große Rübe, als Chloé sich zu mir gesellte und mir beim Schälen half. Das tat sie inzwischen öfter, ganz ohne Aufforderung; sie interessierte sich für das, was ich in die Töpfe gab, machte gelegentlich auch einen Vorschlag, wie man ein Gericht verändern könnte. Sie hatte eine gute Nase und einen speziellen Sinn für interessante Gaumenkompositionen.

Wir kamen über dies und über das ins Gespräch und landeten irgendwann bei Monsieur Boberschram, den Chloé nach wie vor für den geeigneten Mann an meiner Seite hielt, auch wenn er, wie sie sagte, in letzter Zeit etwas eigen geworden sei.

»Schau dir nur mal an, was er da am Grab seiner Alten veranstaltet. Das ist doch nicht normal.«

»Chloé! Bitte rede nicht so abfällig über Monsieur Boberschrams Frau. Das macht man nicht, vor allem nicht, weil sie tot ist.«

»Schon gut, Momma. Aber normal ist das wirklich nicht, das musst du zugeben, oder? Er macht aus ihrem Grab einen Zen-Garten, wenn das so weitergeht.«

Weder Chloé noch ich hatten mitbekommen, dass Monsieur Boberschram in die Küche gekommen war. Früher als sonst. Normalerweise tauchte er erst bei uns auf, wenn der Tisch gedeckt war und die dampfenden Töpfe und Pfannen verrieten, dass das Essen bald aufgetischt werden konnte. Wir hatten wirklich nicht mit ihm rechnen können. Er stand plötzlich vor uns, und bevor wir uns versahen, verpasste er Chloé eine Ohrfeige. Es ging alles ganz schnell. Batsch – da hatte er sie getroffen. Auf der rechten Wange und in ihrer Würde.

Ohrfeigen waren damals ja nicht so ungewöhnlich, das wissen die meisten in meinem Alter nur zu gut. Trotzdem tat es Monsieur Boberschram auf der Stelle leid. Er schämte sich dafür zu Tode. Das konnte ich sehen. Es war ein Reflex gewesen, keine bedachte Handlung. Chloés Äußerungen über ihn und über Marguerite hatten einen Punkt bei ihm getroffen, der ihn außer Kontrolle geraten ließ. Für einen kurzen, aber schmerzvollen Moment. Er entschuldigte sich sofort bei meiner Tochter, dann bei mir.

Chloé hörte seine Entschuldigung nicht mehr. Sie rannte weinend aus der Küche und rauf in ihr Zimmer. Die Tür knallte zu, der Schlüssel wurde umgedreht. Irgendetwas flog zu Boden. Ich lief ihr hinterher, bat um Einlass, den sie mir verwehrte.

Von da an verließ Chloé über eine Woche ihr Zimmer nicht mehr. Es war eine wirklich schwierige Situation für mich. Hätte ich gesehen, dass Monsieur Boberschram Chloé geschlagen hatte, weil er meinte, dass sie es verdient hätte, ich hätte jeglichen Respekt vor ihm verloren und ihn für immer aus meinem Haus, meinen Gedanken, meinem Leben gejagt. Meine Kinder schlägt man nicht. Überhaupt schlägt man kein Kind, ganz egal, was es getan oder gesagt hat. Da gibt es kein Pardon. Dieser Meinung war ich schon damals, 1979, obwohl ich damit weitestgehend alleine stand.

Es gab also keinen Grund, Monsieur Boberschram in Schutz zu nehmen. Er hätte niemals die Hand gegen Chloé erheben dürfen, nur weil sie mir gegenüber etwas benannt hatte, was ihr aufgefallen und darüber hinaus gar nicht für seine Ohren bestimmt gewesen war. Und doch hatte ich Mitleid mit Monsieur Boberschram. Weil ich sah, wie sehr er darunter litt, was er getan hatte. Nur zu gerne wollte er sich selbst dafür ohrfeigen. Es war ihm nicht mehr möglich, mir in die Augen zu sehen. Aus Scham nahm er seinen Blick nicht mehr vom Boden, dazu krümmte er den Rücken wie jemand, der sein Lebtag Steine geschleppt oder unter Tage gearbeitet hatte, und er nestelte auch ohne Unterlass an seiner Hose herum. Es war kaum auszuhalten, neben ihm zu stehen und all das mit anzusehen. Auch hörte er nicht mehr auf, sich bei mir zu entschuldigen. Seine Stimme brach, während er sich vor mir mit kleinen schnellen Bewegungen verbeugte wie ein Japaner, der sich für etwas bedankte (das hatte ich mal im Fernsehen gesehen).

Was soll ich sagen? Ich verzieh ihm die Ohrfeige, weil ich wusste, dass sie ein Ausrutscher war und dass so etwas nie wieder vorkommen würde. Vor allem aber, weil jede seiner Gesten Reue zeigte. Dass ich ihm verzieh, hatte nichts damit zu tun, dass ich Gefühle für ihn hegte, das müssen Sie mir glauben. Ich war durchaus imstande, mein Empfinden für ihn von dem zu trennen, was er getan hatte. Schließlich ging es ja um meine Tochter.

Kaum hatte mich Chloé vor ihrer Zimmertür abgewiesen, kamen auch schon Marie und Malou, Anne und Jérôme und Coraline herbeigestürmt. Sie wollten wissen, was geschehen war. Ich sagte es ihnen, kurz und knapp. Sie hatten ein Recht darauf, es zu erfahren, auch wenn ich wusste, dass eine Wiederholung des Ereignisses demütigend für Monsieur Boberschram war, der immer noch in der Küche stand und in Dauerschleife Entschuldigungen in die Luft schickte. Kurz kam mir der Gedanke, ich müsste ihm mit der Pfanne eins überbraten, damit er wieder normal würde (und auch, weil es mir und Chloé ganz gut getan hätte, uns für die Ohrfeige zu rächen), doch ich besann mich. Es war schon Strafe genug, dass er den entsetzten und ihn geißelnden Blicken von Marie, Malou, Anne, Jérôme und Coraline ausgesetzt war, die ihn von Sekunde zu Sekunde kleiner werden ließen.

Nachdem ich berichtet hatte, was vorgefallen war, setzten sich meine drei Kröten samt Anhang in Bewegung. Wie eine Truppe, die soeben einen Befehl erhalten hatte, stiegen sie die Treppe zu Chloé hoch, an deren Zimmertür sie klopften. Zehn Fäuste im Trommelwirbel. Vergeblich. Chloé war sturer als ein Bock. Die Tür blieb zu. Sie vermochte es, alle für Monsieur Boberschrams Tat zu bestrafen. Das war natürlich wirksamer, als wenn sie nur ihn gemieden hätte. Und das wusste Chloé.

Seit dem Tag der Ohrfeige hörte Monsieur Boberschram auf, aus einem seiner Fenster nach unten aufs Trottoir zu rufen und um Ruhe zu bitten. Dafür ging er auf Rückzug. Er verzog sich in seine Wohnung, klappte die Fensterläden zu und kam auch nicht mehr bei uns zum Abendessen vorbei. Was Chloé freute und bei uns zu Hause zum Tischthema wurde.

Ich fühlte mich erschöpft. Monsieur Boberschram fehlte mir. Die Gespräche mit ihm. Das wohlige Gefühl, das ich stets verspürt hatte, wenn er nach dem Essen mit vollem Bauch neben mir im Gartenstuhl auf der Terrasse saß und wir darüber nachdachten, ob die Sterne im Laufe der Jahre wohl weniger würden, weil im August doch so viele Sternschnuppen herabfielen, oder ob der Mensch ganz allgemein den Bezug zum Boden verlöre, würde er ausschließlich in Baumhäusern leben.

»Liebesbomben«, hatte Monsieur Boberschram zu diesem Thema nur gesagt und auf das Reich meiner Ältesten gezeigt. Dann hatte er den Kopf zur Seite geneigt und mir augenzwinkernd ein verschmitztes Lächeln geschenkt, das mich hatte schmelzen lassen wie Zucker unter einem Bunsenbrenner (das ist ein Vergleich, der sich mir aufdrängt, weil sich die Frau unseres ehemaligen Bürgermeisters doch tatsächlich vor Kurzem einen Handgasbrenner gekauft hat, um Crème brûlée zu machen. Daran merkt man, wie sich die Zeiten verändern, nicht wahr?).

»Madame Nan, riechen Sie auch den Duft von Karamell?«, rief Monsieur Boberschram aus, kaum dass er mich zum Schmelzen gebracht hatte. Er streckte die Nase nach oben, schnupperte in die Luft.

Ich tat es ihm gleich, gespielt verwundert, und ärgerte mich darüber, dass ich meinen Körper in Monsieur Boberschrams Gegenwart nicht unter Kontrolle hatte. Entweder bekam ich wie Mademoiselle Dupont rote Flecken am Hals und am Dekolleté oder ich fing an, nach Karamell zu riechen. Wie in jenem Moment. Mein natürlicher Schweißgeruch. Ich schwitzte, was das Zeug hielt. Wobei ich noch froh darüber sein konnte, dass meine Ausdünstungen ein angenehmes Aroma verströmten. Karamell, da kann man sich nicht beschweren! Ich hatte mal eine Freundin, Aurore, die roch nach weißen, frisch geschnittenen Zwiebeln, wenn sie schwitzte. Es war unerträglich. Alle machten einen Bogen um sie, nicht nur an besonders heißen Tagen oder wenn Aurore sich körperlich angestrengt hatte. Die Arme. Sie hatte es wirklich nicht leicht. »Ein Name wie ein Gedicht, doch wenn sie die Arme hebt, tötet sie dich.« Meine Güte, wie oft dieser Satz kursierte, kaum hatte sie einem den Rücken zugedreht.

Aurore fand trotzdem einen Mann, einen Parfümeur aus Paris, der sich in Bois-de-Val von der guten Luft zu neuen Duftkreationen inspirieren lassen wollte und bei einem seiner Spaziergänge durch den Wald auf meine Freundin traf. Lange ist es her, kurz nach dem Krieg. Aurore zog mit ihm in die Hauptstadt. Sie können sich bestimmt vorstellen, was auf der

Straße geredet und gelacht wurde, als man hörte, ein Parfümeur habe Aurore einen Heiratsantrag gemacht. »Ja, ja, Gegensätze ziehen sich an.«

»Ach, Monsieur Boberschram«, sagte ich und hörte auf, in die Luft zu schnuppern. »Das sind die Rosen.« Ich zeigte auf das kleine zitronengelbe Feld im Garten, das nun vom Schein des Mondes silbrig wirkte und mir als Erklärung für den Geruch gerade recht kam. »*Un souvenir d'Alsace*. Sie waren ein Geschenk zum Tode meines Mannes.«

Er nickte. Betrübt jetzt plötzlich. Er dachte wohl gleich wieder an Marguerite, nur weil ich Bernard erwähnt hatte, was ich in seiner Gegenwart so gut wie nie tat. Dann sagte er: »Wie schön, dass dir trotz dieser traurigen Erinnerung ein wohlriechendes Andenken geblieben ist. Wenn ich an die letzte Zeit mit Marguerite denke, dann fächert mir der Mann mit der Sense nur den Dunst von Fäulnis entgegen. Reine, pure Fäulnis. Marguerite roch schon tot, bevor sie starb.«

Mit diesem Satz stand er auf und trottete langsam, die Schultern gerundet, den Kopf leicht gesenkt, die silbernen Rosen entlang zur Pforte hin, die er quietschend öffnete und leise schloss. Ich habe keine Ahnung, wie ihm das gelang. Aber das Bild, wie er da vor sich hin schritt, begleitet vom Orchester unzähliger Zikaden, die das Lied der Nacht anstimmten, prägte sich mir ein.

Es war die Nacht vor der Ohrfeige gewesen und das vorletzte Mal für drei Wochen, dass ich Monsieur Boberschram sah.

In diesen drei Wochen liefen die Vorbereitungen für unser verspätetes Einweihungsfest auf Hochtouren. Ohne Monsieur Boberschram, dafür mit allen anderen.

Anne hatte gemeinsam mit Jérôme Plakate gestaltet. Früchte und Gemüse mit Schwalbenflügeln, die zwischen weißen Wolken in einen azurblauen Himmel schwebten. Auch Handzettel, die sie in einem Kopierladen in Straßburg vervielfältigt hatten und nun in den Nachbargemeinden austeilen wollten, hatten sie angefertigt. Darauf stand:

Wir feiern das Leben und die Liebe.
Kommt vorbei!
Wo? Chez Malou. Bois-de-Val.
Wann? 6. Oktober.
Mit Musik von Malou & Band.

Marie und Malou kümmerten sich um die Getränkebestellungen und um die Beleuchtung. Malou probte darüber hinaus jeden Abend bei uns im Keller mit Albert, Raymond, Florian und Morgane, die – bis auf Albert, aber dazu später – sonst nur in der Kirche sangen und sich sonntags an der Orgel abwechselten.

Morgane hatte eine Stimme, die einen direkt ins Herz traf. Glockenklar und rein. Sobald die ersten Töne aus ihrem Mund kamen (sie hatte aber auch ein ganz eigenwilliges Schnütchen: von Natur aus knallrot und wie hingemalt in ihrem Puppengesichtchen), breitete sich bei mir von innen heraus eine wohlige Wärme bis zu meinen Gliedmaßen aus. Meine Rückenschmerzen verschwanden, und meine Hüfte, die mir seit der Schwangerschaft mit Chloé Probleme bereitete, gab für einen Moment Ruhe. Ein Lied von Morgane war besser als jeder Gang zum Orthopäden.

Raymond, der große Tanzbär, wie er bei uns nur genannt wurde, weil er seinen stämmigen Körper elegant zu bewegen wusste, beherrschte neben der Orgel auch das Schlagzeug. Er schlug es nicht, er streichelte es. Mit kleinen Besen und seinen Fingerkuppen.

Und Florian, der Überflieger, der von Physik mehr Ahnung hatte als unser ganzes Dorf zusammen, hatte drei Jahre in den USA gelebt und bei der NASA gearbeitet (um ihn rissen sich seitdem alle, die das Weltall erforschen wollten), wo er den Blues für sich entdeckt hatte und nun in seine Trompete blies, als sei er am Mississippi groß geworden.

Gemeinsam mit Malou, der sich mit seiner Gasba in die Band einbrachte, ergaben die Fünf eine interessante Mischung. Die Musiker hatten nichts gemeinsam außer einem: pure Lebensfreude. Sie schwang mit jedem Akkord mit, der aus dem Keller drang – und je öfter sie probten, desto besser gelangen mir die Gerichte, die ich mir vorgenommen hatte zu kochen.

Süri Nierle.

Ganslewer auf Brodapfel.

Ansonsten bekam ich von Marie und Malou in den Wochen vor dem Fest nur wenig mit. Sie verzogen sich öfter denn je in ihr Baumhaus und ließen die Äste schaukeln, was wir mehr oder weniger ignorierten. Nur manchmal flog ein Lampion zu Boden oder es drohte ein Ast abzubrechen. Dann pfiffen wir zum Wipfel hoch, Coraline sogar mit zwei Fingern (das hatte sie von Malou gelernt) – und der Sturm der beiden legte sich.

Chloé brauchte lange, um nach der Ohrfeige von Monsieur Boberschram wieder mit mir ins Gespräch zu kommen. Dafür musste ich eine ganze Nacht lang vor ihrer Zimmertür ausharren und darum bitten, sie möge doch mit mir reden. Gegen fünf Uhr morgens dann, als ich schon kurz davor war aufzugeben, öffnete sie die Tür.

Ich trat ein, setzte mich auf den Rand ihres Betts. Sie hatte mir den Rücken zugedreht, sah aus dem Fenster nach draußen zum Bergahorn hin, wo die bunten Lichter der Lampions mit der anbrechenden Morgenröte verschmolzen. Ich wartete ab, weil ich nicht in ihren Rücken sprechen wollte. Ich wollte ihr in die Augen sehen, um sie lesen zu können. Sonst würde eine Annäherung an sie schwierig werden. Chloé war eine

Meisterin darin, sich schon allein aus Gründen der Sturheit zu verschließen.

Die Minuten vergingen. Sie fühlten sich endlos lang an, zumal die Müdigkeit bei mir immer mehr zuschlug. Doch ich wartete weiter geduldig ab, bis Chloé sich zu mir umdrehen würde. Immerhin war ich in ihr Zimmer gelangt, damit hatte ich schon viel erreicht.

Als meine Lider zuzufallen drohten, war es dann so weit. Chloé stieß sich vom Fenstersims ab und vollzog eine Art Pirouette, wobei die Eleganz dieser Bewegung von ihrem plötzlichen und lautstarken schrillen Schreien gestört wurde, das mir die Müdigkeit auf einen Schlag aus den Gliedern trieb.

Chloé schrie mir ihre ganze Wut entgegen und stampfte dabei mit einem Bein auf dem Boden. Wenn die Ursache ihres Verhaltens nicht so ernst gewesen wäre, ich hätte beim Anblick meiner Tochter lachen müssen. Doch so verhielt ich mich still. Ich unterbrach sie nicht. Ich ließ sie in ihrem Zorn gewähren. Er musste raus. So viel stand fest.

Chloé weckte, wie nicht anders zu erwarten war, das ganze Haus mit ihrem Geschrei auf. Doch auch keines ihrer Geschwister sagte etwas. Oder traute sich, etwas zu sagen. Alle standen sie nur im Türrahmen und sahen zu, was da im Zimmer vor sich ging.

Irgendwann, Chloés Stimme begann allmählich heiser zu werden und verlor an Volumen, brach sie das Geschrei ab und stürzte sich mir in die Arme. Sie weinte mir Rinnsale an meinen Nacken und schmierte mir ihren Rotz an die Bluse. Ich küsste sie aufs Haar, drückte sie fest an mich und gab ihr die Geborgenheit, die sie suchte. Dabei entschuldigte ich mich bei ihr, dass ich sie nicht vor der Ohrfeige hatte bewahren können, dass ich sie nicht gut genug beschützt hatte.

Die Köpfe ihrer Schwestern (sie hatten sich so vor ihre Zimmertür gestellt, dass nur ihre Gesichter neugierig hereinschauten, ihre Körper aber gar nicht zu sehen waren) verschwanden einer nach dem anderen aus dem Türrahmen. Kurz darauf hörte ich ihre Schritte auf der Stiege und wie in der Küche das Frühstück gemacht wurde. Ich roch den Duft von frisch getoasteten Brioches und Kaffee.

Auch Chloé nahm den Guten-Morgen-Duft wahr. Sie hörte auf zu weinen, rieb ein letztes Mal ihre Nase an meiner Bluse, nahm mich dann an die Hand und zog mich zum Treppenhaus. Gemeinsam schlenderten wir die Stufen hinunter in unsere Wohnküche, wo der Tisch bereits gedeckt war.

Von diesem Tag an half mir Chloé so gut wie immer bei den Vorbereitungen für das große Einweihungsfest-Büfett. Sie überlegte gemeinsam mit mir, welche Gerichte wir rechtzeitig vorkochen konnten, ohne dass sie verdarben. Wir waren ja nicht mit Gefrierschränken oder mehreren Kühlschränken ausgerüstet. Alles musste gut überlegt sein. Und da wir mit sehr vielen Leuten rechneten, die mit uns feiern wollten, war es eine logistische Herausforderung, die Verpflegung problemlos hinzubekommen.

Wir entschieden uns schließlich dafür, die bisherige Auswahl von *Madame Nans kleinen Magenfüllern* um ein Vielfältiges zu erweitern. Chloé hatte große Freude daran, zu experimentieren. Sie setzte dabei überwiegend auf Kräuter. »Heimische Kräuter«, wie sie betonte.

Ich war so froh, dass Chloé endlich wieder mit mir redete und meine Nähe suchte. Es war schlimm für mich gewesen, als sie mich wegen der Ohrfeige ignorierte. Vor allem deshalb, weil sie mir dadurch das Gefühl vermittelte, eine Mitschuld an Monsieur Boberschrams emotionalem Ausraster zu haben. Das betrübte mich, nahm mir die Kraft, die ich brauchte, um mit meinen Kindern und dem Laden durch den Tag zu kommen.

Monsieur Boberschram hingegen ging mir nach wie vor aus dem Weg. Er hatte sich in seiner Maisonette-Wohnung über dem Laden verschanzt und verließ sie nur, wenn er Marguerite besuchte.

Ich traute mich nicht, auf ihn zuzugehen und ihm die Hand zu reichen, geschweige denn ihn zum Abendessen zu uns einzuladen. Ich fürchtete, Chloé könnte sich sonst wieder von mir abwenden. Und das wollte ich auf keinen Fall riskieren.

Sie können sich sicherlich vorstellen, wie sehr der Himmel über mir aufging, als Chloé mir irgendwann mitten in den Essensvorbereitungen in einem stillen Moment sagte: »Momma, du musst nicht glauben, dass ich jetzt gegen dich und Monsieur Boberschram bin. Ich werde ihn niemals ›Papa‹ nennen. Darauf kannst du Gift nehmen. Aber lieben darfst du ihn trotzdem. Er kann auch ruhig mal wieder bei uns vorbeikommen. Er sollte nur endlich mal seine Alte vergessen und seine Emotionen in den Griff kriegen.«

»Chloé!«

»Schon gut.«

»Danke.«

»Für was?«

»Dass du ein so großes Herz hast.«

Sie lächelte. »Habe ich von dir.«

Ich lächelte zurück. Und wir hackten weiter Rauke.

Coraline verbrachte ihre Zeit vor dem Fest überwiegend damit, aus Servietten Vögel zu falten. Sie machte nach der Schule nichts anderes mehr als das. Origami war ihre große Leidenschaft geworden, seit ich ihr einmal erlaubt hatte, mit mir zu später Stunde einen Dokumentarfilm über Japan anzusehen. Seither fing sie an, sich weiß zu pudern (fragen Sie mich nicht, wo sie den Puder herhatte, ich habe keine Ahnung). Zu ihren aschblonden Haaren sah die weiße Schicht in ihrem Gesicht auch eher kränklich denn vornehm aus. Aber ich wollte ihr die Freude nicht verderben, und so hielt ich mich mit einer Bemerkung zurück, wenn sie morgens blass wie Papier ihr

Brioche in die Milch tunkte. Coraline hatte sich sogar innerhalb von sieben Nachmittagen mit Sägen und Feilen aus zwei Scheiten Holz, Stoff und Nägeln ein Paar *Geta* gebastelt. Mit diesen traditionellen japanischen Schuhen klackerte sie im Haus und auf der Terrasse herum, versaute mir hier und da den Boden, drückte mir zigarettenschachtelgroße Abdrücke in den Rasen. Obwohl ich sie deswegen öfter schimpfen musste und ihr verbot, dieses Schuhwerk zu tragen, waren ihre Kreativität und Begeisterung für die japanische Kultur kaum zu bremsen.

Sie hätten einmal sehen sollen, wie unser Küchentisch aussah. Ein Paradies aus Vögeln war darauf entstanden. Kraniche, Papageien, Tauben, Pfauen, Wellensittiche und Schwäne. Es war mir ein Rätsel, wem sie diese Faltkunst abgeschaut hatte. Aber ich freute mich über ihre neu entdeckte Leidenschaft. Es war beeindruckend, was für Geschöpfe Coraline mit ihren kleinen Händen zum Leben erwecken konnte. Ich stellte mir vor, die Vögel würden plötzlich alle auf einmal hochfliegen, eine Runde um die Lampe über dem Küchentisch drehen und sich dann wieder auf dem Holz niederlassen und die Flügel senken.

»Was schaust du so?«, fragte Coraline, als ich vor mich hin träumte.

»Ach, nichts, meine kleine Kröte. Das hast du wirklich toll gemacht. Ich frage mich nur, warum kein Storch dabei ist.«

Sie sah mich an. Überlegte. »Weil doch jetzt noch keine Brutzeit ist, Momma. Deshalb. Aber gut, für dich wird es in Zukunft auch ein paar Störche geben.«

Coraline bereitete mir stets große Freude.

* * *

Der sechste Oktober war ein bronzener Tag. Das Licht der Sonne hatte die Farbe des Waldhonigs, den Monsieur Littwiller neben Wurstwaren auf seinem Hof herstellte. Es strömte sanft durch unser Dorf und rundete alle eckigen Kanten, machte die Gesichter der Dorfbewohner weicher.

Das Thermometer zeigte bereits um neun Uhr in der Früh achtzehn Grad, und ich freute mich über den wolkenlosen Himmel und das Glück, dass wir mit dem Wetter hatten. Der Sommer im Herbst. Sagenhaft.

Als ich wie jeden Morgen zum Briefkasten ging, um nach der Post zu sehen, stand Mademoiselle Dupont am Gartenzaun. Sie schien auf mich zu warten und wirkte wie immer nervös. Ich beobachtete sie einen kurzen Moment, bevor sie mich bemerkte. Wie ein verlorenes Kätzchen schlich sie den Gartenzaun entlang und vergewisserte sich in einem fort, ob jemand ihren Besuch bei mir wahrnahm, was sie ganz offensichtlich nicht wollte. Wie sonst hätte man es deuten sollen, dass sie erst verstohlen einen Blick links über ihre Schulter warf, dann rechts, um sich bei nächster Gelegenheit vom Gartenzaun wegzubewegen, als sei sie nur zufällig hier vorbeigekommen? Die junge Frau war ständig auf der Hut. Ich hatte keine Ahnung, vor was und woher diese Unruhe kam, aber sie musste tief in ihr sitzen. Als fürchtete sie, jemand könnte denken, sie verhielte sich nicht rechtens, und sie würde sogleich dafür verurteilt werden.

»Guten Morgen, Mademoiselle Dupont«, sagte ich einen Tick zu laut. Ich gebe es zu, ich wollte sie ein klein wenig ärgern. Es gab ja keinen Grund, sich zu verstecken.

Mademoiselle Dupont fuhr herum und sah mich erschrocken an.

»Was kann ich für Sie tun, Mademoiselle Dupont? Ist alles in Ordnung mit Ihnen?«

Sie trat an den Zaun heran und beugte sich mit ihrem schmalen Oberkörper über das Gartentor.

»Guten Morgen, Madame Nan.« Ihre Stimme ein Hauch im Morgenwind. »Ich störe Sie nur ungern. Ich bin gekommen …«, begann sie und streckte sich noch weiter vor. Ein Wunder, dass ihr diese Bewegung in ihrer engen Kleidung überhaupt gelang, ohne um Luft ringen zu müssen. Es sah unnatürlich und ziemlich anstrengend aus. Wenn sie so weitermachte, würde sie noch vornüberkippen.

»Ich bin gekommen, weil ich ein Anliegen habe«, flüsterte sie.

»So, so, ein Anliegen«, antwortete ich und erkannte, wie ich die junge Frau mit der Wiederholung ihrer Aussage verunsicherte. Sie richtete sich ein wenig auf, fuhr nervös mit der flachen Hand über ihren Scheitel und hielt dann am wollknäuelgroßen Dutt inne, als müsste sie überprüfen, ob der noch an der richtigen Stelle saß.

»Nennen Sie mir ruhig Ihr Anliegen«, half ich ihr und schenkte ihr ein aufmunterndes Lächeln. Ich mochte sie wirklich gern, diese junge Frau, die jetzt wieder so steif war wie ein Bügelbrett.

»Es ist mir unangenehm, das zu fragen«, wagte sie sich schüchtern vor. »Aber könnten Sie mir vielleicht einen Gefallen tun? Ich weiß, es ist der zweite Gefallen innerhalb kurzer Zeit. Aber dieser hier ist weniger für mich als für meine Schwester, die heute zu Besuch kommt.«

»Ich wusste gar nicht, dass Sie eine Schwester haben, Mademoiselle Dupont.«

»Doch, doch. Sogar zwei. Aber Véronique ist diejenige, die schon seit Jahren einen Mann sucht.«

»Ah«, entfuhr es mir, als wüsste ich mit dieser Erklärung etwas anzufangen. Ich trat ans Gartentor heran, damit sich Mademoiselle Dupont entspannen und ihren Oberkörper wieder in eine natürlichere Position bringen konnte.

»Wissen Sie«, hauchte die junge Frau weiter in die Luft, nachdem sie sich tatsächlich etwas aufgerichtet hatte, »meine

Schwester ist schon einundvierzig.« Bei diesem Satz riss Mademoiselle Dupont die Augen groß auf. Eine bedeutungsschwangere Pause entstand, in der sich auf ihrer Stirn drei sorgentiefe Falten bildeten. Dann streckte sie den Kopf wieder näher zu mir heran und flüsterte noch leiser als zuvor, sodass ich sie kaum mehr verstehen konnte: »Einundvierzig – und immer noch Jungfrau! Können Sie sich das vorstellen, Madam Nan?«

Ich wollte darauf etwas sagen, doch sie kam mir zuvor: »Meine Schwester ist schon recht deprimiert und erträgt meine Eltern nicht, bei denen sie wohnt und von denen sie sich jeden Tag aufs Neue anhören muss, dass sie zu nichts tauge. Nicht einmal mehr zur Ehefrau.«

Ich nickte verständig und legte ihr eine Hand auf den Unterarm. »Und wie kann ich Ihrer Schwester weiterhelfen?«, fragte ich, obwohl ich schon wusste, worauf Mademoiselle Dupont hinauswollte.

»Ich würde Ihnen gerne zwei Liebesbomben abkaufen, wenn Sie gestatten.«

»Hm«, antwortete ich und nahm meine Hand von ihrem Arm. »Ich werde das mit Marie und mit Malou besprechen. Aber Geld möchte ich dafür keines, das wissen Sie!«

Mademoiselle Dupont faltete die Hände wie zum Gebet und bedankte sich, während ich den Briefkasten öffnete und die Post herausnahm.

»Sagen Sie mir noch, Mademoiselle Dupont«, fügte ich hinzu, bevor ich wieder ins Haus zurückging, »für wen soll denn die zweite Liebesbombe bestimmt sein? Wer ist denn der Glückliche, den Sie für Ihre Schwester auserkoren haben?«

»Ich dachte da an den Herrn Kapellmeister. Wenn mich nicht alles täuscht, hat er schon länger ein Auge auf mich geworfen. Ich kann Ihnen gar nicht sagen, wie oft er in meiner Nähe war, obwohl es überhaupt keinen Grund dafür gab, dass er sich an dem Ort aufhielt, an dem ich mich befand. Seitdem ich nach Bois-de-Val gezogen bin, fühle ich mich von ihm verfolgt. Erst seitdem ich mich mit Frank, also mit Monsieur Allmery …, sehe ich ihn kaum noch. Vielleicht irre ich mich ja. Ich möchte ihm wirklich nichts unterstellen. Aber ich denke, wenn ich ihm gefalle, dann wird ihm auch meine Schwester gefallen. Véronique und ich sind uns sehr ähnlich. Im Aussehen und in unserer Art. Wobei Véronique speziell ist.«

Auch mir war aufgefallen, dass unser Kapellmeister (das fünfte Mitglied aus Malous Band) sich gerne zur gleichen Zeit im *Chez Malou* herumtrieb, zu der Mademoiselle Dupont bei uns ihre Besorgungen machte. Albert Guschl kaufte allerdings selten etwas ein. Er lugte nur zwischen den Regalen hervor und nahm irgendwelche Waren in die Hand, die er zu prüfen schien. Oft bemerkte man ihn gar nicht. Weil er weder grüßte noch anderweitig auffiel. Er war ein komischer, wenngleich liebenswürdiger Kauz. Knapp dreiundvierzig Jahre alt und ganz schön verklemmt. Er wirkte noch verklemmter als Mademoiselle Dupont, was schwer vorstellbar war, wenn man sie einmal gesehen hatte in ihrem Gouvernantenrock und der hochgeschlossenen Bluse mit den kleinen Rüschen, die ihren langen Hals umkräuselten.

Albert war ein gebürtiger Bois-de-Valer. Der Sohn von Alexandre und Gislène Guschl, die beide früh starben. Ein Autounfall auf dem Weg nach Suesswihr, wo sie zu einer Hochzeit eingeladen waren, beendete ihr Leben. Ich erinnere mich noch wie heute an den Tag, an dem die Nachricht unser Dorf erreichte.

Es war ein grauer Wintertag, und es hatte den ganzen Vormittag über gegraupelt. Bulgurgroße Eiskörner bedeckten das Land und machten es träge. Die Trägheit musste auch Gislène Guschl erfasst haben, die hinter dem Lenkrad saß und aus irgendwelchen Gründen von der Fahrbahn abkam. Ein Baum, eine junge Kastanie, vor der bereits zwei Kreuze standen, die an frühere Verkehrsopfer erinnerten (ein Mann von vierzig

Jahren und zwei Brüder um die sechzig), stoppte das Fahrzeug. Die junge Kastanie hielt dem Aufprall stand. Die Kreuze nicht. Der Renault der Guschls mähte sie um, danach war das Ehepaar tot.

Fünf Menschen hatte die junge Kastanie nach diesem Unfall auf dem Gewissen. Die Kreuze wurden nicht mehr aufgestellt. Dafür wurde die Kastanie gefällt. Man sucht immer einen Schuldigen für die Tragik des Lebens. Selbst ein Baum wird dabei nicht verschont.

Aus Suesswihr kam extra ein Polizist nach Bois-de-Val gefahren, um Albert die Nachricht zu überbringen. Er kannte das verunglückte Ehepaar wohl von früher und fühlte sich dazu verpflichtet, das schreckliche Ende der Guschls persönlich ihrem einzigen Sohn mitzuteilen. Albert war damals gerade achtzehn geworden. Er stand im Türrahmen seines Elternhauses, die Arme herunterhängend, der Kopf gesenkt, als der Polizist ihm den Tod seines Vaters und seiner Mutter verkündete. Und wir (das halbe Dorf hatte sich hinter dem Polizisten versammelt) sahen dabei zu, wie Albert, der immer verdruckst gewesen war und zu dem kaum einer je einen Zugang gefunden hatte, zusammenbrach. Wie eine dieser Wackelfiguren aus Holz, die man durch einen Fingerdrücker in sich zusammenfallen lassen kann und die sich wieder aufrichten, sobald man den Drücker am Boden loslässt. Nur dass Albert nicht wieder aufstand, sondern von uns aufgerichtet werden musste. Was nur mühsam gelang. Obwohl Albert hager war und nicht viel auf die Waage brachte, benötigte es vier Mann dafür.

Albert erbte sein Elternhaus und alle Instrumente, die sein Vater (viele nannten ihn den Mozart aus Bois) je gesammelt hatte. Das war eine Menge. Siebenundsiebzig Stück an der Zahl. Die kleineren (Maultrommeln, Okarinas, Mundharmonikas, Piccoloflöten und so weiter) aufgereiht in Vitrinen und Schränken, die größeren (Trompeten, Posaunen, verschiedene afrikanische Trommeln) lagerten im Wohnzimmer und im ersten Stock des Hauses.

Albert selbst konnte Klarinette spielen wie ein Gott. (Es gab Tage, da gingen wir vor dem kleinen Haus vorbei, nur um ihm beim Spielen zuzuhören.) Dabei bewegte er seinen hageren Körper wie den einer Kobra, die von den Tönen ihres Beschwörers aus ihrem Korb gelockt wird.

Obwohl Albert eben erst volljährig geworden war, wurde kurz nach dem Begräbnis des Ehepaars Guschl entschieden, dass er die Nachfolge seines Vaters antreten solle. Keineswegs aus Mitleid, sondern weil er schlichtweg ein begnadeter Musiker und ein überaus würdiger Nachfolger für seinen Vater war. Mehr als irgendwer sonst bei uns. Darin waren sich alle einig.

So bekamen wir den wohl jüngsten Kapellmeister im ganzen Elsass.

Niemand von uns (bis auf Malou, wie könnte es anders sein?) fand je einen Draht zu Albert. Auch nach dem Tod seiner Eltern nicht, obwohl er in der ersten Zeit viel Hilfe bekam: Mittagessen von den beiden größten Erzfeindinnen Madame Rohrbach und Madame Guggebühl, die sich mit der Verköstigung des Waisen abwechselten, nicht ohne das Essen der jeweils anderen mit irgendeiner Bemerkung schlechtzumachen. Dann: Abendbrot von Monsieur Littwiller, der extra mit seinem Traktor von seinem Hof angefahren kam (bei einer dieser Fahrten kam unser Kater ums Leben), um ihm frisches Brot, Wurst und Käse vorbeizubringen, gelegentlich auch einen Apfelwein.

Auch ich stattete ihm dreimal in der Woche einen Besuch ab, wusste ich doch, wie es ist, wenn einem der Schmerz um den Verlust eines geliebten Menschen den Verstand raubt. Ich wies ihn in die Haushaltsarbeit ein. Zeigte ihm, wie man Wäsche wusch und ein Ei aufschlug. Die Männer der damaligen Zeit hatten in dieser Hinsicht ja von nichts eine Ahnung. Er hörte sich geduldig an, was ich ihm erklärte, doch ein Gespräch zwischen Albert und mir kam nie zustande. Dafür war er zu schüchtern oder zu eigensinnig. Oder einfach nur zu wortfaul. Ich weiß es nicht.

Schon als Kind war Albert merkwürdig verhuscht gewesen. Als hätte er Angst vor den Menschen. Traf man ihn auf der Straße und hob die Hand zum Gruß, war er verschwunden, noch bevor man Hallo sagen konnte. Nickte man ihm zu, wenn man ihn in der Kirche, beim Einkaufen im Laden der Boberschrams oder am Dorfbrunnen sah, wandte er den Blick ab. Sobald er jedoch ein paar Töne auf seiner Klarinette blies oder sonst irgendwie mit Musik in Berührung kam, veränderte sich sein Wesen. Seine Steifheit verwandelte sich ins Gegenteil. Sein Körper bog und formte sich, als sei er der Rauch, der einer Tabakpfeife entsteigt. Auch sein sonst so verhärmtes Gesicht zeigte weiche, geschmeidige Züge.

Bald folgten alle Bläser Bois-de-Vals seinen Taktvorgaben und seiner Art, sie an die Musik heranzuführen – und so kam es, dass unsere Blaskapelle sich einen Namen machte, weswegen gelegentlich der eine oder andere aufstrebende Musiker extra in unser Dorf kam, um von Albert zu lernen.

Ich möchte behaupten, Albert taugte nur mit musikalischer Begleitung etwas für die Gesellschaft. Warum Mademoiselle Dupont sich ausgerechnet ihn für ihre Schwester ausgesucht hatte, blieb mir ein Rätsel. Aber gut. Mir sollten die Gründe egal sein. Sie kannte ihre Schwester sicherlich gut genug, um darüber zu befinden, und außerdem glaubte ich ja nicht (noch nicht) an die Kraft der Liebesbomben. Und Mademoiselle Dupont keinen Gefallen zu tun – diese Frage stellte sich mir erst gar nicht.

»Ich bringe Ihnen zwei Liebesbomben mit, Mademoiselle Dupont«, sagte ich entschlossen. »Wir sehen uns dann auf dem Fest, nicht wahr?«

»Ja, selbstverständlich. Ich werde da sein. *Wir* werden da

sein! Haben Sie vielen Dank, Madame Nan. Ich stehe schwer in Ihrer Schuld.«

Sie verneigte sich vor mir, bevor sie ging. Ich fragte mich, ob ihr Verhalten dem entsprach, was nahe der luxemburgischen Grenze als normal galt. Oder ob es einfach nur ihre Eigenart war, sich mir gegenüber so demütig zu zeigen und sogar zu knicksen. Côte d'Azur, Rom, Île de la Réunion – vielleicht, dachte ich, sollte ich später, sobald meine Mädchen flügge sind, auch mal einen Abstecher nach Lothringen machen, nur um nachzusehen, ob die Leute dort alle so speziell waren wie Mademoiselle Dupont.

* * *

Ich freute mich auf das Fest. Seit Tagen schon verspürte ich ein Kribbeln im Unterleib, sobald ich an meine kleine Rede dachte, die ich nachts, wenn ich nicht schlafen konnte, vorbereitet hatte. Dann stand ich auf, setzte mich mit einem Block und einem Stift aufs Sofa ins Wohnzimmer und notierte im spärlichen Licht der Stehlampe, was mich bewegte. Seitenweise kritzelte ich das Papier voll, manchmal ganz schnell, manchmal sehr langsam und bedacht. Immer wieder strich ich große Passagen wieder weg, schrieb sie später, wenn ich in der Stimmung dazu war, wieder neu. Je öfter ich nachts aufwachte, desto mehr ging mir im Kopf herum. Je mehr mir im Kopf herumging, desto öfter wachte ich auf. Es war ein Teufelskreis.

Seitdem ich angefangen hatte, die Rede zu schreiben, wollte ich eine Menge loswerden. Mehr, als vernünftig gewesen wäre. Und so entschied ich irgendwann, mich auf das Wesentliche zu konzentrieren und alles andere für mich zu behalten. Ich hatte nicht vor, jemanden zu langweilen. Aber es tat mir gut, zu schreiben und meine Gefühle zu sortieren, wenngleich das Lampenfieber vor meinem Auftritt stetig stieg. Bei dem Gedanken daran, vor all meinen Gästen zu stehen, begann ich zu schwitzen, während ich gleichzeitig fror. Das Blut schoss mir in den Kopf und verpasste mir ein Paar heiße Ohren, die Hände zitterten, als befände ich mich draußen, bei eisigen Temperaturen, im tiefsten Winter. In diesen Zustand kam ich, obwohl ich nur mit mir, dem Block, dem Stift und der Stehlampe im Wohnzimmer allein war. Wie sollte das nur werden, wenn ich tatsächlich vor Zuhörern stand und etwas sagen wollte? Nicht auszudenken.

Ich hatte auch mit einer Diät begonnen, jeden Tag ein bisschen weniger gegessen, um zwei, drei Kilo von meinen sechsundachtzig zum Schmelzen zu bringen. Es mussten ja nicht alle gleich »Ah!« und »Oh!« rufen, wenn sie mich sahen. Aber staunen sollten sie. Das war mir schon wichtig, das muss ich zugeben. Ich wollte einfach eine gute Figur machen in meinem gelben Kleid und den Bauch nicht mehr einziehen müssen. Außerdem sollte mich Monsieur Boberschram darin keinesfalls ein zweites Mal ignorieren.

Meinen vier Kröten verheimlichte ich meine Diät. Sie hätten mich nur damit aufgezogen oder sich eingebildet, mitmachen zu müssen, was ich nicht gut gefunden hätte. Meine Mädchen waren alle schlank wie Giraffen, die hatten eher ein paar saftige Schlegel mehr auf dem Teller nötig als drei Kartoffeln weniger.

Ich baute meine Rede in drei Abschnitten auf: Als Erstes wollte ich allen, die gekommen waren, dafür danken, dass sie das *Chez Malou* so gut angenommen hatten, dass sie aus unserem kleinen Laden mit ihren regelmäßigen Einkäufen und Besuchen eine wichtige Begegnungsstätte gemacht hatten, an der sich nicht nur Menschen, sondern auch Schmetterlinge wohlfühlten. Mir war klar, dass das mit den Schmetterlingen nicht alle verstehen würden und dass es zu Spekulationen und neuen Gerüchten kommen könnte, aber sei's drum, dachte ich mir. Es klingt gut. Und was gut klingt, kann ja nicht schaden. Ich meine, Menschen und Schmetterlinge, da geht einem doch das Herz auf, oder? Das sorgt doch für gute Stimmung!

Dann wollte ich Malou zu mir bitten, ihm die Hand auf die Schulter legen und ihn vor allen Anwesenden dafür loben, dass er Monsieur Boberschram vor dem Idioten gerettet hatte, der ihn hatte ausrauben wollen. Ich wollte ihm auch dafür danken, dass er hier mit seinen unglaublichen handwerklichen Fähigkeiten und seinem unermüdlichen Einsatz einen Ort gezaubert hatte, der alle aus Bois-de-Val (und auch die von außerhalb) anzog und hoffentlich bald auch ein paar paarungswillige Störche.

Natürlich hatte ich auch vor, meinen Töchtern zu danken. Ohne sie und ihre positive Einstellung wäre das *Chez Malou* nicht das, was es geworden war. Sie sorgten dafür, dass der Laden lief. Sie sorgten dafür, dass die jungen Männer zu uns kamen, was wiederum eine Menge junger Damen anzog. »Du wirst schon sehen, Momma«, hatte Marie einmal zu mir gesagt, »allein Annes Oberweite macht hier noch einen Hotspot draus.« Sie hatte recht behalten, meine Marie. Auch wenn ich glaube, dass sie das mit Annes Oberweite halb im Scherz gemeint hatte, schon allein, um Chloé damit zu ärgern, die solcherart Äußerungen für sexistisch und keineswegs für zeitgemäß hielt. Was nichts daran änderte, dass die jungen Männer vorbeikamen, um Anne zu bestaunen, und wieder weggingen, nicht ohne ein Getränk, ein Eis oder einen Kaugummi gekauft zu haben. Dann kamen sie wieder zurück, mit einem Bruder, einem Freund, einem Nachbarn oder mit dem Freund eines Nachbarn, bestaunten Anne erneut und kauften ihr etwas ab, nur um näher dran zu sein an ihr. Das sprach sich allmählich herum. Nicht nur bei den jungen Männern, auch bei den jungen Frauen, die ebenso zu uns kamen, aber nicht, um Anne zu bewundern, sondern um die jungen Männer zu begutachten, die sich für Anne interessierten. Manche Mädchen kamen auch, um auf den einen oder anderen jungen Mann aufzupassen, der bereits vergeben war und sich daher beim Anblick meiner Zweitältesten nichts anmerken lassen durfte. Und so füllte sich unser Geschäft von Tag zu Tag, von Woche zu Woche, von Monat zu Monat stets etwas mehr, während die Regale mit den Waren immer schneller leer wurden. Das schlug sich in unserer Bilanz nieder, die sich sehen lassen konnte.

Zuletzt – die Reihenfolge war wohlüberlegt – wollte ich Monsieur Boberschram erwähnen, weil es das *Chez Malou* ja ohne ihn niemals gegeben hätte. Mir war zwar klar, dass er seinen Lebensmittelladen damals nicht aus altruistischen Gründen an mich abgegeben hatte, sondern weil er das Ungeziefer dort satthatte und weil er es sich leisten konnte, nicht mehr zu arbeiten – seit Jahren schon spekulierte das ganze Dorf darüber, dass er entweder mal viel geerbt haben oder der glückliche Gewinner eines Lotteriespiels gewesen sein musste, denn an Geld haperte es bei Monsieur Boberschram nicht. Dennoch war es mir ein großes Anliegen, Monsieur Boberschram die Ehre zu erweisen. Egal, welche Gründe er hatte, sein Geschäft loszuwerden, für mich und meine Töchter war es ein unbezahlbares Geschenk. Er hatte uns die Chance gegeben, unser Leben in eine neue Richtung zu lenken. Und damit hatte er auch etwas ganz Entscheidendes gesichert, was uns alle im Dorf betraf: die stressfreie Versorgungsmöglichkeit mit Lebensmitteln, die Bois-de-Val dringend nötig hatte, da jeder Gang zu einem der großen Supermärkte außerhalb von Bois-de-Val nicht nur für die älteren Bewohner unserer Gemeinschaft eine Herausforderung gewesen wäre.

Ich fragte mich, ob Monsieur Boberschram vielleicht auch ein paar Worte an die Gäste und an mich richten würde, doch nach der Ohrfeige für Chloé war ich skeptisch. Ich konnte Monsieur Boberschram auch nicht darauf ansprechen. Er besuchte uns nicht mehr und hatte die Fensterläden seit dem

Tag des Ausrasters nicht mehr geöffnet. Auch auf mein Klingeln an der Tür reagierte er nicht. Seit Wochen ging das jetzt schon so. Wenn Malou nicht heimlich durch die Ritzen der Klappläden geschaut hätte – er hatte so getan, als müsste er am Gestell für die Störche auf dem Dach etwas verrichten, und kletterte die Leiter an der Hauswand hoch –, um nachzuschauen, ob mit ihm alles in Ordnung war, hätte ich mir Sorgen gemacht. Doch Malou hatte ihn gesehen. Wohlauf, am Schreibtisch sitzend, die Lampe an, einen Füller in der Hand, mit dem er etwas schrieb.

* * *

Ich begab mich zum Bergahorn meiner Ururoma Thérèse, noch bevor es Zeit war, mich für meinen großen Auftritt herauszuputzen. Lockenwickler, Lippenstift, Lidstrich – die hilfreichen drei Ls –, Sie wissen schon.

Ich wollte Marie und Malou um die Liebesbomben bitten, die ich Mademoiselle Dupont für ihre Schwester versprochen hatte. Ich konnte keinesfalls mit leeren Händen auf dem Fest auftauchen. Das hätte mir Mademoiselle Dupont nie verziehen. Womöglich hätte es sie in eine Krise gestürzt. Sie nahm sich ja gerne mal was zu Herzen.

Ich legte beide Hände um meinen Mund, formte sie zu einem Rohr, bevor ich die Namen meiner Tochter und meines Schwiegersohns in spe in Richtung Baumhaus rief. Warmgelb, tiefrot und grünbraun hatte der Herbst die Blätterverkleidung des Bergahorns verfärbt. Sie leuchtete so stark in der Sonne, dass mir mit einem Mal, als ich da unten stand und in die Krone blickte, ein Strom reinen Glücks durch die Adern rauschte. Ein Gefühl, das hervorzurufen nur die Natur in ihrer archaischen Pracht fähig war oder die Liebe, wenn sie ganz frisch war und das regelmäßige Schlagen des Herzens durcheinanderbrachte.

Ich rief erst ein Mal, dann noch ein Mal. Zwei Namen, die vom leichten Wind, der durch die bunten Blätter rauschte, aufgefangen und nach oben geleitet wurden. Doch weder Marie noch Malou reagierten auf meine Rufe. Obwohl sie ihr Nest noch nicht verlassen hatten – davon jedenfalls konnte ich ausgehen. Es war ja noch recht früh am Morgen und eigentlich nicht die Zeit, zu der die beiden normalerweise schon wach waren.

Also kletterte ich spontan und aus einer Laune heraus die Strickleiter hinauf, die zum Baumhaus führte. Ich war seit der Schwangerschaft mit meiner Ältesten nicht mehr dort oben gewesen (mit jedem Kind, das ich gebar, wuchs auch meine Höhenphobie), hatte mir von meinen Mädchen immer nur beschreiben lassen, welche Veränderungen es durch Malous flinke Hände und Maries Gestaltungssinn gegeben hatte. Fragen Sie mich nicht, was mich in dem Moment dazu bewog, meine mit den Jahren immer stärker gewordene Angststörung überwinden zu wollen. Vielleicht war es das Leuchten der Blätter gewesen, das mir Auftrieb gab, oder das Glück, das ich deswegen verspürte. Jedenfalls kletterte ich, ohne auch nur einen Blick zu Boden zu werfen, Sprosse für Sprosse die Leiter hinauf, bis ich die kleine Tür des Baumhauses erreichte, die mich zu Maries und Malous Reich führte. Was mich dort erwartete, hätte ich niemals für möglich gehalten. Ich dachte, ich würde das junge Paar wecken, sie mit meiner Aktion überraschen, aber ich hatte nicht damit gerechnet, auf eine leere Bettstatt zu schauen, hinter der sich eine mindestens ein Meter fünfzig hohe Pyramide aus braunen, akkurat aufgeschichteten Bällchen türmte, die ein Aroma verströmten, dass man glaubte, man befände sich inmitten eines Parfümerielabors oder in einer Weihnachtsbäckerei. Neben der Pyramide lag ein Karton, offen. Darin, en masse, rosafarbene und blaue Organzasäckchen. Marie und Malou waren offensichtlich hochproduktiv gewesen und hatten eine Liebesbombe nach der anderen geformt. Was vermutlich der Grund dafür gewesen war, dass die Äste des Bergahorns in den letzten Wochen weniger geschaukelt hatten als sonst.

Ich setzte mich auf die Matratze und sah mir genauer an, was die beiden mit ihrer Zeit angestellt hatten. Sie mussten tage- und nächtelang geknetet haben. Aber warum? Und wie konnten sie auch nur ein Auge zumachen bei dem Geruch, der das Baumhaus erfüllte? Es roch gut, aber viel zu intensiv, als dass sich die Sinne hätten beruhigen können.

Ich saß noch eine Weile fassungslos vor der duftenden Pyramide und machte mir so meine Gedanken. Da hörte ich, wie Marie und Malou den Baum hochkamen. Sie hätten mal ihre Gesichter sehen sollen, als sie mich dort oben antrafen. Fast glaubte ich, sie fühlten sich ertappt bei irgendeiner kriminellen Aktion, die sie gemeinsam ausgeheckt hatten.

»Was ist das?«, fragte ich, ohne sie zu begrüßen, und wies auf die braunen Bällchen.

»Das weißt du doch, Momma«, erwiderte Marie.

»Ja, schon, aber was wollt ihr mit diesen Unmengen anfangen?«

»Verkaufen, sind genau tausend Stück.«

»Wo denn, Malou?«

»Na, bei uns im Laden, Momma«, antwortete Marie. »Wo denn sonst?«

»Ihr seid doch nicht ganz bei Trost.«

»Wie kommst du eigentlich hier rauf?«

»Über die Leiter, wie sonst.«

»Und wieso?«

»Ich wollte euch um zwei Liebesbomben bitten.«

»Aha«, sagte Marie triumphierend.

»Was heißt hier ›Aha‹?«

»Bist du endlich vernünftig geworden und willst dir und

Monsieur Boberschram eine realistische Chance für ein Leben in Zweisamkeit geben?«

»Ach, Marie.«

»Ach, Momma.«

»Wenn das nur alles so einfach wäre.«

»Es ist einfach. Trau dich. Probiere es doch einfach einmal aus.«

»Ein Leben in Zweisamkeit wird es für mich so schnell nicht geben. Vergiss nicht, meine Liebe, ich habe immerhin auch vier Kröten plus männlichen Amphibienzuwachs namens Jérôme und Malou.«

»Alles nur Ausreden, Momma.«

»Ja, vielleicht.«

»Also, was ist, willst du es jetzt mal ausprobieren?«

»Heute nicht. Heute bin ich wegen Mademoiselle Dupont gekommen.«

»Schon wieder?«

»Genauer gesagt: wegen ihrer Schwester. Mademoiselle Dupont möchte sie dringend mit Albert verkuppeln.«

Marie kräuselte ungläubig die Stirn.

»Wirklich?«

»Ja, wirklich. Darf ich mir zwei von eurem Berg nehmen?«

»Klar.« Malou wies mit der Hand auf die Pyramide. »Bediene dich.«

Ich konnte ihm ansehen, wie sehr er sich über das Interesse an ihren gemeinsamen Knetübungen freute.

Marie, geschäftig wie immer, sagte: »Für zwanzig Francs kann sie eine Liebesbombe haben. Und bitte, Malou, nimm du sie von der Pyramide weg.«

»Zwanzig Francs das Stück? Du spinnst doch, Marie.«

Das sagte nicht ich, das kam von Malou.

»Na gut«, knickte Marie ein, »dann eben zehn. Zehn Francs das Stück. Aber keinen Centime weniger.«

Ich erhob mich langsam von der Matratze, wohlwissend,

dass ich Marie niemals würde umstimmen können. Die zehn Francs pro Liebesbombe würde sie bekommen. Wenn sich meine Älteste etwas vorgenommen hatte, war nichts dagegen auszurichten. Das war schon immer so gewesen. Bereits als Kind hatte Marie mit ihrem Dickkopf alles durchgesetzt, was sie wollte. Selbst die absurdesten Dinge hatte sie erreicht.

Einmal, als Bernard, Gott hab ihn selig, noch lebte, kam sie in aller Herrgottsfrüh zu uns ins Bett gekrabbelt und sagte, während sie sich an meinen großen Bauch schmiegte – ich war gerade hochschwanger mit Chloé –, sie werde den frechen Fuchs fangen, der bei Monsieur Littwiller die Hühner stahl. Bernard und ich sahen uns verwundert an. Wir konnten es uns nicht erklären, wie unsere vierjährige Tochter das überhaupt mitbekommen hatte. Als uns Monsieur Littwiller davon erzählte, spielte Marie gerade im Garten mit ihren Puppen und mit ihrer jüngeren Schwester Anne. Sie war mindestens drei Meter von Monsieur Littwiller entfernt. Und abgesehen davon völlig in ihr Mutter-Kind-Spiel vertieft. Und dennoch: Sie musste mit angehört haben, was wir Erwachsenen miteinander redeten.

Ich weiß noch, wie Bernard und ich lachen mussten, als unsere Große uns in ihrem geblümten Nachthemdchen todesmutig ankündigte, wie sie das Tier erledigen werde. Sie streckte ihre Arme weit vor ihrer Brust aus, formte die Hände zu einer Pistole und sagte: »Ich mache den Fuchs tot. Peng. Puff. Bumm. Bumm.« Dabei zielte sie in die Luft, während ihre schwarzen Augen wild aufleuchteten. Dann strich sie sich energisch ihr aufgeladenes, langes, aschblondes Haar aus dem Gesichtchen und lächelte uns stolz und siegessicher an.

Es gelang unserer Tochter nicht, den Fuchs zu töten, das nehme ich gleich vorweg. Aber sie kam mit ihrem immensen Willen immerhin bis an Monsieur Littwillers Gewehr, das im Inneren der Scheune lehnte, seit der rote Bursche sich herumtrieb. Sie war den ganzen Weg zum Hof alleine gelaufen. Für ein Kind ihres Alters ein halber Marathon – und vor allem: ziemlich gefährlich so ganz allein.

Wir hatten ihr Verschwinden nicht bemerkt. Es ging alles ganz schnell. Bernard war unter der Dusche, ich kümmerte mich gerade um Anne und war mit meinem dicken Bauch sowieso viel langsamer und kurzatmiger als sonst – da musste Marie einfach aus dem Haus gegangen und die Straße hinuntergelaufen sein, an deren Ende sich der Bauernhof der Littwillers befand. Monsieur Littwiller sah unsere Tochter nur zufällig – was für ein Glück! –, weil das Tor zur Scheune offen stand, das er kurz zuvor noch geschlossen hatte. Er ging hinein, nichts ahnend, und da stand sie vor dem Gewehr, das ihr bis zum Kinn reichte. Sie streckte gerade beide Händchen nach dem Lauf aus, wie Monsieur Littwiller uns berichtete. Er stoppte sie in ihrer Bewegung, indem er laut losschrie. Ein schallendes »Marie, weg da!« (das Gewehr war natürlich geladen!), das unseren Dickkopf sofort aufschrecken ließ. Sie drehte sich verstört zu Monsieur Littwiller um und fing augenblicklich an zu weinen. Völlig hysterisch. Sie hörte erst damit auf, als mein Mann unsere Tochter in der Scheune abholte, wo sie sich auf den Boden geschmissen hatte und Monsieur Littwiller mit den Beinen von sich wegstrampelte wie ein wild gewordenes Fohlen.

Bernard konnte sie nicht beruhigen. Er hatte keine Chance. Sie strampelte, schrie und blieb am Boden liegen. Es war Anne, die unsere Älteste halbwegs zur Vernunft brachte und zum Mitgehen bewegen konnte. Bernard hatte Anne mitnehmen müssen zu den Littwillers, weil mir vor lauter Sorgen um Marie die Fruchtblase geplatzt war und die Wehen eingesetzt hatten.

Anne legte sich neben ihre Schwester auf den Boden, den Kopf ganz nah an dem von Marie, und überschüttete sie mit vielen kleinen Küssen. So beruhigten sie sich oft gegenseitig. Ein schönes Bild, das Bernard und mich stets anrührte.

Ich hingegen schaffte es nicht mehr rechtzeitig ins Krankenhaus, zu kurz waren die Abstände zwischen den Kontraktionen. Dafür kam Madame Guggebühl angerannt, die Hebamme fast aller Kinder im Dorf zu jener Zeit, und stand mir bei der Entbindung unseres dritten Kindes zur Seite. Bei Madame Guggebühl war ich in guten Händen, das wusste ich, obwohl ich nie eine Hausgeburt haben wollte. Das ist doch schon eine recht große Sauerei, das Ganze. Aber dank Madame Guggebühl sorgte ich mich weniger darum, dass unsere Tochter Nummer drei gerade dabei war, auf die Welt zu kommen (ich hätte es ja nicht gedacht, aber nach zwei Kindern wird man doch tatsächlich etwas gelassener, was das betrifft), sondern mehr darum, wo Marie abgeblieben war. Sie können mir glauben: Die Sorgen um Marie und die Schmerzen der Geburt – das waren ein paar der Qualen zu viel! Ich brauchte lange, um mich davon zu erholen.

Zur Ruhe kam ich erst, als ich Maries Stimme von Weitem hörte (sie war immer noch stinksauer, weil man sie von ihrem Plan, den Fuchs zu erlegen, abgebracht hatte) und Chloés erste klagende Laute an mein Ohr drangen. Erst da fühlte ich mich wieder ganz.

Die Schlafzimmertür, hinter der ich lag, wurde geöffnet, und Marie stapfte wütend herein. Sie verstummte, sobald sie mich mit dem Baby in den Armen im Bett liegen sah, und ihre Tränen voller Zorn versiegten. Sie legte ihre kleine Hand auf meine, beugte sich über den Säugling und gab Chloé zur Begrüßung einen feuchtnassen Kuss auf die Stirn. Anne folgte ihr und schmiegte sich an ihre große Schwester, während sie beim Anblick ihrer kleinen Schwester verängstigt das Gesicht verzog. »Bäh, ist die hässlich.«

Chloé war noch recht blau im Gesicht.

Ich zog zwei Zehn-Francs-Münzen aus der Hosentasche und übergab sie Marie. Marie nickte Malou zu, der wie auf Kommando zur Pyramide ging und ihr zwei Bällchen entnahm. Das eine steckte er in ein rosafarbenes Säckchen, das andere in ein blaues. Dann hielt er mir die eingepackten Liebesbomben baumelnd vor die Nase. »Möge es gelingen«, sagte er und grinste.

Ich kletterte die Strickleiter den Baum hinunter und schwor mir, nie wieder auch nur einen Meter vom Erdboden abzuheben.

* * *

Das ganze Dorf kam zum Fest. Und noch viel mehr.

Die Lampions leuchteten roséfarben, die Kerzen flackerten im leichten Wind, die Sonne drückte kräftig auf die Tube (das ist ein Ausdruck meiner Enkelinnen, den ich mir zu klauen erlaube), um die restliche Kraft des Tages rauszulassen. Die Gläser tönten vom vielen Anstoßen, die Lippen waren ständig in Bewegung, überall war Gelächter zu hören, die Gesichter strahlten. Malou blies in seine Gasba, Morgane sang dazu mal wieder wie ein Engel, Raymond streichelte mit seinen Pinseln die Becken und Trommeln seines Schlagzeugs, Florian entlockte seiner Trompete den Blues, während Albert mit seiner Klarinette den Takt vorgab. Und so schwangen die Beine der Tanzwilligen aus Bois-de-Val über das breite Trottoir. Die anderen, die nicht tanzen wollten, gaben sich unterdessen weiter den Gesprächen hin und vernichteten das Büfett. Ziemlich schnell war nichts mehr von dem übrig, was Chloé und ich mühselig und – nicht zu vergessen – in Massen vorbereitet hatten. Wo man hinsah, klebten Krümel an Hemden, Jacketts, Blusen und Kleidern und an unzähligen freudigen Mündern. Die Stimmung war gut, der sommerliche Herbsttag ein willkommenes Geschenk, das Leben schön und weit davon entfernt, sich endlich anzufühlen.

Meine Nägel leuchteten auffallend rot im warmen Licht der Sonne. Brombeerroter Lack – den hatten meine Mädchen für mich ausgesucht. Gemeinsam. Fragen Sie mich nicht, wie lange sie dafür gebracht hatten, sich auf diese Farbe zu einigen, und ob Malou dabei gewesen war, um, falls nötig, Streitgespräche zu schlichten. Ihre Farbwahl jedenfalls sah gut aus an mir. Herbstlich und doch frisch.

Marie und Anne hatten sich um meine Hände gekümmert, während Chloé und Coraline die Fußnägel bemalten. Simultan. Ich lag auf der Liege im Garten, meine Gliedmaßen weit von mir gestreckt, und ließ mich pflegen. Später machten sich die vier über mein Gesicht her. Sie malten mir die Lippen so rot wie meine Nägel, puderten mir die Nase und die Stirn (etwas zu weiß, wie ich fand, aber Coraline sprach von japanischer Noblesse, und ich wollte sie nicht enttäuschen), schwärzten mir gegen meinen Willen mit einem Kajal mein tropfenförmiges Muttermal (»Bitte nicht!« – »Doch, Momma, du musst selbstbewusst damit umgehen« – »Nein!« – »Doch!!«), röteten meine Wangen mit einem Pinsel und etwas Rouge. Sie zogen mir auch einen Lidstrich und tuschten mir die Wimpern. Ich kam mir vor wie eine Pierrette und fühlte mich wehrlos gegenüber meinen Kindern, die sich äußerst zufrieden zeigten mit meinem Aussehen.

Zu guter Letzt stieg ich in mein gelbes Kleid und knöpfte es zu. Meine Diät hatte gewirkt. Der Stoff um den Bauch fiel locker herab, was nicht nur ich bemerkte, sondern auch meine vier Kröten.

»Schick, schick!«

»Schlank, schlank!«

»Ui, ui, ui!« Dazu drei Pfiffe auf zwei Fingern.

»Wenn Monsieur Boberschram da nicht anbeißt, dann wissen wir auch nicht weiter.«

Mademoiselle Dupont fing mich ab, noch bevor ich das *Chez Malou* erreichte. Zwei Stunden vor Festbeginn. Ich wollte gerade nach dem Rechten sehen und Malou und Jérôme unter die Arme greifen, die schon seit dem Vormittag dort waren, aufbauten, herrichteten.

Mademoiselle Dupont wartete um die Ecke des Ladens und rannte auf mich zu. Wie immer sicherte sie sich nach allen Seiten ab, ob sie nicht von jemandem beobachtet wurde. Sie hatte keine Ruhe, die Gute.

Es sah seltsam aus, wie sie da in ihrem steifen Rock auf mich zurannte, ihr Kopf ständig in Bewegung, sich nach einer imaginären Gefahr umsehend. Außer Atem blieb sie schließlich vor mir stehen und sah mich fragend an.

Ich griff wortlos in meine Handtasche und holte die beiden Liebesbomben hervor, übergab sie ihr unauffällig, indem ich sie in ihre Handflächen legte, die sie mir hingestreckt hatte und sofort zu einer Faust schloss, kaum dass ich das rosafarbene und blaue Säckchen losgelassen hatte.

»Ich möchte Ihnen wirklich gerne ein paar Francs dafür geben«, hauchte mir Mademoiselle Dupont überaus nervös entgegen.

Ich winkte ab, hatte ich Marie doch bereits dafür bezahlt. Dann scheuchte ich sie wie ein herumstreunendes Kätzchen von mir weg, nicht ohne ihr und ihrer Schwester viel Glück mit den Liebesbomben zu wünschen. Ich konnte die Erleichterung in Mademoiselle Duponts Augen sehen, als sie sich endlich von mir entfernen konnte. Sie machte noch rasch einen Knicks und verschwand dann, einer Fata Morgana gleich, wieder dorthin, woher sie gekommen war.

Ein wenig hatte ich ein schlechtes Gewissen. Nicht wegen Mademoiselle Dupont, die wusste ja, worauf sie sich einließ. Sondern wegen Albert. Immerhin spielten wir mit seinem Schicksal, ohne dass er etwas davon wusste. Andererseits, sagte ich zu mir selbst, um mich zu beruhigen, glaube ich ja nicht an die Wunderwirkung der Liebesbomben. Und selbst wenn ich daran glauben würde, versuchte ich mich zu überlisten, so hätte Albert sicherlich nichts dagegen, ein wenig Glück in der

Liebe zu haben. Wir wollten ihm ja nichts Böses. Und einsam war er, das konnte niemand leugnen. Selbst er nicht.

Mir war klar, dass es überheblich war, so zu denken. Trotzdem war es eine gute Strategie, um mein schlechtes Gewissen zu verdrängen. Ich konnte ja nicht ahnen, dass alles ganz anders kommen würde.

* * *

Das Fest war in vollem Gange, als Monsieur Boberschram plötzlich auftauchte. Er stand mitten zwischen den Grüppchen, die sich gebildet hatten und sich angeregt unterhielten. Niemand hatte ihn kommen sehen. Er war einfach da. Angeleuchtet von einem kräftigen Sonnenstrahl. Ein Spot aus dem Himmel. Er war herausgeputzt von Kopf bis Fuß, ein Dreiteiler kleidete ihn. Offensichtlich ein neuer, ich hatte ihn noch nie zuvor an ihm gesehen: moderner Schnitt, glänzender Stoff. Dazu ein weißes Hemd und eine Fliege in der gleichen Farbe wie das burgunderrote Einstecktuch, das gekonnt gefaltet aus seinem Jackett herauslugte.

Er sah umwerfend aus, wie ein Fernsehmoderator, der eine Show leitete und sich vor lauter Assistentinnen kaum retten konnte. Oder wie ein Filmstar zu den besten Zeiten Fred Astaires. Es kam mir so vor, als hätte auch er sich in den letzten Wochen eine Diät verordnet. Vielleicht hatte er aber auch nur abgenommen, weil er seit der Ohrfeige nicht mehr bei uns zu Abend gegessen hatte. Ich meine, er hatte schon immer stark zugeschlagen. Bei einem Teller war es nie geblieben. Selten bei zwei. Drei Teller konnte er bei jedem Essen durchaus auf sein Konto zählen.

Sein praller Bauch jedenfalls stand viel weniger hervor als sonst. Der blaue Stoff des Anzugs harmonierte wunderbar mit seinen Augen. Sie strahlten noch stärker, besonders, wenn das warme Oktoberlicht ihn berührte. Er war wirklich gut anzusehen, das sage ich nicht nur, weil er mir sowieso gefiel, das sage ich, weil auch fast jeder – oder besser gesagt: jede – aus Bois-de-Val das so sah, wie ich von meiner Position aus beobachten konnte.

Die Witwen waren die Schlimmsten. Und die paar Damen unter ihnen, die zwar verheiratet waren, aber eine unglückliche Ehe führten, was jeder, aber auch wirklich jeder bei uns im Dorf wusste. Sie unterhielten sich über Monsieur Boberschram, warfen ihm interessierte Blicke zu. Manche tuschelten sogar, als seien sie gerade erst fünfzehn geworden und stünden mitten in der Pubertät.

Es ärgerte mich, dass Monsieur Boberschram bei den Damen so gut ankam (das war sonst nie der Fall gewesen) und dass sie das so offen zeigten. Klar, wir hatten alle schon etwas getrunken, die Stimmung war ausgelassen – aber trotzdem. Monsieur Boberschram gehörte zu mir, auch das wussten alle, aber wirklich alle.

Gerade als ich mich auf den Weg zu ihm machen wollte, sah ich Chloé ankommen. Lange, schnelle Schritte. Ihr Ziel – Monsieur Boberschram – fest im Visier. Sie schob sich an den Feiergästen vorbei, nicht aufzuhalten. Ich befürchtete Schlimmes.

Auch Chloé hatte sich schick gemacht, zumindest, was sie unter ›schick‹ verstand. Sie hatte mit einem Kreppeisen ihr langes, aschblondes Haar zerstört. Es stand in zackigen Wellen ab wie das einer Vogelscheuche, fülliger noch als sonst. Als sei es elektrisiert worden. Dazu hatte sie einen lilafarbenen Lippenstift aufgelegt, den sie, warum auch immer, gleichfalls über die Augenlider und in einem dünnen Strich bis zu ihren Schläfen gezogen hatte. Sie sah aus wie eine Hexe ohne Besen, die sich Monsieur Boberschram krallen und ihn sofort vernichten würde.

Auch auf die Gefahr hin, dass Sie lachen werden oder glauben, ich würde maßlos übertreiben: Aber als ich Chloé auf Monsieur Boberschram zusteuern sah, bekam ich Angst, sie könnte ihm tatsächlich etwas antun. Chloé konnte unberechenbar sein. Das lag an ihrem Gerechtigkeitssinn und an ihrer Art, für sich und für andere einzustehen. Andererseits hatte sie ihm ehrlich verziehen, das wusste ich, sonst hätte sie mir niemals gesagt, während wir zusammen kochten und mit Zutaten experimentierten, dass ich mein Glück ruhig weiter bei Monsieur Boberschram versuchen sollte. Und dennoch: Chloé war pubertär und ein Chamäleon, man wusste bei ihr nie, was als Nächstes kam.

Chloé erreichte Monsieur Boberschram, noch bevor ich mich in Bewegung setzen konnte. Zu schwach die Beine, zu lähmend die Angst, die mich überkommen hatte.

Sie stellte sich direkt vor ihn hin, mit einer Energie, die alle Blicke auf sich zog und bei mir die Atmung aussetzen ließ. Ihre abstehenden Haare verdeckten Monsieur Boberschrams Gesicht und seinen Oberkörper völlig. Ich wollte etwas tun, mich zwischen sie stellen, das Schlimmste verhindern. Lauter Verteidigungsstrategien gingen mir durch den Kopf, während ich weiter bewegungslos an Ort und Stelle stand.

Da sah ich, wie Chloé einen Schritt von Monsieur Boberschram zurücktrat, nachdem sie erst ganz nah an ihn herangetreten war, wie sie ihre beiden Hände nach ihm ausstreckte, seinen Kopf packte und ihm einen Kuss auf seine Halbglatze drückte.

Monsieur Boberschram, der ja um drei Köpfe kleiner war als meine Drittgeborene, wirkte in ihren Händen wie ein Kind, das gerade mächtig gelobt wurde. Die Szene sah grotesk aus, und ich entspannte mich sofort. Die Schultern fielen herunter, die Mundwinkel zuckten freudig. Innerlich lachte ich laut auf.

Auch bei den Witwen und den unglücklichen Ehefrauen,

die zuvor um Monsieur Boberschrams Aufmerksamkeit geworben hatten, bewegte Chloés Geste etwas. Das Tuscheln verstummte, und auch die kokettierenden Blicke hörten auf. An ihre Stelle trat gespieltes Entsetzen. Keine der Damen fand die Begegnung zwischen Chloé und Monsieur Boberschram so befreiend wie ich. Sie drehten sich beleidigt um (da fragt man sich doch, welchen Grund sie hatten, beleidigt zu sein, oder?), zeigten Monsieur Boberschram den Rücken und suchten an ihren Weingläsern Halt, die sie rasch leerten. Mir sollte es recht sein. Zwei Francs und fünfzig Centimes das Glas Wein, egal ob rot oder weiß – da kam schon etwas zusammen an dem Tag.

Chloé drehte sich nach dieser Aktion zu mir um, winkte mir zu und grinste verschmitzt, die lila Lippen weit nach oben gezogen. Ich winkte zurück, nickte ihr dankend zu und startete einen neuen Versuch, um zu Monsieur Boberschram zu gelangen.

Erst drückte ich die Brust raus, dann machte ich den Rücken gerade. Mithilfe der Ellenbogen tat ich so, als pumpte ich Luft in mich hinein. Das hatte mir meine Mutter einst so beigebracht. »Wenn du etwas erreichen willst, mein Kind, dann immer mit geradem Rücken und geschwellter Brust und viel, viel Luft in dir. Damit sie dir nicht ausgeht. Das wird dir helfen.« Ich hatte es mir gemerkt, weil meine Mutter es mir vormachte. Wie ein paarungswilliges Huhn hatte sie sich aufgeblasen, so übertrieben, die Ellenbogen pumpend und in ständiger Bewegung, dass ich laut loslachen musste.

Doch bevor ich mich ein letztes Mal durchstreckte und meine Brüste in meinem gelben Kleid anheben konnte, geschah etwas Merkwürdiges: Mademoiselle Dupont tauchte mit ihrer Schwester auf (nicht zu verkennen, sie sahen aus wie Zwillinge, nur dass ihre Schwester einen halben Kopf kleiner war, aber immer noch recht groß, und verhärmter wirkte im

Gesicht – Nasolabialfalten – und einen nicht ganz so üppigen Vorbau hatte wie Mademoiselle Dupont), angeführt von Monsieur Allmery, der vor Stolz auf seine Geliebte fast platzte.

Die drei blieben neben Monsieur Boberschram stehen und sahen in Richtung Band, die alles gab, insbesondere Albert, der Kapellmeister, der gerade ein Solo auf seiner Klarinette blies. Ich fragte mich gerade, wie Mademoiselle Dupont es wohl anstellen wollte, Albert die Liebesbombe an den Leib zu hängen – die ewige Frage aller Beziehungswilligen auf der Suche nach der großen Liebe –, als das Undenkbare geschah: Die Lücke zwischen Mademoiselle Duponts Schwester und Monsieur Boberschram füllte sich mit einem Strom wild gewordener Schmetterlinge auf. Trichterförmig, einem Tornado gleich, reichte der Strom der Falter bis in den Himmel und umwickelte Mademoiselle Duponts Schwester und Monsieur Boberschram mit seiner ungeheuren Sogkraft. Sie wurden so lange herumgewirbelt, bis sie sich in die Arme fielen und dann, erstaunt darüber, was geschehen war, in einen langen, langen Kuss versanken.

Die Schmetterlinge zogen während der Zeit der Zärtlichkeit weiter, als sei ihre Aufgabe nun verrichtet. Sie brausten durch die Menschenmenge am *Chez Malou* vorbei und lösten ihren Formationsflug, kaum waren sie um die Ecke geflogen, auf. Zurück blieben das Staunen mit offenem Mund und die aufgerissenen Augen aller, die bei dem Fest mit dabei waren, und ein Paar, das sich wie aus heiterem Himmel (ein Ausdruck, der in diesem Fall passt wie die Faust aufs Auge!) gefunden hatte.

Mademoiselle Duponts Schwester war mindestens so überrascht wie alle anderen – und vor allem so glücklich wie Mademoiselle Dupont selbst. Die Schwestern konnten es nicht fassen, was gerade eben geschehen war. Sie drehten sich immer noch unter den erstaunten Blicken der anderen in ihren Gouvernantenkleidern im Kreis, wie zwei kleine Kinder, die

Ringelreigen spielten. Die Musik hatte ausgesetzt, kein Mucks war zu hören, nur die klackenden Absätze der Stiefeletten der Dupont-Schwestern auf dem Trottoir. Zwar hatte das Liebesglück nicht den Mann getroffen, den sich Mademoiselle Dupont für ihre Schwester ausgedacht hatte, aber was soll's? Hauptsache, es gab überhaupt jemanden, der sich für die alte Jungfer interessierte und sie aus dem Tal der Einsamkeit führte. (Das war meine Interpretation damals; ich gebe es zu, ich dachte so darüber, weil ich unglaublich enttäuscht war, fast etwas verbittert.) Es sollte mein großer Tag sein, so hatte ich es mir vorgenommen. Ich wollte endlich einen Vorstoß in Richtung Monsieur Boberschram wagen, schon allein, um der Sprachlosigkeit zwischen mir und ihm, die seit der Ohrfeige geherrscht hatte, ein Ende zu bereiten – und dann geschah das!

Monsieur Boberschram hingegen wirkte auf mich wie weggetreten. Er war nicht mehr er selbst. Er war ein Mann, der sich in einen teuren Anzug geworfen und über den das Schicksal einen Eimer Verwirrung ausgeschüttet hatte. Ich kann nicht sagen, dass er nicht geschmeichelt aussah. Und so ein Kuss nach ewig langer Zeit – das kann an einem schließlich nicht spurlos vorübergehen. Aber einen Anflug von Glück sah ich in seinem Gesicht trotzdem nicht. Den wollte ich auch nicht sehen.

Monsieur Boberschram stand da, die Hände in den Hosentaschen versteckt, völlig verdutzt, und drehte sich hilfesuchend nach mir um. (Ich bin mir sicher, dass er nach mir suchte. Es war das schlechte Gewissen, das ihn dazu trieb; zumindest wollte ich, dass es so war, und so beschloss ich, dass es nicht anders sein konnte. Auch eine Strategie, die mir meine Mutter einst beibrachte. »Wenn du nicht mehr weiterweißt, dann denk dir etwas aus, an das du glauben kannst. Irgendwann glaubst du so fest daran, dass du gar nicht mehr weißt, ob du nur daran glaubst, um daran zu glauben, oder ob du daran glaubst, weil du weißt, dass es richtig ist.«)

Als sein Blick mich traf, sah ich weg, zu sehr schmerzte es mich, dass er sich von dieser Frau hatte hinreißen lassen, auch wenn es unmöglich gewesen wäre, sich gegen die Kraft des Tornados zu wehren, der sich wie aus dem Nichts zwischen Mademoiselle Duponts Schwester und Monsieur Boberschram aufgetan hatte. Aber das Warum konnte mir egal sein. Tatsache war, dass er sich von einer Frau hatte küssen lassen, die nicht nur einen Stock im Hintern hatte, sondern einen ganzen Baumstamm, mindestens so alt wie der Bergahorn meiner Ururoma Thérèse – verzeihen Sie meine Ausdrucksweise, aber das muss auch einmal gesagt sein dürfen. Es entspricht nämlich der Wahrheit.

Malou hatte von der Bühne aus beobachtet, was geschehen war, und kam auf mich zu, die Gasba locker in der Hand. Er fragte: »Wie konnte das denn passieren?«

»Ich weiß es nicht, Malou«, antwortete ich ihm und hob dabei zur Unterstützung die Achseln.

»Mach dir keine Gedanken, Madame Nan. Irgendetwas ist hier aus dem Ruder gelaufen. Aber das werden wir schon wieder richten.«

Noch bevor ich antworten konnte, war Malou verschwunden. Er tauchte zwischen den Feiergästen unter, die sich wieder zu bewegen begonnen hatten und in ihren Gesprächen zu verarbeiten schienen, was gerade eben vorgefallen war. Ich selbst zog mich zurück, so wie der Tag, der kaum merklich in den Abend übergegangen war.

Die Lampions gingen an, die Band spielte nun ruhig im Hintergrund, auch ohne Malou, sie begrüßte den Mond mit dezenten Molltönen, die mit der abendlichen Frische im Einklang standen.

Ich ging ins *Chez Malou,* ohne mich noch einmal nach

Monsieur Boberschram umzudrehen. Ich setzte mich hinter den Tresen in eine dunkle Ecke, von der ich wusste, dass man mich da nur sehen konnte, wenn man wusste, dass ich dort war. Es war ein toter Winkel, der mir Ruhe verschaffte und mir ermöglichte, meine Tränen vor ganz Bois-de-Val zu verbergen.

Während ich im Stillen vor mich hin weinte, wurde unser verspätetes Einweihungsfest ein voller Erfolg. Es gab niemanden, der sich nicht amüsierte. Die Rückmeldungen auf meine kleinen Magenfüller (und auch auf die mit den heimischen Kräutern von Chloé) waren enorm gut. Unsere gesamten Weinvorräte wurden getrunken, auch das Bier, das wir bestellt hatten. Und noch vieles mehr. Bis in die frühen Morgenstunden wurde getanzt und gelacht, geredet und umarmt, in die Hände geklatscht und gelallt – und natürlich wie wild darüber spekuliert, wie es zu dieser beeindruckenden und nicht erklärlichen Windhose aus Schmetterlingen gekommen war und zu dem Kuss zwischen Monsieur Boberschram und dem knorrigen Holzstamm, der ebenso unerklärlich blieb wie das Spektakel des Schmetterlingswirbels.

»Die haben sich ja fast aufgegessen.«

»So in der Öffentlichkeit, das hätte ich Monsieur Boberschram gar nicht zugetraut.«

»Das muss aber auch wirklich nicht sein! Diese Zügellosigkeit, die kann man vielleicht noch der Jugend verzeihen, aber in seinem Alter! Und Mademoiselle Duponts Schwester zählt nun auch wirklich nicht mehr zu den Jüngsten.«

»Was seine Marguerite wohl dazu sagen würde?«

»Die würde sich im Grab umdrehen, wenn die das wüsste.«

»Eine wie Mademoiselle Dupont fällt ja schon auf. Aber gleich zwei von der Sorte? Eingepackt wie eine Nonne, aber scheinheilig bis sonst wohin.«

»Ja, ja, die kurz vor Luxemburg haben es faustdick hinter den Ohren. Das habe ich schon öfter gehört.«

»Madame Nan hat auch gestaunt.«

»Absolut. Sah nicht glücklich aus, die Arme.«

»Wo ist sie eigentlich?«

»Sie hat wohl keine Zeit, um sich auszuruhen. Ist schon eine große Verantwortung, Gastgeberin zu sein.«

»Ihre kleinen Magenfüller – sensationell. Das muss man ihr schon lassen.«

Der Bürgermeister hielt spontan eine Rede – »E Dörfle mag noch so klein sin, e Mol im Johr isch Kilwe drin« –, angeblich, weil ich nicht mehr auffindbar war (was interessanterweise niemanden außer meinen Kindern groß beunruhigte), aber insgeheim, weil er sich schon lange eine geeignete Bühne für einen großen Auftritt gewünscht hatte.

Unser Bürgermeister war ein Kauz, der genauso viel Zeit in der Kirche und auf einem der beiden Fußballplätze verbrachte wie unter seinem Auto, seiner zweifarbigen Dolly. »Ein schöneres Gefühl, als unter meiner Dolly zu liegen, gibt es nur, wenn ich in ihr sitze«, beliebte er zu scherzen. Er war wirklich sehr verklemmt, unser Bürgermeister. Vielleicht war er deshalb in Bois-de-Val so beliebt, weil man immer etwas Mitleid mit ihm hatte. Er war auch nur einen Meter fünfzig groß und nicht gerade eine Schönheit. Aber seine Funktion als Bürgermeister übte er vorbildlich aus. Er war nah an jedem Einzelnen von uns dran. Er kannte jedes Kind beim Namen, er wusste, wann wer krank war und wer sich wo und wieso in die Haare gekriegt hatte. Ihm wurde alles zugetragen, ohne dass er sich darum bemühen musste. Er kannte die Dynamiken des Dorfes und die gesellschaftlichen Gefahren, die damit einhergehen konnten. Trotzdem war er besonnen genug, sich im Hintergrund zu halten. Gab es Entscheidungen für Bois-de-Val zu treffen, traf er sie. Benötigte jemand Hilfe, gewährte er sie. Ansonsten bekam man von ihm nur etwas mit, wenn er seine Dolly aufhupen ließ. Er liebte es, mit ihr in den Wäldern spazieren zu fahren, vor seiner Garage ihre Flanken und die leuchtend gelbe Krone zu polieren, die er auf Kühlerhaube und Kofferraum hatte lackieren lassen – »als Zeichen, dass meine geliebte Dame eine Königin ist – und dass ich Elsässer bin, natürlich«.

Die Frau des Bürgermeisters, die auf den Namen Eva hörte, obwohl sie eigentlich Marie hieß (aber das ist eine andere Geschichte, die so albern ist, dass ich keine große Lust habe, auf sie einzugehen), duldete seine Geliebte. Sie hatte ihren Mann schon mit Dolly kennengelernt. Es hätte ihn nicht ohne Dolly gegeben. Als sie heirateten, trug nicht nur Eva einen Schleier. Auch Dolly hatte einen bekommen, vom Bürgermeister selbst ausgewählt und angebracht. Er fegte die Gassen unseres Dorfes, als das frisch getraute Paar in die Flitterwochen verschwand.

Jeder von uns in Bois-de-Val wusste, dass Dolly die einzige Nebenbuhlerin war, die Eva duldete, und jeder wusste auch, dass ein möglicher Verlust von Dolly für unseren Bürgermeister schwerer zu ertragen sein würde als der Verlust seiner eigenen Frau.

Als gegen fünf Uhr morgens die letzten Gäste den Weg nach Hause antraten – durchwegs torkelnd –, erhob ich mich aus meiner dunklen Ecke, besah mir das Trottoir mit dem Unrat, der dort liegen gelassen worden war – Servietten, Zigarettenstummel, Kronkorken, Essensreste –, und schloss den Laden hinter mir ab. Es war Zeit, ins Bett zu gehen, sich auszuschlafen und darauf zu warten, dass der neue Tag sich gänzlich entfaltete und schönere Überraschungen bereithielt als das, was ich ein paar Stunden zuvor hatte mit ansehen müssen.

Die Fensterläden von Monsieur Boberschrams Maisonette-Wohnung waren noch immer geschlossen. Aber durch die Ritzen drang etwas gelbes Licht. Ich stand eine Weile vor seiner Haustür und sah nach oben in den ersten Stock. Ich überlegte, spontan bei ihm zu klingeln und ihn zu fragen, ob er

Lust habe, mit mir den ersten Kaffee des anbrechenden Tages zu trinken. Doch da hörte ich sie: stöhnende Laute. Erst ganz leise, dann rasch lauter werdend, bis die Laute in ein zweistimmiges Geschrei ausarteten. Animalisch, entladend.

Ich stand unten an der Eingangstür, den Zeigefinger schon halb auf dem Klingelknopf, und war unfähig, mich zu bewegen. Ich wollte weg von diesem Ort, der mir nicht guttat, doch meine Beine machten nicht mit. Und so stand ich einfach nur da, wie eingefroren, und starrte nach oben zu den Fenstern, hinter denen das geschah, was ich mir lieber nicht vorstellen wollte: Monsieur Boberschram machte Liebe. Genauer gesagt: Er hatte mit einem knorrigen Holzstamm Geschlechtsverkehr. Darüber hinaus klang es so, als hätte er irgendwie Spaß daran.

Ich hatte immer gehofft, ich würde irgendwann einmal diejenige sein, der es gelang, Monsieur Boberschram seine Marguerite für einen Moment vergessen zu lassen. Ich hätte nie damit gerechnet, dass eine Jungfer wie Mademoiselle Duponts Schwester dazu in der Lage sein könnte.

Es tat weh.

Es tat fürchterlich weh.

Ich fühlte mich deprimiert.

Ich war deprimiert.

Ich ging geknickt nach Hause und schlief vor lauter Erschöpfung sofort ein.

Am Nachmittag wurde ich geweckt. Nicht, weil mich jemand wachrüttelte oder etwa meinen Namen rief. Eher war es so, als fühlte ich im Schlaf, dass ich nicht allein war im Raum. Die Zusammensetzung der Luftmoleküle hatte sich verändert. Stumme Vibrationen erreichten mich in meinen Gedanken und beendeten meine Träume, die ich sofort vergaß, sobald ich die Augen öffnete.

Ganz nah an meinem Bett standen sie, alle vereint: Malou,

Jérôme, Marie, Anne, Chloé und Coraline. Der Größe nach geordnet und Schulter an Schulter. Ihre Arme hingen schlaff an ihren schlaksigen, jugendlichen Körpern herunter, die Köpfe waren leicht gesenkt, die Blicke dennoch aufmerksam auf mich gerichtet. Große schwarze Augen, bis auf die von Jérôme.

Fragen Sie mich bitte nicht, ob die Aufstellung, die sie gewählt hatten, Zufall oder bewusst getroffen worden war. Ich weiß es nicht. Ich weiß nur, dass das Erste, was ich dachte, als ich noch etwas benommen aus dem Schlaf trat, Folgendes war: Wie die Röhrchen einer Panflöte. Und: Würde man in ihre Köpfe hineinblasen, käme bei jedem Kind ein anderer Ton heraus. Bei Coraline der höchste, weil sie die Jüngste und die Kleinste von ihnen ist.

Es dauerte eine Weile, bis ich ganz zu mir kam und meine Stimme fand.

»Habt ihr was ausgefressen, oder warum steht ihr hier so herum und raubt mir den Schlaf?«

Meine Laune war seit dem Fest noch nicht wirklich in Bestform, wie ich bemerkte, als ich mich diesen Satz sagen hörte.

»Wie man es nimmt«, antwortete Chloé. Und dann begannen meine vier Mädchen alle auf einmal durcheinanderzusprechen. Jede wollte loswerden, was vorgefallen war. Nur Malou und Jérôme sagten nichts, sondern geduldeten sich, die Finger inzwischen wie zum Gebet ineinander verschränkt.

Ich sah von einer zur anderen, versuchte in das, was sie mir sagten, Ordnung zu bekommen. Ohne Erfolg. Irgendwann rief ich laut »Halt!« und wendete mich an Malou. Er war der Einzige, der stets einen kühlen Kopf bewahrte, wenn es heiß herging. Und so ließ ich mir von ihm berichten, was meine Töchter auf dem Herzen hatten.

Mademoiselle Dupont hatte – wie Malou noch während des Fests herausfand – ihre Schwester dazu genötigt, sich die Liebesbombe, die für sie gedacht war, zwischen ihre Brüste zu klemmen. Mademoiselle Dupont hatte zu jenem Zeitpunkt zwar noch keine Vorstellung davon, wie sie die andere Liebesbombe dem Kapellmeister andrehen würde – aber solange ihre Schwester schon einmal versorgt war, so schilderte sie es Malou, sei schon viel gewonnen. Die andere Liebesbombe würde sie im Laufe des Abends schon irgendwie an Albert loskriegen. Davon war sie überzeugt. Sie hoffte inständig auf die Wirkung des Alkohols, dem Albert seit dem Tod seiner Eltern nicht abgeneigt war, was jeder, aber auch wirklich jeder im Dorf wusste.

Chloé wiederum hatte, ohne mit mir oder irgendjemand anderem zu reden, bei ihrer Versöhnungszeremonie mit Monsieur Boberschram eine Liebesbombe aus der Hosentasche hervorgeholt und ihm etwas davon auf seine Halbglatze geschmiert. Hätte sie sich Marie und Malou anvertraut oder mir – es wäre erst gar nicht so weit gekommen. Es waren einfach zu viele Liebesbomben im Umlauf.

»Ich habe ihm gar nicht viel draufgetan. Nur ein bisschen. Ehrlich!«, versuchte sich Chloé zu rechtfertigen, nachdem Malou geendet hatte. »Und nur, weil ich Monsieur Boberschram endlich auf die Sprünge helfen wollte. Ich habe es für dich getan, Momma. Ich konnte ja nicht ahnen, dass Mademoiselle Dupont ihre Schwester verkuppeln wollte und dass die schon eine Liebesbombe bei sich trug. Außerdem habe ich doch gar nie damit gerechnet, dass die Liebesbomben wirklich irgendetwas bewirken können.«

»Ach ne, und warum hast du uns dann eine geklaut?«, fragte Marie stinksauer und drehte sich zu Chloé hin, während Malou, um seine Freundin zu unterstützen, die Hände in die Hüften stemmte und skeptisch eine Augenbraue hochzog.

»Weil ich beweisen wollte, dass das alles nicht stimmt. Dass ihr uns zum Narren halten wollt mit euren Duftkügelchen.«

»Das ist dir mal so richtig gelungen, große Schwester«,

schimpfte Coraline mit brüchiger Stimme. Ihr schien die Entwicklung des gestrigen Abends sehr nahe zu gehen. Sie ertrug es nicht, wenn es mir nicht gut ging. Wobei, eigentlich ertrug es keine meiner Töchter, wenn es mir nicht gut ging.

»Schluss jetzt!« Ich setzte mich im Bett auf und schlug die Decke beiseite. Mein Kopf brummte. Ich brauchte dringend eine Schmerztablette. Aber noch dringender benötigte ich Ruhe. Ruhe vor meinen vier Kröten, die kurz davor waren, sich an die Gurgel zu springen, als glaubten sie, das könnte der vertrackten Situation die entscheidende Wendung geben.

»Was geschehen ist, ist geschehen«, stellte ich fest. »Daran hat niemand Schuld. Daran kann auch niemand etwas ändern.«

»Das sehe ich anders«, mischte sich Malou jetzt ein.

»Malou, bitte!«, sagte ich. »Ich möchte nicht noch mehr Unruhe haben.«

Ich stand auf und ließ sie stehen. Alle sechs. Ich ging an ihnen der Reihe nach vorbei in Richtung Tür. Als ich schon halb im Flur stand, meldete sich das schlechte Gewissen bei mir. Es tat mir leid, wortlos an ihnen vorbeigegangen zu sein, obwohl sie mir einfach nur helfen wollten. Also hielt ich inne und sagte, während ich mich ihnen wieder zuwendete: »Mir geht es gut. Macht euch bloß keine Sorgen um mich.«

Es war gelogen. Mir ging es nicht gut. Doch es fühlte sich gut an, einen Anflug von Erleichterung in den Gesichtern der Panflötenröhrchen zu sehen.

* * *

Monsieur Tretter, erinnern Sie sich, dass ich ihn erwähnte? Er war der Schuldirektor und gleichzeitig der Klassenlehrer meiner beiden ältesten Töchter gewesen, ein Finsterling, der ihnen permanent Strafaufgaben aufbrummte, nur weil sie sich auf dem Schulhof auf Elsässisch miteinander unterhielten. Er war auch derjenige, den ich aus dem Dorf verjagte, nicht nur wegen des Sprechverbots, das er meinen Mädchen auferlegte, sondern auch, weil ich ihn wiedererkannte als einen der Männer, der meiner Freundin Madeleine verächtlich über den frisch geschorenen Kopf gestrichen hatte. Als ob nicht schon allein die Bezichtigung der horizontalen Kollaboration genug der Erniedrigung für Madeleine gewesen wäre, musste sie noch Monsieur Tretters demütigende Geste über sich ergehen lassen. Dieser Mann hatte ganz offensichtlich Freude daran gehabt, den Mob anzuheizen, der später den Pferdewagen mit den denunzierten Mädchen darauf begleitete.

Monsieur Tretter war neu zu uns nach Bois-de-Val gekommen. Es hieß, die frei gewordene Stelle an unserer Schule und die gute Luft unseres Ortes hätten ihn hierhergezogen. Er war ledig, mittelgroß, mittelalt und sonst von keiner besonderen Auffälligkeit. Er sei ein erfahrener Pädagoge, sagten die Leute, die bei uns im Dorf etwas zu sagen hatten, er genieße einen außerordentlich guten Ruf und habe seine Führungsqualitäten bereits an einer Mädchenschule in Nantes unter Beweis gestellt – und so machte ich mir zu Beginn seiner Versetzung nach Bois-de-Val keine weiteren Gedanken darüber, dass er der Nachfolger der wärmsten Schuldirektorseele wurde, die zwischenzeitlich aus Altersgründen den Himmel bereicherte. (Monsieur Auferstein war sein Name. Ich nenne ihn nur deshalb hier, weil ich mir schäbig vorkäme, würde ich seinen Namen nicht erwähnen; er war wirklich ein ausgesprochen warmherziger Mann gewesen, aber ich kann ja nicht über jeden so viel erzählen, dann käme ich niemals zum Schluss, und so viel Zeit bleibt mir mit zweiundneunzig Jahren nun wirklich nicht mehr, das verstehen Sie bestimmt. Daher grüße ich Monsieur Auferstein mit dieser Geste einfach nur von hier unten und sage: Wir sehen uns bald wieder, dort oben, wo Sie schon so viele Jahre weilen und hoffentlich mit Bernard, Gott hab ihn selig, Pétanque spielen.)

Doch dann kam es zur ersten Sprechstunde. Er berief mich ein, weil er Marie und Anne immer wieder dabei erwischt hatte, wie sie sich in ihrer Muttersprache unterhielten. Es war eben eine ganz andere Zeit damals. Nicht vergleichbar mit der von heute. Früher besaßen Lehrkräfte eine Autorität, die man ihnen heute niemals wieder in dieser Art und Weise zugestehen würde. Zum Glück.

Ich betrat den Raum, reichte ihm zur Begrüßung die Hand. Er kam mir gleich bekannt vor, doch ich konnte zuerst nicht einordnen, wieso oder woher er mir so vertraut vorkam. Erst im Laufe des Gesprächs, das höchst unangenehm war, fiel es mir ein: Dieser Mann hatte meine fünf Jahre ältere Freundin Madeleine erniedrigt, nur weil sie einen Deutschen liebte, von dem sie ein Kind erwartete. Er hatte sie an den Pranger gestellt, um die Aufmerksamkeit von sich selbst abzuziehen.

Ich bin überzeugt davon, dass all diejenigen, die nach dem Krieg am lautesten schrien, hier habe jemand mit den Deutschen gemeinsame Sache gemacht, dass genau diejenigen nur von ihrer eigenen, nicht ganz so sauberen Geschichte ablenken wollten.

Doch Monsieur Tretter beging einen Fehler. Sein Fehler war mein Geschenk. Meine Chance, ihn aus dem Dorf zu vertreiben und meinen Kindern die Angst vor der Schule zu nehmen, die er mit seiner Strenge und seiner Unnachgiebigkeit schürte. Darüber hinaus tat es gut, meine Freundin Madeleine zu rächen, auch wenn ich ihr das selbst nie erzählen konnte. Den Gerüchten zufolge war sie ja nach Deutschland geflüchtet, was die meisten in ihrem Urteil des Landesverrats bestätigte. Dass sie aus Liebe gegangen war und weil man sie sowieso nicht mehr in ihrer Heimat sehen wollte, wurde geflissentlich ignoriert. Es störte nur das Bild, das von ihr gezeichnet wurde und an dem man nur zu gerne festhielt, weil es leichter war, das eigene Leid zu ertragen, das einem wiederfahren war, wenn man Schuldige benannte. Und dafür wurde viel in Kauf genommen. Auch die Denunziation der eigenen Leute. Frauen, Kinder, Männer.

Monsieur Tretters Fehler war seine Affäre mit Madame de Wauterin. Ich entdeckte die beiden eines Nachts, als ich einen Spaziergang machte und noch Licht in der Schule brennen sah. Ein schwaches Licht, aber mir entgeht ja nichts. Ich kann nicht sagen, was es war, das mich zu dem hohen Rundbogenfenster im Erdgeschoss des Schulgebäudes zog. Ob es allein das schwache Licht war, das meine Aufmerksamkeit erregte. Ich weiß nur noch, dass ich eine Ahnung hatte. Die Ahnung, ich würde hinter den matt beleuchteten Scheiben etwas zu sehen bekommen, das hilfreich für mich war. Und so war es dann auch.

Ich drückte die Stirn an die kalte Fensterscheibe, formte meine Hände zu einem Kreis, um besser gucken zu können. Als Erstes sah ich Monsieur Tretters Hintern. Weiß wie der Mond und wohlgeformt (Sie wissen schon, so wie jemand, der oft in die Vogesen geht). Ich sah, wie er sich auf und ab bewegte und wie zwei weit auseinandergespreizte Beine, die links und rechts von Monsieur Tretters Hüfte abstanden, im Rhythmus seiner Bewegung wackelten. Ich sah lange dabei zu, weil ich nicht erkennen konnte, zu wem die Beine gehörten, die da so fröhlich vor sich hin zappelten. Und das interessierte mich doch schon sehr, das kann ich Ihnen sagen. Halten Sie mich bitte nicht für eine Voyeurin. Das bin ich bei Weitem nicht. Aber wer sich mit mir anlegt, und das hatte Monsieur Tretter getan, der konnte keine Diskretion von mir erhoffen. Keine Chance. Da bin ich gnadenlos.

Es dauerte vielleicht ein, zwei Minuten, dann wusste ich, wen Monsieur Tretter beglückte. Ich wusste es in dem Moment, als die beiden Liebenden erkennbar an ihrem Höhepunkt angekommen waren und sich Madame de Wauterin mit den Armen am Hals des Schuldirektors hochzog, um einen Schrei der Lust loszulassen, den sie mir direkt gegen die inzwischen von meinem Atem beschlagene Fensterscheibe schleuderte. Ich konnte sehen, wie sich ihr Orgasmus mit dem Schrecken, mich zu sehen, vermischte. Sie ließ augenblicklich von Monsieur Tretter ab, wand sich unter ihm heraus und rannte, sich duckend und mit den Händen ihre Scham und ihren Busen verdeckend, durch das Klassenzimmer hinter den seitlichen, klappbaren Flügel der Schultafel. Monsieur Tretter hingegen, nicht ahnend, was vorgefallen sein könnte, entfernte sich nur langsam ein Stück von der Schulbank, auf der sie es getrieben hatten, und sah sich verdutzt nach seiner Liebschaft um, von der nur noch die nackten Beine unter der Schultafel hervorschauten.

Ich konnte Madame de Wauterin verstehen. Ihr Mann, Grégoire, war einer von der Sorte, die man lieber den ganzen Tag im Wald arbeiten sehen wollte statt zu Hause. Und wenn man ihn dann im Wald traf, zufällig, wünschte man sich, er möge woanders schuften, damit man sein hartes, griesgrämiges Gesicht nicht zu sehen brauchte. Grégoire de Wauterin war grob, zu sich, zu seiner Frau und zu seinen Kindern. Er hatte keine Zuneigung zu vergeben, nur eine Menge Aggression.

Ich verstand Madame de Wauterin nicht nur, ich gönnte es ihr auch von Herzen, dass sie sich ein wenig Zärtlichkeit holte. Sie war eine angenehme Frau, liebenswürdig und unglaublich geduldig, aber sie hatte die falsche Wahl getroffen, als sie den Stinkstiefel Grégoire heiratete. Und nun hatte sie sich für ihr Begehr wiederum den falschen Mann ausgesucht. Nämlich den, der meine Freundin Madeleine vertrieben hatte und der meinen Kindern verbot, so miteinander zu reden, wie ich ihnen das Sprechen beigebracht hatte.

Ich klopfte gegen das Fenster. Die Fingerknöchel blass vom Druck. Ich dachte gar nicht darüber nach. Ich klopfte einfach.

Es war wie ein Automatismus, ein starker Drang, es zu tun. Monsieur Tretter drehte sich um und suchte die Fensterfront nach der Geräuschquelle ab, während Madame de Wauterin verschreckt hinter der Tafel hervorlugte, um ebenfalls vorsichtig herauszufinden, wer sie soeben beim Fremdgehen erwischt hatte. Es dauerte ein paar Sekunden, bis Monsieur Tretter mich entdeckte. Sein Gesichtsausdruck veränderte sich in dem Moment, in dem sich unsere Augen trafen, und ich konnte darin ablesen, dass er nicht nur peinlich berührt war, ertappt worden zu sein, sondern dass er sofort wusste, diese Geschichte würde nicht gut für ihn ausgehen. Ich hatte ihn in der Hand. Sein Ansehen würde rapide sinken, wenn seine Affäre mit Madame de Wauterin bekannt würde. Er würde gemieden und nicht mehr ernst genommen werden, er würde als Respektsperson jegliche Autorität verlieren. Vermutlich würde er diese Herabwürdigung aber gar nicht erst mitbekommen, denn Grégoire de Wauterin würde nicht lange herumfackeln, er würde ihm mit dem größten seiner Waldarbeitswerkzeuge den Schädel einschlagen, noch bevor der Seitensprung seiner Frau die Runde im Dorf gemacht hätte. Einer wie Grégoire de Wauterin ließ sich keine Hörner aufsetzen. Niemals. So viel stand fest.

Monsieur Tretter zog die Hose hoch, die noch halb heruntergelassen war, und drehte mir dabei den Rücken zu, sodass ich ein letztes Mal seinen Hintern zu sehen bekam. Unterdessen flitzte Madame de Wauterin hinter der Tafel hervor und rannte, wieder geduckt, aber diesmal rasch noch ihre Kleidung vom Boden aufklaubend, aus dem Klassenzimmer hinaus.

Nach ein paar Minuten trat sie aus der großen Eingangstür ins Freie. Ich wartete unter dem Vordach auf sie. Doch sie ignorierte mich, sah beschämt zu Boden, als sie an mir vorbeilief und sich die Gasse hinauf ins schützende Dunkel flüchtete. »Ich verrate Sie nicht!«, rief ich ihr hinterher. »Ich werde niemandem etwas davon erzählen!« Es ging mir ja nicht um sie. Es ging mir nur um Monsieur Tretter.

Kurz darauf kam auch er heraus, steckte den großen Schlüssel ins Schloss und verriegelte die schwere Tür. Ich stellte mich ihm in den Weg, ohne zu wissen, was ich ihm sagen sollte. Ich wusste nur, dass ich ihm überlegen war und dass ich diese Situation ausnützen wollte. So eine Gelegenheit würde sich mir wohl nie wieder bieten.

»Monsieur Tretter …«, wollte ich gerade beginnen, doch ich musste nichts sagen. Er war es, der das Wort als Erster ergriff, und im Gegensatz zu mir hatte er eine Ahnung, was er sagen wollte: »Ich werde Bois-de-Val verlassen und meinen Schuldirektorposten niederlegen. Im Gegenzug werden Sie, Madame Nan, niemandem verraten, was zwischen mir und Angélique vorgefallen ist. Sie werden vergessen, was Sie gesehen haben.«

Er sagte es im Befehlston, als könnte er sich das mir gegenüber erlauben. Bei dem Namen Angélique allerdings wurde seine Stimme weich. Weich und warm. Auch die Falten auf seiner Stirn glätteten sich. Und für einen kurzen Moment sah er gutmütig und fast sympathisch aus. Das war auch der Grund, warum sich mein Ärger darüber, dass er so dreist war zu glauben, mir nach dem, was vorgefallen war, auch noch Befehle geben zu können, verflüchtigte. Zumal der Vorschlag, den er mir machte, gut war. Damit konnte ich leben. Also ließ ich ihn weiterreden.

»Ich bitte Sie darum nicht wegen mir, sondern wegen Angélique. Ich liebe sie, und ich möchte nicht, dass ihr Mann ihr etwas antut. Das werden Sie verstehen. Kann ich mich auf Sie verlassen?«

»Sie meinen wohl, Sie möchten nicht, dass er *Ihnen* etwas antut«, konterte ich scharf. Es war kaum vorstellbar für mich, dass diesem Mann jemand anderes als er selbst wichtig sein konnte.

»Kann ich mich auf Sie verlassen?«, wiederholte er, ohne weiter auf mich einzugehen. An der Art, wie er es einforderte, an diesem bestimmten, aber flehenden Blick, sah ich ihm an, dass es ihm wirklich um Madame de Wauterin ging. Und kurz tat es mir leid für sie, dass Monsieur Tretter fortgehen würde. Andererseits verhinderte ich sogar Schlimmeres, wenn er jetzt verschwand. In Bois-de-Val blieb nichts auf Dauer geheim. So viel stand auch fest.

»Kann ich mich auf Sie verlassen?«, fragte er nun ein drittes Mal und streckte mir die Hand hin.

Ich nickte, um seine Frage zu beantworten, aber ohne seine Hand zu nehmen. Stattdessen sagte ich: »Wie kann ein Mann, der Liebe für eine Frau empfindet, eine Frau öffentlich demütigen, nur weil sie einen Mann liebte, den sie nicht lieben durfte?«

Ich bin mir nicht sicher, ob er verstand, auf was ich abzielte und auf wen sich der Satz bezog. Er sah mich nur mit großen Augen an, ohne die Miene zu verziehen.

Verdrängung ist oft stärker als die Erinnerung.

* * *

Nachdem ich Malou, Jérôme und meine vier Mädchen verdutzt an meinem Bett hatte stehen lassen, ging ich zum Friedhof. Ich hoffte, bei Bernard etwas Ruhe zu finden. Das Dorf würde es so kurz nach dem Fest bestimmt gemächlich angehen lassen. Alle hatten sie gefeiert, alle hatten sie ausgiebig getrunken. Ich glaubte nicht, dass jemand hierherkommen würde, um sich um die Toten zu kümmern, obwohl es Sonntag war. Außerdem sah es nach Regen aus. Nach lang anhaltendem Regen. Das Wetter hatte umgeschlagen. Die Sonne, die uns am Tag zuvor für Anfang Oktober noch außergewöhnlich stark gewärmt hatte, kam nunmehr kaum hinter den dicken Wolken hervor, die den Himmel dicht bevölkerten. Auch war ein unangenehmer Wind aufgekommen, aus östlicher Richtung. Er pfiff und biss mir feuchtkalt in die Wangen. Ich schlug den Kragen hoch und versteckte die Hände in der Jackentasche.

Die Lichter an Marguerites Grab waren aus. Rote Stumpen, leblos, dafür nach wie vor akkurat in Reihe gestellt. Entweder war Monsieur Boberschram schon da gewesen und hatte das Feuer gelöscht, um dem bevorstehenden Regen und dem aufkommenden Wind zuvorzukommen, oder aber er würde noch aufkreuzen und sie anzünden. Beides war möglich. Beides trieb mich um, weil ich mich nicht entscheiden konnte, was mir lieber wäre. Einerseits fürchtete ich die Begegnung mit ihm. Ich wollte ihm nicht in die Augen sehen müssen nach dem, was ich in den frühen Morgenstunden zu hören bekommen hatte. Zu sehr schmerzte es mich. Andererseits zog es mich in seine Nähe. Womöglich war das unbewusst auch der Grund gewesen, weshalb ich zum Friedhof ging. Ich wusste ja, dass das ein Ort war, an dem er sich bevorzugt aufhielt, und tief in mir drinnen hatte ich nichts dagegen, zu erfahren, ob all das, was ich gesehen und gehört hatte, nur eine Chimäre gewesen war, was ich zwar nicht glaubte, aber seltsamerweise zu hoffen wagte.

Ich wandte den Blick ab von Marguerites Grab und lenkte ihn in die dicken, grauen Wolken, die sich sekündlich verformten und immer mehr aufzuquellen schienen. Bedrohliche Formationen, die meinen Gemütszustand am Himmel abbildeten. »Bernard!«, rief ich in die Wolken hinein. »Bernard, ich muss dir etwas erzählen.«

Ein Windstoß kam, kroch in meine Jacke, hob sie kurz an, um unter meine Bluse zu gelangen und meine Nieren zu kühlen, bis ich am ganzen Körper fröstelte. Ich hatte Bernard bislang noch nicht gebeichtet, dass ich mich in Monsieur Boberschram verliebt hatte und dass ich mir nichts sehnlicher wünschte, als dass meine Gefühle von ihm erwidert wurden. Ich wollte meinen Mann schonen. Es mag seltsam klingen, einen Toten schonen zu wollen, aber ich bin überzeugt davon, dass Bernard mich hören kann, wenn ich mich direkt an ihn wende. Ich wollte ihn erst mit der Neuigkeit konfrontieren, sobald Monsieur Boberschram und ich ein Paar sein würden. Ich wollte meinem Mann die Qual ersparen, miterleben zu müssen, wie wir uns annäherten. Lieber wollte ich ihn vor vollendete Tatsachen stellen. Ich wusste zwar, dass Bernard es mir vergönnte, glücklich zu sein, und doch glaubte ich zu wissen, es würde ihm da oben, weit über den Wolken, in der Seele wehtun, nicht an der Stelle desjenigen sein zu können, dem ich mein Herz schenkte.

Ein weiterer Windstoß kam, stärker noch als der zuvor. Er schob mich ein großes Stück nach vorne, weg vom Kiesweg und mitten hinauf auf die Steinplatte, unter der Bernard begraben war. Mit der Schuhspitze berührte ich seinen Namen. Ich ging in die Knie, beugte mich nach vorne und legte meine Wange auf das kühle Grau, schloss die Augen und fuhr mit den Fingern die Buchstaben ab, die ein Leben benannten, das es nicht mehr gab.

* * *

Bei eiskaltem Wind hatten Bernard und ich uns kennengelernt. Ich erinnere mich genau daran, *wie* kalt der Wind gewesen war und wie die Kälte meine Finger hatte weiß werden lassen, taub, blutleer.

Ich erinnere mich, dass ich meine Hände zu Fäusten ballte und sie wieder öffnete, in der Hoffnung, diese pumpende Bewegung, die mir viel Kraft und Konzentration abforderte, könnte helfen, das Blut wieder ordentlich fließen zu lassen. Ich erinnere mich, wie ich auf meine Finger pustete, die wie die einer Leiche aussahen, wie ich Panik bekam, sie könnten mir abfallen und zu Boden fliegen, weil sie so starr und steif waren.

Ich stand mitten in Colmar, in der Nähe der Apotheke, in der ich später meine Ausbildung begann, und hauchte verzweifelt auf meine Hände. Da kam Bernard vorbei, blieb vor mir stehen und sagte, auf meine Leichenfinger zeigend: »Das ist der Beweis, dass Sie eine waschechte Französin sind.«

»Wie bitte?«, fragte ich irritiert.

»Sie leiden unter dem Trikolore-Phänomen. Das ist eine Überreaktion der Nerven auf die Kälte. Erst werden die Finger weiß, weil ein Krampf in den kleinen Gefäßen die Durchblutung zum Erliegen bringt. Dann, wenn das Blut wieder fließt«, dabei nahm er meine Hände in seine und rieb schmerzlich fest an ihnen, »verfärben sie sich blau. Und zum Schluss werden sie rot, weil der Körper, sobald die Überreaktion der Nerven auf die Kälte überwunden ist, so viel Blut in die Finger pumpt, dass sie erröten.«

Ich besah meine Finger, die vom Reiben ganz heiß geworden waren. Und in der Tat begannen sie sich jetzt blau zu verfärben. Ich spürte, wie sie geschmeidiger wurden, wie es mir wieder möglich war, sie kontrolliert zu bewegen. Dann, nach einer Weile, fingen sie höllisch zu brennen an, als hielte ich sie über ein offenes Feuer, und sie verfärbten sich dunkelrot.

»Sehen Sie?«, sagte Bernard. »Das ist der Beweis. Sie sind eindeutig eine waschechte Französin.«

»Elsässerin«, antwortete ich spitz, obwohl es keinen Grund dafür gab.

»Wie dem auch sei«, sagte Bernard. »In jedem Fall müssen Sie ins Warme. Das wird Ihnen helfen. Ich lade Sie ein, mit mir eine heiße Tasse Tee zu trinken, da vorne, gleich um die

Ecke.« Dabei hielt er mir seinen Ellenbogen hin, in den ich mich einhaken sollte, und schenkte mir ein Lächeln.

Das war unerhört damals. Das machte man nicht. Man hielt nicht einfach mitten auf der Straße an, um eine Frau anzusprechen. Noch weniger rieb man einfach so an ihren Fingern. Aber so begann unsere Geschichte. Sie begann in der Kälte und endete in der Hitze, an dem glühenden Nachmittag, an dem Bernard seinem Tumor erlag.

* * *

Als ich am frühen Abend nach Hause kam, dämmerte es schon. Ich hatte viel zu lange an Bernards Grab verbracht und war völlig durchgefroren und klatschnass von dem Regen, der wie erwartet gekommen war und die dicken Quellwolken von ihrer Last befreit hatte.

Marie und Malou, Anne und Jérôme, Chloé und Coraline – alle saßen sie um den Esstisch herum und unterhielten sich. Vielmehr diskutierten sie lautstark, wie ich schon am Gartentor vernahm.

Kaum betrat ich die Stube, ebbte die Diskussion ab, die noch so lebhaft gewesen war, als ich die Klinke des Gartentors quietschend hinunterdrückte. Ich hatte nur einzelne Wörter aufgeschnappt, »Lösung« und »Gegengift« und »Rinde«, und ahnte, dass sie darüber sprachen, was sie nur anstellen konnten, um mir zu helfen. Marie und Malou fühlten sich verantwortlich für das, was geschehen war, Chloé hingegen schuldig. Und Jérôme, Anne und Coraline nahmen großen Anteil an beiden Gefühlslagen. Schließlich ging es ja um mich, was zu einem kollektiven Tatendrang führte, den ich sofort zu spüren bekam.

»Momma, du bist ja ganz durchnässt.« Marie sprang auf

und rannte auf mich zu. Sie nahm mir die Jacke ab, zog mich an der Hand zu den anderen, die sich ihre Hälse nach uns verrenkten. Malou rückte, kaum näherte ich mich dem Esstisch, einen Stuhl zurück und wies mit beiden Händen auf die Sitzfläche, wie ein Kellner in einem Nobelrestaurant, der seine Aufgabe besonders ernst nimmt. Ich ließ mich darauf fallen und wurde sofort von Jérôme bedient, der mir eine Tasse mit dampfendem Tee einschenkte, in die Coraline sogleich zwei Stücke Kandis gab. Anne griff in der Zwischenzeit nach einem kleinen Löffel und rührte die braunen Zuckerkristalle um, kaum dass sie den Boden der Tasse erreicht hatten. Ich kam mir vor wie ein Ehrengast in meinem eigenen Haus, dem es an nichts fehlen sollte.

Noch bevor ich einen Schluck Tee nehmen konnte, stand Chloé neben mir, die eben mal schnell ein Handtuch aus dem Badezimmer geholt hatte und sich nun daranmachte, mir die Haare trocken zu rubbeln. Sie forderte mich auch auf, meine nasse Hose auszuziehen und stattdessen in meinen Pyjama zu schlüpfen, der sauber gefaltet über ihrer linken Armbeuge hing.

»Momma, du bist ja total durchgefroren. Wo bist du denn gewesen?« Ich konnte hören, dass Marie sich ehrlich um mich sorgte.

»Auf dem Friedhof. Ich war auf dem Friedhof.«

Alle nickten, als sei das eine Erklärung, die sie akzeptieren konnten.

»Du hast sicherlich Hunger«, sagte Chloé und hörte auf, meine Haare zu frottieren. Sie legte den Pyjama über die Stuhllehne, bevor sie in der Küche verschwand. Sie hatte gekocht. Es war das erste Mal, dass sie ganz allein in der Küche gestanden und für die ganze Familie das Abendessen bereitet hatte. Kartoffelpfanne mit Speck und Munsterkäse. Eines meiner Lieblingsgerichte, wie sie wusste.

Ich war ergriffen von dieser Geste, aber zu erschöpft, zu

nass und zu verfroren, um ihr meine Freude und meine Dankbarkeit darüber angemessen zeigen zu können. Ich lächelte sie nur matt an, als sie mit der großen, gusseisernen Pfanne vor mir stand, und sog den Duft des Käses ein, der eine wirklich schöne Kruste gebildet hatte.

Sie stellte ihren ganzen Stolz mit beiden Händen auf den Tisch. Anne zögerte nicht lange und servierte Teller und Besteck, das sie auf Servietten legte, die wir sonst nur an Weihnachten oder an Geburtstagen hervorholten. Wir hatten nichts zu feiern, aber sie wollten mir den Abend festlich gestalten, nur um mir etwas Gutes zu tun.

Ich begann zu weinen, lautlos, dafür mit dicken Tränen, die mir über die Wangen kullerten und mein Kinn hinabtropften – eine Reaktion, bei der Rührung und Traurigkeit aufeinanderprallten.

Meine Mädchen starrten mich entsetzt an, auch Malou und Jérôme hielten inne.

»Ach, Momma«, sagte Marie.

»Ach, Momma«, sagte Anne.

»Mensch, Momma«, sagte Chloé.

»Ach, Momma«, sagte Coraline.

»Ach, Madame Nan«, sagte Malou.

»Ach, Madame Nan«, seufzte auch Jérôme.

Ein sechsstimmiger Chor, Sopran, Alt, Tenor und Bass. Keine Stimmlage fehlte. Danach folgte langes Stillschweigen – auch wegen Chloés Kartoffelpfanne, die so köstlich schmeckte, dass es uns die Sprache verschlug.

Am nächsten Morgen war ich die Erste im Laden. Eigentlich waren Marie und Anne für die Frühschicht eingeteilt. Doch sie hatten den halben Sonntag, den ich auf dem Friedhof verbracht hatte, die Überreste des Fests weggeräumt und alles sauber gemacht, obwohl wir das gar nicht vereinbart hatten. Ich fand, sie sollten sich ruhig ausruhen. Sie hatten sich einen freien Tag verdient. Ich wollte sie für ihre Mühe belohnen und dafür, dass ich mich auf sie verlassen konnte, wenn es darauf ankam. Außerdem half es mir, eine Aufgabe zu haben. Das war schon immer das beste Mittel gegen Kummer für mich gewesen. Je trauriger ich war, desto aktiver musste ich sein, um nicht in meiner Schwermut zu versinken.

Marie und Anne sagten zwar »Nein, nein, Momma, nicht nötig, wir übernehmen morgen früh die Schicht schon«, doch als ich aufstand, weil es Zeit wurde und weil ich sowieso die ganze Nacht kein Auge zugemacht hatte, weshalb ich auch gleich das Bett verlassen konnte, schliefen sie noch. Marie mit Malou im Baumhaus. Und Anne mit ihrem Kopf in Jérômes Nacken vergraben, wie mir ein kurzer Blick in ihr Zimmer verriet.

Ich strich mir die Müdigkeit aus dem Gesicht und zog mich an. Die frische, kühle Luft tat gut, als ich mich auf den Weg ins *Chez Malou* machte. Meine Sohlen klackerten auf dem Asphalt und waren neben dem spärlichen Gezwitscher von ein paar Standvögeln die einzigen Geräusche an diesem noch nächtlich geschwärzten Morgen. Schon als Kind mochte ich diese Jahreszeit, dann, wenn alles um einen herum etwas ruhiger wurde, wenn die Aufgeregtheit des Spätsommers sich gänzlich legte und mein Vater mich frühmorgens mit einem Gedicht weckte, das er liebte:

Feucht die Erde, entgegengereckt
Vom Blätterkleid der Bäume abgedeckt
Bereit zu verschwinden, zu werden eins
Das, was strebt, und das, was vergeht
Der Gleichmut Harmonie

Nicht der erste Januar ist für mich der Tag des Neuanfangs, dieser beginnt für mich mit dem Eintritt des Herbsts. Vielleicht liegt es daran, dass im Herbst meiner Kindheit stets die

Schule wieder losging und sich dann alles neu ausrichtete und formierte. Schulhefte wurden gekauft, die Stifte gespitzt, die warme Kleidung hervorgeholt. Es wurde überprüft, was einem noch passte, wie viel größer man geworden war. Bleistiftstriche im Türrahmen, mit Datum versehen. So hatte es meine Mutter bei mir gemacht und ich bei meinen Kindern. Wachstumsringe, über Jahrzehnte hinweg. Vielleicht blieb dieses Gefühl von Neuanfang aber auch nur deswegen, weil es keine Jahreszeit gibt, für die so viel hergerichtet und vorbereitet wird wie für den Herbst. Vielleicht hängt es aber auch damit zusammen, dass Bernard und ich uns Ende Oktober kennengelernt hatten und dass mit seinem Dasein ein anderes Leben für mich begann. Eines, das eine Zeit ohne Bernard undenkbar werden ließ. Wir heirateten auch im Herbst, exakt ein Jahr nach unserer ersten Bekanntschaft auf der Straße. Nach der Trauung bewarfen wir uns mit den Blättern einer Kastanie statt mit Reis. Mit roten, gelben und braunen Blättern. Drei von ihnen bewahrte ich auf. Die schönsten, die am meisten geleuchtet hatten. Ich presste sie in meinem Herbarium, hängte sie hinter Glas auf. In runden Rahmen aus Messing über unserem Bett im Schlafzimmer. Sie hängen heute noch dort. Weniger kraftvoll inzwischen, faserig und brüchig an manchen Stellen. Aber nach wie vor lebendig in dem, was sie in mir an Erinnerung hervorrufen: Glück – wenn auch vergangenes.

Ich steckte den Schlüssel ins Schloss des *Chez Malou* und betrat den Laden. Zuvor sah ich zu Monsieur Boberschrams Wohnung hinauf. Den ganzen Weg über hatte ich mir verboten, das zu tun. Doch ich konnte nicht anders. Die Neugier war stärker, gewann den Kampf mit der Vernunft.

Die Fensterläden waren geöffnet, allerdings brannte kein Licht, obwohl es draußen noch nicht richtig hell war. Monsieur Boberschram schlief sonst nie bei geöffneten Läden. Er hatte mir an einem unserer Abende, als wir draußen auf der Terrasse saßen und uns eine Flasche Gewürztraminer teilten, während wir den Zikaden (und gelegentlich auch Marie und Malou) bei ihren Gesängen lauschten, verraten, wieso. Der Grund war Marguerite. Sie hatte ihn in der Nacht, in der sie starb, gebeten, die Klappläden zu öffnen. Das hatte sie sonst nie getan. Weil sie es immer ganz dunkel haben musste, um in den Schlaf zu finden. Jeder Lichtstrahl, ganz egal, wie schwach er war, hatte sie stets in ihrer Nachtruhe gestört. Doch in jener Nacht bat sie ihn darum, das zu tun. Seit einiger Zeit schon fiel ihr das Sprechen schwer. Sie röchelte, musste mehrmals ansetzen, um ihre Bitte verständlich zu artikulieren.

Monsieur Boberschram erwies ihr den Gefallen. Natürlich. Er war froh darüber, dass er seiner unter Schmerzen leidenden Frau etwas Gutes tun konnte. Also ging er zu den Fenstern hin und klappte einen Laden nach dem anderen auf, bis der weiße Schein des Halbmondes und das gelbliche Licht der einzigen Straßenlaterne vor dem Gebäude das Zimmer erhellten. Er sah auf die Straße hinunter, die gerade von einer räudigen Katze überquert wurde, sog den Duft der Nacht in sich ein. Er tat ihm gut, dieser Duft, er war so vital, so kräftig, so rein. Ganz anders als der Geruch von Krankheit, den Marguerite verströmte und der sich in den Wänden, im Dielenboden, im Bett und in seiner Nase festgesetzt hatte und ihm die Luft zum Atmen nahm.

Erst nachdem Monsieur Boberschram seine Lungen mit frischem Sauerstoff gefüllt hatte, drehte er sich wieder zu Marguerite um. Sie hatte die Hände über ihrem Bauch gefaltet. Ihr Gesicht war eingefallen, transparent schillerte ihre Haut, an manchen Stellen glänzte sie, wächsern fast. Sie hob unmerklich den Kopf an und sagte dann so verständlich, wie es ihr seit Langem nicht mehr über die Lippen gekommen war: »Sieh nur, wie schön der Himmel ist. Dort will ich hin!« Das waren ihre letzten beiden Sätze, bevor ihr Kopf die wenigen Millimeter, die sie ihn angehoben hatte, zurück aufs Kissen sank und sich ihr letzter Atemzug mit der Nachtluft, die durch die geöffneten Fenster hereinwehte, vermischte. Seither ließ Monsieur Boberschram die Fensterläden nachts geschlossen. Auch die Fenster öffnete er nachts nicht mehr. Er meinte, er fühle sich sicherer in geschlossenen Räumen, selbst wenn das wohl kaum einer nachvollziehen könne. Es sei nur so, dass er nach Marguerites Tod das Gefühl habe, er könne sich besser kontrollieren, wenn der Weg nach draußen versperrt sei.

Ich teilte dieses Gefühl nicht mit ihm, aber ich konnte nachempfinden, dass der Tod seiner Frau etwas in ihm ausgelöst hatte, das jenseits der Vernunft lag, und dass es wichtig war, dieses Etwas zu kontrollieren, um sich nicht zu verlieren. Ich nahm mein Glas mit dem Gewürztraminer, den er mitgebracht hatte, zur Hand, hob es an und sagte: »Auf die geschlossenen Räume, Monsieur Boberschram.«

»Auf die geschlossenen Räume, Madame Nan.«

Der Klang unserer Gläser, die sich berührten, mischte sich unter den Chor der Zikaden. Ich war glücklich.

Ich machte Licht im *Chez Malou,* atmete tief durch. Sog den stechenden Geruch des Javelwassers ein. Marie und Anne hatten wirklich ganze Arbeit geleistet. Es roch nach frisch desinfiziertem Boden. Kein einziger Fingerabdruck war an der Vitrine oder am großen Fenster zur Straße hin zu sehen. Sie hatten gefegt, gewischt, poliert. Auch der Müll stand in mehreren großen Tüten verpackt und zugeschnürt an der Wand in Reihe und wartete darauf, von der Müllabfuhr abgeholt zu werden. Das Trottoir war gekehrt worden, ebenso die Straße davor. Die Bistrotische ruhten gemeinsam mit den dazugehörenden Stühlen an der Hauswand. Nirgends stand mehr eine Flasche oder ein Glas herum, kein Teller, keine Schale, kein Besteck, keine zerknüllten Servietten. Auch Zigarettenkippen waren weit und breit keine zu sehen. Nirgends irgendwelche

Essensreste. Malou und seine Band mussten auch am Sonntag gearbeitet haben. Die Anlage war weggeräumt worden, ihre Bühne abgebaut. Sogar die Lampions draußen vor der Tür hingen nicht mehr, wohl vorsorglich, wegen des Windes und des starken Regens, der angekündigt worden war. Alles sah so aus wie vor dem Fest. Aufgeräumter sogar noch.

Ich ging hinter die Theke, um die Kaffeemaschine in Betrieb zu nehmen und Baguettes zu schmieren. Bald schon würden die ersten Waldarbeiter kommen, hungrig, im Herbst gab es besonders viel für sie zu tun. Ich holte die Butter aus dem Kühlfach, etwas Schinken, den ich bei Monsieur Littwiller geordert hatte, und hart gekochte Eier, die ich in Scheiben schnitt. Gerade als ich das letzte Ei pellte, sah ich sie: Mademoiselle Duponts Schwester. Sie huschte in einem weißen Bademantel, einem Gespenst gleich, geradewegs an dem großen Fenster vom *Chez Malou* vorbei und blieb mitten auf der Straße stehen, genau auf meiner Sichthöhe und beleuchtet von der einzigen Straßenlaterne, die es vor dem Laden gab. Ihr Haar trug sie offen. Es hing ihr lang und dicht bis unter die Schulterblätter und ließ sie jünger wirken, als sie war. Plötzlich legte sie ihren Kopf in den Nacken und starrte, das Kinn spitz nach oben gereckt, an der Straßenlaterne vorbei in den allmählich lichter werdenden Himmel. Erst nach einer Weile breitete sie dazu auch die Arme aus, sodass sich der Bademantel öffnete und ihr Busen sich entblößte. Ihre Brustwarzen, daumenkuppengroß, reckten sich ebenso spitz gen Himmel wie ihr Kinn. Der Warzenhof drum herum ausladend und so braun wie Bitterschokolade. Sie ließ ein lautes, animalisches Gejaule ertönen, das mich an die frühen Morgenstunden nach dem Fest erinnerte, als ich unter Monsieur Boberschrams Wohnung gestanden und mitbekommen hatte, dass er nicht alleine war.

Sie musste betrunken sein oder völlig übergeschnappt. Denn sie hörte nicht auf zu jaulen, sodass die Lichter der angrenzenden Häuser eines nach dem anderen angingen. Das interessierte dann doch jeden bei uns, was da draußen vor sich ging.

Kurz nach ihr tauchte Monsieur Boberschram auf, nur in Unterhose und Unterhemd bekleidet (er hatte wirklich abgenommen, das konnte ich jetzt ganz genau erkennen), packte das Gespenst am Arm und zog es hinter sich her. Als er am Ladenfenster vorbeikam, sah er hinein, das jaulende Gespenst weiter fest im Griff, das inzwischen zu grunzen und zu blöken begonnen hatte und dabei wild sein Haar schüttelte. Es war befremdlich, fast beängstigend, das zu sehen, und ich fragte mich, was nur in Mademoiselle Duponts Schwester gefahren sein konnte. »Na, was wohl«, zischte der Teufel in mir. »Monsieur Boberschrams böser Lümmel, natürlich.« Dabei lachte der Teufel heiser und dreckig auf, und ich musste kräftig mit dem Kopf schütteln, um ihn mir auszutreiben. Da flog er davon mit seinen schwarzen Flügeln und den rot glühenden Hörnern, den Dreizack in seiner Hand fest umklammert. Ich sah ihm nach, wie er zwischen den Warenregalen verschwand, während seine hämische Lache den gesamten Laden erfüllte. Dann richtete ich meinen Blick wieder zum Fenster hin, vor dem Monsieur Boberschram mit dem Gespenst kurz stehen geblieben war und angestrengt durch die große Scheibe lugte. Natürlich war ihm nicht entgangen, dass bereits jemand im *Chez Malou* Vorbereitungen für den anbrechenden Tag traf. Er konnte nur nicht wissen, wer es war. Und sein Blick sagte mir, als er mich hinter dem Tresen entdeckte, dass er sich lieber Malou oder Marie oder irgendjemand anderen aus meiner Familie dort gewünscht hätte als mich, Madame Nan, die ihn ungläubig anstierte und ohne es zu merken ein halb gepelltes Ei in der Hand zerdrückte.

Unsere Augen begegneten sich – ein mir endlos vorkommender Moment. In Wirklichkeit aber waren es nur ein paar Sekunden. Genau die Zeit, die Monsieur Boberschram für das

Verlangsamen seiner Schritte bis zum Stillstand vor dem großen Fenster benötigt hatte, um gleich darauf Mademoiselle Duponts Schwester in ihrem halluzinogenen Zustand in den Hauseingang zu zerren, der zu seiner Maisonette-Wohnung führte.

Seinen Blick werde ich nie vergessen. Weil sich in ihm so vieles versammelte, was an Gemütsbewegungen zum Ausdruck gebracht werden kann: peinliche Berührung und kindliche Freude, Erregung und Schmerz, Neugier und Sehnsucht, Befreiung und Last, Sprachlosigkeit und der Wunsch, sich mitzuteilen und sich zu erklären. Glauben Sie mir, all das konnte ich in ihm sehen.

Ich öffnete meine Faust, ließ das zerquetschte Ei auf den Tresen fallen und griff nach einem Tuch, um mir die Hand zu säubern. Bröselig der Dotter. Glänzend und glatt das Eiweiß.

Da ging das Licht der Straßenlaterne draußen vor dem Laden aus. Das orange Gelb verschwand und überließ dem heller werdenden Graublau der Morgendämmerung seinen Auftritt.

Das *Chez Malou* füllte sich früher und schneller als sonst. Alle kamen, um sich für das schöne Fest bei mir zu bedanken. Und weil es einiges aufzuarbeiten galt: Wer oder was hatte da vorhin so laut gejault?

»Da wird doch nicht etwa heimlich irgendwo ein Kind geboren worden sein?«

»Ach, das hätten wir doch mitbekommen. Der Storch hat kein Kind aus dem Brunnen geholt.«

»Welcher Storch auch? Es gibt ja weit und breit keine mehr.«

»Du sagst es. Armes Elsass. Seiner Identität beraubt.«

»Ach, du alter Patriot. Sei doch froh, dass wir jetzt dort sind, wo wir sind. Es hätte auch anders kommen können.«

»Schluss jetzt, ihr Streithähne. Ich sag's euch: Das Gejaule von vorhin, das lockt die Störche bestenfalls wieder in unser Gebiet.«

»Du meinst, Monsieur Boberschram wird auf seine alten Tage noch Vater?«

Gekicher drang hinter vorgehaltener Hand aus der hinteren Ecke, und irgendwo vorne, nahe des Tresens, lachte jemand so dreckig wie der Teufel, der immer noch in einem der Warenregale saß und beobachtete, was im *Chez Malou* vor sich ging.

Ein Geheimnis wird dann interessant, wenn alle davon wissen und jeder darüber spricht – das hatte mir einst meine Großmutter Yolande mit auf den Weg gegeben. Sie hatte, wie so oft, recht behalten.

Die meisten jedoch, die es an diesem Tag in unseren Laden zog, interessierten sich für den Schmetterlingstornado.

»Was für ein Naturspektakel.«

»Was für eine wundersame Kraft.«

»Bezaubernd. Und doch auch beunruhigend, fandet ihr nicht?«

»Starkregen, Hagel, Falter – da kann man nur hoffen, dass der Herr uns keine weitere Plage schickt.«

»Grégoire! Halt die Klappe. Geh und schlag die Bäume, wenn du dich nicht im Griff hast!«

Ich fand Grégoire de Wauterins Bemerkung harmlos. Bibelfest, mehr nicht. Es war schon was dran, dass es hier bei uns nicht ganz mit rechten Dingen zuging. Malous Voodoozauber – auch ein Glaube, bei dem eine höhere Macht ihre Finger im Spiel hatte. Abgesehen davon war Grégoire de Wauterin zu ganz anderen Dingen fähig als zu solchen arglosen Aussagen. Das wusste jeder, der hier stand und das Fest Revue passieren ließ. Oft genug sahen wir Madame de Wauterin auch an trüben Tagen mit einer Sonnenbrille durchs Dorf laufen, was bestimmt nicht mit ihrem nicht vorhandenen Bewusstsein für Mode zu tun hatte. Sie war Gärtnerin und trug überwiegend eine Schmutz abweisende Schürze in Grün, dazu Holzpantinen, die von ihrem Vater hergestellt worden waren, der sein Gewerbe zu einer Zeit geführt hatte, als diese Schuhe noch nicht als folkloristisch galten.

Madame de Wauterin war ich nach dem Vorfall in der Schule lange nicht begegnet. Offenbar hatte sie sich verkrochen, um sich mir nicht stellen zu müssen. Zum Einkaufen schickte sie ihre Kinder, denen ich stets liebe Grüße für sie ausrichten ließ und dass ich hoffte, sie bald wieder bei mir im Laden begrüßen zu dürfen. Ihre Kinder quittierten meine guten Wünsche mit einem schüchternen Nicken, bevor sie aus dem *Chez Malou* mit vollgepackten Taschen traten, fünfhundert Gramm Anisbredele frei Haus extra im Gepäck, als Zeichen für Madame de Wauterin, dass sie von mir nichts zu befürchten hatte.

Monsieur Tretter war tatsächlich noch in der gleichen Nacht, in der ich ihn mit Madame de Wauterin erwischte, aus Bois-de-Val weggegangen und nie wieder zurückgekehrt. Er hatte einen Brief im Schulbüro hinterlassen, fünf Zeilen, in denen er mitteilte, dass er aus persönlichen Gründen unser Dorf verlassen müsse, dass er aber einen Teil seines Herzens hierlasse, um es irgendwann, wenn die Zeit dazu reif sei, wieder abzuholen. So viel Pathos hatte ich ihm gar nicht zugetraut, und so verstand ich seine Zeilen damals mehr als Drohung, dass er nur auf meinen Tod wartete und dann zurückkommen würde, um sich das zu nehmen, was ihm oder zu ihm gehörte. Bis heute muss er warten, der Finsterling, noch küsst mein Mund die Erde nicht, und ich werde alles dafür tun, dass es auch noch eine Weile so bleibt, auch wenn ich spüre, wie sehr mich die alltäglichen Anstrengungen mitnehmen und meine Kräfte schwinden.

Inzwischen, das muss ich gestehen, glaube ich, dass sich seine Zeilen gar nicht an mich richteten. Ich vermutete das damals nur, weil ich zu jung war, um nicht ichbezogen zu denken. Je älter man ist, desto weniger dreht sich die Welt um einen selbst, weil man immer mehr zu einem Teil der Materie wird, die sich um einen dreht. Zumindest ist das bei mir so. Aber ich kann nicht sagen, ob das auf alle zutrifft, die eine gewisse Reife erreicht haben. Reife muss ja nicht zwangsläufig etwas mit dem Alter zu tun haben. Wenn ich da an Monsieur Boberschram denke, wie er sich, bis er neunundneunzig wurde, durchs Leben bewegte. Sapperlot! Als Graukopf wurde er eher wieder zum Kind, nahm seine Befindlichkeiten sehr ernst. Sehr, sehr ernst, wenn Sie verstehen, was ich meine. Kindskopf, Graukopf – das machte bei ihm keinen Unterschied.

Heute, mit zweiundneunzig jedenfalls, bewerte ich Monsieur Tretters Abschiedsbrief anders als damals. Ich glaube nicht, dass Monsieur Tretter überhaupt einen Gedanken an mich verschwendete, als er zum Stift griff und das Papier glatt strich. Er schrieb diese Zeilen nur für Madame de Wauterin. Eine geheime Botschaft, eine Liebesbekundung, die nichts anderes besagte als: Wenn du frei bist, komme ich zurück und nehme dich mit mir mit. Denn du gehörst zu mir, du bist ein Teil von mir. Ohne dich werde ich nicht mehr ganz sein.

Mit Madame de Wauterin sprach ich nie darüber, was zwischen ihr und Monsieur Tretter vorgefallen war. Auch nicht darüber, warum er unser Dorf verlassen hatte. Sie ging mir aus dem Weg, und ich bemühte mich nicht um ihre Nähe. Irgendwann waren so viele Jahre vergangen, dass unser Geheimnis nicht mehr zwischen uns stand, sondern irgendwo hinter uns gewandert war, weshalb wir uns nicht mehr daran stießen, außer der Zufall wollte es und jemand erwähnte Monsieur Tretters Namen in unserer Gegenwart. Aber das kam so selten vor, dass es nicht ins Gewicht fiel.

Die anderen im Dorf wunderten sich über Monsieur Tretters plötzliches Verschwinden. Sie waren sich sicher, er sei übergeschnappt. Alkohol oder Nachkriegswahnsinn oder beides zusammen – das war keine Seltenheit damals. Aber irgendwann wunderte sich niemand mehr, weil Monsieur Allmery nachfolgte, der schon allein wegen seiner breiten Koteletten und der öligen dunklen Haare für Gesprächsstoff sorgte, weil Schnee fiel und wieder schmolz, weil Bäume gefällt wurden und neue nachwuchsen und weil Monsieur Tretter zu kurz in unserem Dorf gewesen war, als dass er sich in das Gedächtnis von Bois-de-Val hätte einschreiben können – mit zwei Ausnahmen: Er blieb in meinem und auch in dem von Madame de Wauterin.

An jenem Montag nach dem Fest gab es kaum einen, der in den Laden kam und mir nicht mit der Frage auf die Nerven ging, ob Monsieur Boberschram und Mademoiselle Duponts Schwester denn nun ein Paar seien. Ob die Hochzeitsglocken bald bimmeln würden. Ob Marie und Malou sich Konkurrenz geholt hätten in ihrem nächtlichen Zweigesang. Und, und, und.

Es war unerträglich. Ich beantwortete alle Fragen, so gut es ging. Ich war wie eine Maschine, in die man eine Münze einwarf und dafür das bekam, wofür man bezahlt hatte: Antworten, die immer passten. Ich verhielt mich diplomatisch, schon zu meinem eigenen Schutz. Ich lächelte, wenn es sinnvoll war, zu lächeln. Ich zuckte mit den Achseln, wenn es ratsam war, Gleichgültigkeit zu zeigen. Ich nickte und schüttelte den Kopf. Ich holte belegte Baguettes aus der Vitrine, ich schenkte frischen Kaffee ein, ich rührte Milch um, ich kassierte ab, ich begrüßte, ich verabschiedete, ich schickte vehement erst Marie und Anne fort, die gegen neun Uhr auftauchten und mich ablösen wollten, später Malou und Jérôme, die ebenso vorhatten, mich im Laden zu unterstützen. Ich konnte sie zu dem Zeitpunkt einfach nicht gebrauchen, vielmehr ihre Besorgnis nicht, die mich unbehaglich in meiner Haut fühlen ließ. Ich wollte niemanden um mich haben, der jede meiner Bewegungen beobachtete, um herauszufinden, wie es um meinen Gemütszustand beschaffen war. Das war einfach zu viel des Guten.

Im Laufe des Tages wurden die Liebesbomben zum Thema Nummer eins. Es war so, als tasteten sich die Bois-de-Valer langsam an sie heran. Wurde beim Morgenkaffee lieber noch ganz allgemein über die Ereignisse auf dem Fest geredet – über Malou und seine Band, über das göttliche Geschenk des letzten Sommertags im Herbst, über Chloés und meine kleinen Magenfüller und über den ausgezeichneten Weißwein unserer heimischen Winzer, über die ausgelassene Atmosphäre und die merkwürdige moralische Rede des Bürgermeisters, in der er zum Pfarrer mutiert war und die Dorfbewohner vor den Gefahren der Unzucht gewarnt hatte, und überhaupt über die vielen, vielen Gäste, die gekommen waren, auch von außerhalb –, sprach man beim Vormittagssnack verstärkt über den langen Kuss des ungleichen Paars und über die Invasion der Schmetterlinge.

»Meiner Meinung nach sollten Frauen in einer Partnerschaft nicht größer sein als Männer. Das gehört sich nicht. Was gibt denn das für ein Bild ab? Diese Frau musste sich regelrecht zu unserem Monsieur Boberschram hinunterbücken, um seine Lippen zu treffen.«

»Ich habe mitgezählt. Der Kuss hat vierundsechzig Sekunden gedauert.«

»Was bist denn du für einer?«

»Mir kam er länger vor.«

»Ich habe gar nicht darauf geachtet, dass sie sich küssten, ich konnte von der Schmetterlingswindhose nicht wegsehen. So etwas gibt es doch gar nicht. Vielleicht irgendwo in den Vereinigten Staaten. Aber da auch nur in Texas.«

»Wie kommst du da drauf?«

»Ich weiß nicht, aber dort ist doch alles möglich. Frag mal Florian, der war doch bei der NASA. Was der von dort erzählt – unglaublich!«

»In der Liebe ist alles möglich. Aber nur dort.«

»Dein Wort in Gottes Ohr.«

»Lassen wir doch bitte Gott hier mal aus dem Spiel. Fakt ist, bei uns im Dorf ist etwas geschehen, das es wohl sonst auf der Welt noch nie gab. Und das Beste: Es war etwas Schönes. Ich glaube, wir sind dazu auserwählt worden, mit dieser Schönheit etwas anzufangen. Ich jedenfalls werde etwas mit ihr anfangen. Carpe diem!«

»Amen.«

»Nicht schon wieder.«

So ging es die ganze Zeit hin und her. Jeder hatte etwas anderes gesehen und etwas anderes damit verbunden, aber alle beschäftigte das Geschehene gleichermaßen.

Bei der Mittagssuppe (es gab Grießsuppe, die ich vorgekocht, eingefroren und nun aufgetaut hatte) fielen vermehrt Worte wie »schwarze Magie«, »Liebeszauber« und »Malou, der schlimme Finger, immer wieder für eine Überraschung gut«.

Kaum waren die Suppen ausgelöffelt und die ersten Mittagsbesucher verabschiedet, tauchten meine beiden ältesten Töchter wieder auf und baten darum, mir endlich helfen zu dürfen. »Das wäre heute sowieso unsere Schicht, Momma.« – »Nun sei doch nicht so stur. Bei dem Hochbetrieb kannst du unsere Unterstützung wirklich gut gebrauchen.« Sie musterten mich eindringlich, herzten und neckten mich liebevoll, um mich aufzumuntern, und gingen mir mit ihren insistierenden Fragen, wie es mir gehe, ob sie die Regale befüllen sollten, wer sich für den Nachmittag angekündigt hätte und so weiter, gehörig auf die Nerven. Ich weiß nicht, woran es lag, aber ihre Anwesenheit stimmte mich nur noch trauriger. Dann spürte ich, wie meine Contenance aufweichte und wie ich meinen Emotionen freien Lauf gewährte. Die Tränendrüsen füllten sich gegen meinen Willen, bis sie dem Druck der salzigen Flüssigkeit nicht mehr standhielten. Ich weinte und versteckte meine Tränen, so gut es ging. Vor meinen Töchtern und den Kunden des *Chez Malou.*

Als ich mich wieder gefangen hatte, schickte ich Marie und Anne weg. Dieses Mal war es keine Bitte, sondern ein Befehl. Ich akzeptierte keinen Einwand und gab ihnen zu verstehen, dass ich darüber auch nicht diskutieren wollte. Zuerst interessierte es sie nicht. Sie waren überzeugt davon, mir wirklich etwas Gutes zu tun, wenn sie dablieben, doch als sie sahen, dass es mir ernst war und dass mich ihre Anwesenheit verstimmte, gaben sie kleinlaut nach, was nichts daran änderte, dass keine Viertelstunde später Malou und Jérôme hereinschneiten. Sie hatten die Hände in den Hosentaschen vergraben und sahen besonders unschuldig drein, als sie behaupteten, sie seien nur zufällig am Laden vorbeigekommen und wollten bei der Gelegenheit mal fragen, ob ich eine Aufgabe für sie hätte, ihnen sei langweilig. »Wirklich sehr langweilig, Madame Nan.«

Ich zog Malou für diese Lüge das rechte Ohr lang. Besser gesagt, ich zog es ihm herunter, weil er ja größer war als ich und es einfacher war, sein Ohrläppchen nach unten zu ziehen als einen seiner Propeller (er hat wirklich große Ohren!) nach oben. Ich tat es scherzhaft und mit einem milden Lächeln, weil ich wusste, ich würde die beiden jungen Männer in ihrer Sorge um mich beruhigen, wenn ich etwas Heiterkeit an den Tag legte. Es gelang mir. Malou und Jérôme verzogen sich, wohl, um geschwind meinen ältesten Töchtern, die gespannt hinter der nächsten Häuserecke auf sie warteten, von ihrer Unterredung mit mir zu berichten.

Bei Apfel-Sultaninen-Tarte und frisch gebrühtem Hagebuttentee am Nachmittag drehten sich die Gespräche dann fast ausschließlich um die lüsternen Laute, die der Wind, als das Fest gerade vorüber war, über dem *Chez Malou* eingefangen und zu unchristlicher Zeit durchs Dorf geweht hatte – und die dann auch wieder, etwas verändert, tierischer, in den ganz frühen Morgenstunden dieses Montags zu hören gewesen waren.

»Ich hätte nie gedacht, dass Monsieur Boberschram mal jemand anderen als seine Marguerite an sich heranlassen würde.« Das sagte Claude Ribeau, der eigentlich zu alt war, um noch Bäume zu fällen, aber zu jung, um in den Ruhestand zu gehen. Er nippte an seinem Tee und blickte in die Runde, die kleiner geworden war.

»Vielleicht noch Madame Nan«, mischte sich Monsieur Littwiller ein und musterte mich, während er das sagte.

»Wo ist er eigentlich, unser Monsieur Boberschram? Er hat sich noch gar nicht gezeigt heute«, sagte Madame Andanacher.

»Hat wohl alle Hände voll zu tun.« Monsieur Littwiller sagte es, als wüsste er das ganz genau.

Gelächter, wissendes Raunen, Augen, die mich anstarrten, um nach Bestätigung zu suchen.

Ich nahm, ohne es zu wollen, die Hand hoch und fuhr mir mit dem Finger über das Muttermal unter meinem linken Auge. Es schien gewachsen zu sein, seine Oberfläche fühlte sich rauer an als sonst, ausgedehnter. Ich wollte schon in den Spiegel sehen, um zu überprüfen, ob das, was ich spürte, auch dem entsprach, was ich sah. Ließ es dann aber sein. Ich konnte sowieso nichts daran ändern – und das hatten mich das Leben und meine Großmutter Yolande bis dahin schon gelehrt: Versuche nichts zu ändern, was nicht zu ändern geht. Lebe damit.

»Ja!«, kam es von hinten zwischen den Regalen hervor, ohne dass klar war, was Madame Rohrbach mit ihrem bestimmten »Ja!« genau meinte. Sie hielt zwei Gläser mit eingelegten Marillen in den Händen und ging mit ihnen zu mir an den Tresen. »Die hier bitte«, sie hielt die Gläser hoch, »und noch etwas von der Bierwurst. Wollen wir doch mal sehen, ob Monsieur Littwiller seine Schweine gut verarbeitet hat oder ob er vor lauter Neugier und Schweinereien im Kopf lieber Mist fabriziert.« Kaum hatte sie den letzten Satz ausgesprochen, warf sie einen Blick über die Schulter zu Monsieur Littwiller hin. Und obwohl ich nicht sehen konnte, was ihr Blick sagte, wusste ich, dass sie ihm neckisch zuzwinkerte. So war sie, die alte Madame Rohrbach. Frech, kokett, immer für einen Kommentar gut.

Ich tippte die Preise der Waren in die Kasse ein, während sich Madame Rohrbach wieder zu mir umdrehte und sich über den Tresen beugte. Dann sagte sie, etwas leiser jetzt und an mich gerichtet: »Monsieur Boberschram und Sie, ihr seid wie ein altes Ehepaar. Unzertrennlich. Ihr lebt in wilder Ehe, ohne wild zu sein. Das muss man auch erst mal hinkriegen.« Und wie es bei ihr so war, klapperte sie daraufhin zweimal mit den Augenlidern und öffnete dabei leicht seitlich ihren Mund, um anzudeuten, dass sie einen Witz gemacht hatte.

Ich hatte keine Zeit, darauf zu reagieren. Weder mit einem Lächeln noch mit einem Seufzen, da rief schon der Nächste: »Aber ausgerechnet Mademoiselle Duponts Schwester! Nichts gegen Mademoiselle Duponts Schwester, versteht mich bitte nicht falsch. Aber die passt doch gar nicht zu ihm.«

»Sag ich doch. Viel zu groß und viel zu dünn für einen so kleinen, dicken Mann. Wie sieht denn das aus?«

»Das meine ich nicht, ich meine eher: Die stammt doch nicht aus Bois-de-Val, so wie er.«

»Na und? Muss sie doch nicht. Mademoiselle Dupont kommt auch nicht von hier und hat bei uns ihr Glück gefunden. Schon vergessen?«

»Von was redest du? Monsieur Allmery ist doch auch keiner von uns. Idiot.«

»Egal. Trotzdem.«

»Nichts trotzdem. Da waren eben höhere Mächte im Spiel. Fragt doch lieber mal unseren Malou.«

Am Abend dann, als ich kurz davor war, die Ladentür zu verriegeln und das Schild *fermé* vorzuhängen, traten die ersten Mutigen an mich heran, die immer wieder ins *Chez Malou* gekommen oder gleich von Anfang an dageblieben waren, um etwas zu essen und zu trinken, um einzukaufen oder einfach nur um auf dem neuesten Stand der Tagesgespräche zu sein.

Die Erste: »Nicht, dass Sie etwas Unanständiges von mir denken, Madame Nan. Ich will ja nur, dass sich mein Mann wieder in mich verliebt. Haben Sie von dem Zeug, das Monsieur Boberschram und Mademoiselle Duponts Schwester zu sich genommen haben, noch etwas übrig?«

Der Zweite: »Meine Frau, also … Nach den Kindern, Sie wissen schon, Madame Nan, da ist es schwierig geworden mit uns, also zwischen uns, Sie wissen schon, Madame Nan, im Bett … Sex. So ein Tornado, das hätte was, meinen Sie, Sie könnten Marie und Malou mal fragen, ob sie da was für mich machen könnten?«

Der Dritte: »Von den Naturvölkern kann man ja einiges lernen. Auch in Sachen Liebe. Nicht wahr, Madame Nan?«

Die Vierte, die das mitbekommen hatte: »Malou ist Algerier, er kommt doch nicht aus dem Busch.«

Der Fünfte: »Sieht aber so aus mit seinen Elefantenohren.«

Die Vierte: »Scher dich zum Teufel, du Menschenfeind.«

Der Dritte: »Ja, aber …«

Der Fünfte: »Nichts aber. Malous Zauberkunst gibt es bei uns jedenfalls nicht zu kaufen. Wo kämen wir denn da hin?«

»Doch, gibt es!«, rief Marie aus, die gerade das *Chez Malou* betrat und die Glocken über der Tür bimmeln ließ. Sie hatte sich mit einem leuchtenden türkisfarbenen Tuch einen Turban um ihr aschblondes Haar gewickelt. Ein paar von Glitzerfasern durchwirkte Fransen fielen ihr in die hohe Stirn. Der Turban machte sie noch größer, als sie war, weshalb sie sich beim Betreten des Ladens ducken musste. Sie trug einen langen weißen Rock, den ich noch nie an ihr gesehen hatte, darüber einen dicken Wollpullover, ebenfalls lang und weiß.

Alle, die noch im Laden waren, weil es sie nicht nach Hause zog oder weil zu Hause niemand auf sie wartete oder weil sie einfach fürchterlich neugierig waren, drückten ihre Rücken durch und verstummten, bevor sie sich im Halbkreis aufstellten wie Schulkinder, die eine Ansprache ihres Lehrers erwarteten. Als sei diese Formation die einzig vernünftige Reaktion auf Maries Auftauchen. Es fehlte nur noch, dass sie sich an den Händen nahmen und sich vor meiner Ältesten verbeugten. Doch sie schauten nur gespannt auf dieses Wesen, das da hereingeschwebt war und ihnen offensichtlich etwas Wichtiges zu verkünden hatte. Sie vergaßen mich völlig und zeigten mir ihre Schultern von hinten. Es kam mir so vor, als kämen sich meine letzten Gäste ziemlich erlesen vor, weil sie das Glück hatten, etwas zu erleben, was den anderen Dorfbewohnern verwehrt blieb.

»Die Liebe ist ein Geschenk«, sagte Marie und stellte sich in die Mitte des Raums. Ihre Augen blitzten. Ihre Stimme war fest und cremig zugleich. Sie sah aus wie eine Druidin und verströmte eine beeindruckende Aura. Einnehmend. Ätherisch. Verheißungsvoll.

»Aber nicht jeder bekommt dieses Geschenk als Paket vor die Tür gestellt«, fuhr sie fort. »Die einen nicht, weil sie selbst nie eines verschicken. Die anderen nicht, weil sie ständig die Adresse wechseln. Dann gibt es welche, die es schon lange erhalten haben, aber vergessen haben, was sich darin befand. Und wiederum andere sehen das Paket vor ihrer Haustür nicht, das von Wind und Wetter schon halb zerfallen ist. Malou und ich können Abhilfe schaffen. Von weit her kommt sie. Ein altes Naturheilmittel, vielfach geprüft.«

Sie machte eine lange Pause, die Malou, der während ihrer Ansprache leise wie ein Panther das *Chez Malou* betreten hatte, dazu nutzte, seinen Arm um Maries Schulter zu legen. Er sah jedem einzelnen Gast der späten Stunde in die Augen und führte Maries Rede geschäftstüchtig fort: »Un couple d'une petite bombe d'amour. Einfach anzuwenden, Erfolgs versprechend. Zehn Francs das Paar.«

»Das Stück!«, korrigierte ihn Marie streng.

Das war klar. Meine Älteste musste schon richtigstellen, wer hier das Sagen hatte. Außerdem hatte sie bei Mademoiselle Dupont klein beigegeben, das würde ihr nicht noch einmal passieren.

Malou kniff die Augen zusammen, während sich seine Mundwinkel leicht nach oben zogen. Er war einfach von milder Natur – der perfekte Partner für Marie, die sich mit ihrem Willen, ihrer Durchsetzungskraft und ihrer Überzeugung gerne mal zum Feldwebel aufschwang. Marie und Malou ergänzten sich wirklich gut, dagegen konnte niemand etwas sagen.

»Verzeihung«, sagte Malou, und »ja, das Stück, meinte ich natürlich. Erhältlich hier bei uns im Laden. Solange der Vorrat reicht.«

Marie reckte das Kinn nach oben und verharrte eine Weile in dieser Position. Sie erinnerte jetzt an eine Statue aus Marmor, eine heroische Persönlichkeit, der man ein Denkmal gesetzt hatte. Dann zog sie ein Paar Liebesbomben aus ihrer Rocktasche, entnahm sie jeweils den Organzasäckchen, in denen sie sie vor dem Abrieb geschützt hatte, und legte sie, nackt, wie sie nun waren, dicht nebeneinander auf die ausgestreckte linke Hand, die sie bis vor ihre Augen anhob. Es sah aus, als kauerten dort auf ihrer Handfläche zwei Maulwurfsjungtiere, die von Marie inspiziert wurden. Mit der rechten Hand streichelte sie nun über die Oberseite der Liebesbomben, bevor sie den Zeigefinger ausfuhr und auf den ersten Gast in der Runde deutete, auf Monsieur Littwiller, der überrascht, ja, fast entsetzt, zurückwich, als Maries Fingerzeig auf ihm ruhte.

»Da zerplatzt einem das Glück im Hirn, wenn man die nimmt«, sagte Marie mit ihrer cremigen Stimme an ihn gerichtet. Ich konnte sehen, dass sie mit dieser Aussage nicht nur Monsieur Littwiller einnahm, dessen überraschtes Entsetzen sofort verschwand, sondern auch die anderen Anwesenden. Ihre Kinnladen klappten herunter, bei dem einen weniger als bei dem anderen, aber alle zur gleichen Zeit. Sie bestaunten die Liebesbomben, die nah genug vor ihnen auf Maries Handfläche lagen, um sie erfassen zu können, aber weit genug entfernt, um noch mehr von ihnen sehen zu wollen.

Jetzt, als hätte Marie nur auf diesen Moment gewartet, als hätte sie die Reaktionen unserer Gäste abschätzen können, wanderte sie mit ihrem Zeigefinger einen nach dem anderen im Halbkreis ab, der staunend neben Monsieur Littwiller stand. Dabei wiederholte sie die Worte, von Gast zu Gast leiser werdend, bis sie bei Madame Rohrbach, der Letzten in der Runde, verstummte und die Liebesbomben in ihrer Faust einschloss. Ihre Augen funkelten, als träten Blitze aus.

Da war es um sie alle geschehen.

Noch bevor das Ende der Woche erreicht war, hatte Marie alle Liebesbomben verkauft, die sie mit Malou in ihrem Baumhaus vorproduziert hatte. Neunhundertsechsundneunzig Stück, um genau zu sein. Denn zwei von den tausend ursprünglich gefertigten Liebesbomben hatte ich ja für Mademoiselle Duponts Schwester abgezweigt, und eine hatte Chloé zu meinem Unglück auf Monsieur Boberschrams Glatze verbraten, die andere, die zu dieser dazugehörte, war wertlos geworden, wie Malou es nannte. »Deswegen habe ich sie entsorgt.«

Wir nahmen also innerhalb weniger Tage neuntausendneunhundertsechzig Francs ein. Das war 1979 viel Geld. Besonders für uns.

Sie können sich ja vorstellen, was danach geschah: Das Dorf spielte verrückt. Aber es dauerte eine Weile, bis alle Liebesbomben, die im Umlauf waren, ihre volle Wirkung entfalteten.

Am Anfang fiel nur die positive Stimmung auf, die in Bois-de-Val herrschte und die ich schon kurz nach Mademoiselle Duponts und Monsieur Allmerys Zusammenkommen festgestellt hatte.

Die dunkler werdenden Tage wurden von dauergrinsenden Dorfbewohnern erhellt, die, wenn sie mal nicht grinsten, kicherten oder lachten, irgendwelche Melodien vor sich hin pfiffen, gerne mal im Duett.

Man schwatzte auch wieder zunehmend über die Zäune der angrenzenden Gärten hinweg, rief sich irgendwelche Nettigkeiten zu, wünschte sich beim Überreichen von ein paar frisch gepflückten überreifen Gartenweintrauben eine gute Woche oder einen schönen Tag und nicht selten einen redseligen Abend, da die gegenseitigen Nachbarschaftsbesuche nach Feierabend zugenommen hatten. Wir mussten unsere Getränkebestellungen beim Großhandel ganz schön erhöhen, um der Nachfrage nachzukommen, das kann ich Ihnen sagen.

Es bildeten sich auch Gruppen von Großeltern, die ihren Kindern die Kinder abnahmen, damit auch die jungen Eltern mal wieder ein bisschen Zeit für sich hatten. Und die Kinder der Großeltern nutzten diese Zeit, die sie so großzügig und unverhofft bekamen, während die Großeltern ihrerseits wiederum die Zeit nutzten, ihre Enkelkinder zu verwöhnen, sie mit Süßigkeiten vollzustopfen oder aber sie endlich einmal unbeobachtet so zu erziehen, wie sie glaubten, dass ihre eigenen Kinder es versäumt hatten.

Sie hätten auch mal sehen sollen, was neuerdings bei uns gestöckelt wurde. Vier Zentimeter, fünf Zentimeter, sechs Zentimeter – von jeder Absatzhöhe war etwas dabei. Ich hätte niemals vermutet, dass es solcherart Schuhe überhaupt in unserem Dorf gab. In Sachen Mode war Bois-de-Val nun wirklich nie vorne dran gewesen. Entweder waren die hochhackigen Schuhe stets in Schränken versteckt gehalten worden oder aber irgendein Schuhladen musste von dem Verkauf der Liebesbomben profitiert haben (ich ging dieser Annahme damals nicht nach, heute würde ich es anders machen, da wären sicherlich ein paar Prozente zu holen gewesen). In jedem Fall kann ich sagen, dass die Bois-de-Valer-Damen über sich hinauswuchsen. Aber sie erreichten allesamt nie, oder nur ganz knapp darunter, die Größe meiner ausgewachsenen Töchter, selbst wenn die höchsten Stöckel gezückt und an die Fußsohlen geheftet wurden – was eine ganz schön wackelige Angelegenheit war. Auf Centime-Absätzen zu laufen, muss ja auch erst einmal gelernt sein. Vor allem bei uns. Es geht ja ständig auf und ab hier. Überwiegend auf Kopfsteinpflaster, versteht sich.

Dass niemand, trotz Stöckel, meine Töchter überragte (bis auf meine Jüngste, Coraline, aber die wuchs ja noch), hatte schon einen Sinn. Meine Töchter waren in Bois-de-Val eben die Größten, in mehrfacher Hinsicht. Das sage ich jetzt nicht nur als stolze Mutter. Das sage ich natürlich ganz objektiv, das können Sie mir glauben.

Seit dem Ausverkauf der ersten Ladung Liebesbomben wurden auch verstärkt die Haare hochgesteckt, auf Lockenwickler gedreht oder mit einem Kreppeisen bearbeitet (sehen Sie, was ich meine? Chloé war die Erste im Dorf gewesen, die ihre Haare zu Stroh gepresst hatte – und nun machten ihr das viele nach).

Aber auch die Herren im Dorf warfen sich in Schale. Es kam Bewegung nach Bois-de-Val. Im wahrsten Sinne des Wortes. Es war, als hätte der liebe Gott ein Fass Marillenschnaps über uns ausgeschüttet. Und besonders viel davon schien auf Mademoiselle Duponts Schwester gelandet zu sein, die man wie trunken durch die Gassen laufen sah, meistens zu später Stunde und mit offenem, zerzaustem Haar. Über die schmalen Schultern hatte sie einen Poncho geworfen, der einer indianischen Pferdedecke glich, von grauen und schwarzen und braunen Rauten durchzogen. Sie schlenderte immer allein durch Bois-de-Val, breitete in regelmäßigen Abständen beide Arme aus, als würde sie losfliegen wollen. Ein Eindruck, der entstand, weil die Rauten auf der Rückseite des entfalteten Ponchos so angeordnet waren, dass sie von Weitem wie die Federn eines Raubvogels aussahen, eines Adlers oder Falken oder Bussards. Gelegentlich gurrte Mademoiselle Duponts Schwester dann auch noch in dieser Haltung und mit lang gerecktem Hals den Mond an, selbst wenn er nicht schien oder sich hinter den Wolken versteckt hielt. Wenn Sie mich fragen, war diese Frau nicht ganz normal. Aber mich fragt ja niemand, weshalb ich es Ihnen auch ohne Aufforderung erzähle, einfach so.

Monsieur Boberschram war nie zugegen bei ihren Raubzügen durch die Nacht – oder was auch immer sie da trieb. Ihn sah ich gar nicht mehr, so wie zu der Zeit nach der Ohrfeige. Trotzdem war es nicht so, dass er sich einsperrte oder zurückzog. Dafür kam mir viel zu oft zu Ohren, man habe ihn hier und dort gesehen und er sei so beschwingt gewesen wie schon lange nicht mehr. Das Dorf weiß viel, und manchmal auch mehr, als es wissen kann.

Überhaupt gingen die Bois-de-Valer jetzt viel aus. Natürlich auch zu uns, ins *Chez Malou.* Wir hatten, weil der Herbst mit seiner Nässe, seinem Wind und seiner Kälte zuschlug, ein paar der Bistrotische in den Laden gestellt und mit Kerzen geschmückt, die ihr warmes Licht aus Kürbissen warfen, aus denen Coraline abwechselnd mal ein japanisches Zeichen, mal ein Storchenpaar ausgesägt hatte (um Letzteres hatte ich sie aus nostalgischen Gründen gebeten). Die Tische waren immer besetzt; es gab keinen Tag, an dem nicht ein Glas Wein bei uns getrunken oder ein paar von meinen kleinen Magenfüllern vernascht wurden. Aber es wurde auch viel nach Colmar gefahren oder nach Straßburg.

Spätabends unternahm ich wie so oft einen kleinen Spaziergang. Das half mir, den Kopf freizukriegen. War ich noch vor der Zeit der Liebesbomben durch tote und spärlich beschienene Gassen gelaufen, die ich mir mit ein paar wenigen weiteren Streunern teilte – überwiegend Katzen, Marder, Mäuse und Igel –, wanderte ich nun zwischen beleuchteten Häusern umher, in denen das Leben pulsierte. Es wurde gelacht, gescherzt, mit Gläsern angestoßen. Ich roch Braten, Sülze und frisch gedünstete Choucroute, Wacholderbeeren und Gewürznelken – und wenn ich mich noch später am Abend aufmachte, lag der Duft diverser Desserts in der Luft: gebackene Äpfel, Rosinen, Rum und Vanille.

Von Woche zu Woche verstärkte sich die Geräuschkulisse, die aus den Häusern drang. Auch mehrten sich die lukullischen Düfte, bis irgendwann die Wende eintrat und statt Gesprächsfetzen und klirrender Gläser, statt des Quietschens von Gabeln und Messern auf den Tellern und irgendwelcher Schmatzlaute eine Woge der Lust durch Bois-de-Val ging. Und ich kann Ihnen sagen, das, was ich von Marie und Malou gewöhnt war, war ein Witz gegen das, was ich nun zu hören bekam. Die Bois-de-Valer trieben es wie die Schildkröten. Lautstark jubelnd, säuisch, bacchantisch. Ein Karneval der Lust und Erregung, der mich in meiner Einsamkeit erniedrigte. Ich hielt mir die Ohren zu und rannte weg. Ich verschanzte mich in meinem Haus, in dem mich meine Kinder schonten, denen die erotischen Arien des Dorfes genauso wenig entgangen waren wie mir.

»Die Liebesbomben haben sich wohl aufgelöst«, sagte Marie. »Die Energie muss jetzt raus, Momma. Aber sie werden sich alle wieder beruhigen. Und noch ist zwischen dir und Monsieur Boberschram nicht das letzte Wort gesprochen. Vergiss nicht, er wurde fälschlicherweise verkuppelt. Das wird nicht lange Bestand haben. Das weiß ich. Du musst nur daran glauben, dann wird es auch eintreten.«

»Das letzte Mal, als ich fest an eine Sache glaubte«, antwortete ich ihr, »als ich nichts anderes tat, als zu glauben und zu beten, das war, als dein Vater mit der Diagnose Krebs nach Hause kam. Ich war überzeugt davon, er könne dem Sensenmann die Sense abnehmen. Mein Glaube hat nicht geholfen, wie du weißt. Du meinst es gut, Marie, aber lass mich trotzdem damit in Ruhe, es macht das Ganze nicht besser.«

Am darauffolgenden Abend kam Monsieur Boberschram vorbei.

Ich stand gerade an der Küchenarbeitsplatte und rollte gemeinsam mit Chloé den Teig fürs Abendessen aus. Flammkuchen. Es sollte schnell gehen. Seit dem Fest war mir die Freude am Kochen vergangen. Ich tat es, weil ich es immer getan hatte, weil ich meine Kröten zu versorgen hatte – und vor allem Chloé zuliebe, für die das Kochen zur Passion geworden war. Was mich überaus freute. Immerhin teilte sie mit mir eine Leidenschaft, die mich einst mit meiner Großmutter Yolande verbunden hatte. Es ist viel wert, wenn ein Band, das geknüpft wurde, aufgenommen und verlängert wird.

Als ich meinen Namen aus Monsieur Boberschrams Mund hörte, spitzte ich die Ohren. Verwundert sah ich zum Fenster hinaus, wo ich ihn am Gartentor stehend nach mir rufen sah. Ich wischte meine mehligen Finger an der Schürze ab, zog sie aus, hängte sie über eine Stuhllehne und kniff mir in die Wangen, damit sie Farbe bekamen. Bevor ich über die Terrasse hinaus in den Garten trat, benetzte ich noch meine Lippen, die salzig schmeckten. Meine Fingerspitzen kribbelten, als würden Tausende Feuerameisen durch meine Blutgefäße wandern. Ich drückte in jede einzelne Kuppe mit dem Fingernagel meines Daumens, ganz fest, in der Hoffnung, das Kribbeln so beenden zu können. Ich glaubte, wenn ich mir mit dem Nagel einen weiteren Schmerz hinzufügte, würde es mir gelingen. Doch dem war nicht so. Das Heer der Feuerameisen ließ sich nicht irritieren. Es kribbelte weiter. (Mit den Fingern hab ich es; da tut sich immer was, wenn Gefühle im Spiel sind – oder zu viel Kälte.)

Kaum war ich nach draußen getreten, hob Monsieur Boberschram eine Flasche Wein über die Gartentür und schwenkte sie hin und her wie das Pendel einer Standuhr. Die andere Hand hielt er verschwörerisch hinter dem Rücken. Er lächelte mich bübisch an, während ich mich ihm näherte und mich fragte, wo denn plötzlich seine überbordende, völlig überzogene Fröhlichkeit herkam. Als ich endlich vor ihm stand (Sie hätten mal sehen müssen, wie gut er aussah, herrje; verjüngt, dynamisch, zum Anbeißen), zog er rasch eine Schachtel Pralinen hinter seinem Rücken hervor. Sechzehn Schokoladentrüffel in der Form eines Napfkuchens. Mini-Gugelhupfe, pures Fett, das schon zergeht, wenn man es sich nur ansieht, frisch gepudert mit Kakaopulver, hergestellt in der Manufaktur, in der Paul, sein jüngerer Bruder, arbeitete. Monsieur Boberschram wusste um meine Schwäche für diese Pralinen, was das Kribbeln in meinen Fingern nur noch mehr verstärkte. Er hatte also an mich gedacht.

Er sagte: »Madame Nan, es wird Zeit, dass wir wieder gemeinsam zu Abend essen. Ich vermisse unsere Gespräche. Und ich vermisse dein gutes Essen. Sieh nur, wie ich abgenommen habe.« Dabei drückte er seinen nur noch halb so dicken Bauch gegen das Gartentor und stellte die Weinflasche und die Pralinenschachtel darauf ab, ließ beides für eine Sekunde los, was, milde ausgedrückt, ziemlich abenteuerlich war.

Obwohl mein Verstand mich anschrie, obwohl er innerlich tobte wie ein fürchterlich wütendes Kind, ich solle ihn wegschicken, öffnete ich das Tor und bat ihn herein.

Es war wie eine Sucht. Ich wusste, es wäre besser für mich,

wenn ich Monsieur Boberschrams Nähe mied. Und gleichzeitig tat es ungemein gut, in dem wässrigen Blau seiner Augen zu versinken, sich von seiner Stimme streicheln zu lassen, ihn zu riechen, eine Mischung aus Rasierwasser und frischem Speck. Ich kann Ihnen gar nicht sagen, wie sehr ich unsere gemeinsamen Abende vermisste, wie sehr auch ich mich nach seinem Lachen sehnte, unserem gemeinsamen Lachen.

Monsieur Boberschram betrat mit mir die Wohnküche, in der sich in der Zwischenzeit alle meine Töchter samt Malou und Jérôme um den Esstisch versammelt hatten und uns anstarrten, als verstünden sie die Welt nicht mehr.

»Guten Abend«, sagte er laut und ging schnurstracks auf meine Kinder zu. Er gab Marie, Anne, Chloé und Coraline ein Küsschen auf die Wangen. Erst rechts, dann links. Bei Chloé blieb er etwas länger stehen und strich ihr zusätzlich noch mit dem Handrücken über die rechte Backe, zärtlich und wie in Zeitlupe. Er strich genau über die Stelle, an der sie einst sein Ausrutscher erwischt hatte. Und Chloé ließ es zu, was ich niemals für möglich gehalten hätte. Dann begrüßte er in gleicher Weise Malou und Jérôme, Küsschen rechts, Küsschen links, was ungewöhnlich war, da er Männern sonst lieber die Hand hinhielt. »In dieser Hinsicht, Madame Nan, bin ich den Deutschen näher als den Franzosen«, hatte er mir einmal gesagt. Und ich hatte darüber gelacht.

Sie hätten mal die Spannung im Raum spüren sollen. Ich konnte regelrecht nach ihr greifen, so körperlich war sie. Es kam mir vor, als würden alle Fragen, die weder meine Kröten noch ich mich zu stellen trauten, in der Luft schwirren und aneinanderstoßen, was die Schwingungen im Raum nur noch verstärkte und sich bei mir in einem hohen, monotonen Pfeifen äußerte, das in meinen Ohren fiepte.

Meine Kinder beobachteten mich, warfen mir unsichere, sorgenvolle Blicke zu, die ich, so gut es ging, ignorierte, indem ich wegsah. Was hätte ich ihnen auch signalisieren sollen?

Schmeißt ihn raus? Es ist schon in Ordnung, dass er hier ist? Meine Vernunft wollte Ersteres, meine Unvernunft genau das Gegenteil – was mich keineswegs entscheidungsfreudig machte. Und meine Kinder offensichtlich ratlos. Sie wussten nicht, ob sie sich zurückziehen und mich mit Monsieur Boberschram lieber allein lassen sollten oder ob es besser wäre, hierzubleiben und uns Gesellschaft zu leisten.

Monsieur Boberschram hingegen schien von all dem gar nichts zu bemerken. Er schickte Coraline wie selbstverständlich, als hätte er bei uns zu Hause schon immer etwas zu sagen gehabt, einen Korkenzieher holen und nahm ihn ihr dankend ab, als sie ihn ihm kurz darauf hinhielt. Dann entkorkte er den Wein, roch, laut »Ah« und »Oh« sagend, am Pfropfen und schüttete die purpurfarbene Flüssigkeit in den Dekantierer, den Coraline, vorausschauend wie sie ist, gleich zusammen mit dem Korkenzieher gebracht hatte.

»Den müsst ihr riechen! Himbeere, Brombeere, pfeffrig, feurig, ein Phänomen unserer elsässischen Erde, und das Beste: frisch und spritzig im Abgang.«

»Frisch und spritzig im Abgang?« Malou zog die Augenbrauen zusammen.

»Ah, sehr gut, da hat einer ganz genau aufgepasst.«

»Klingt obszön, finden Sie nicht?«

»Das wundert mich.«

»Was?«

»Dass du das obszön findest.«

»Wieso?«

»Nun, als verschämt würde ich dich sonst nicht beschreiben.« Dabei sah Monsieur Boberschram zu Marie, dann wieder zu Malou.

Marie wollte etwas sagen, doch Malou kam ihr zuvor. »Wem beschreiben Sie mich denn sonst so?«

»Dir entgeht heute aber auch wirklich nichts«, sagte Monsieur Boberschram anerkennend. »Also gut: Ich habe Véronique von dir erzählt. Dass du mir im weitesten Sinne mit einer besonders guten Flasche Marillenschnaps das Leben gerettet hast und dass du in einem Baumhaus im siebten Himmel wohnst.«

»Véronique?«

»Ja, Mademoiselle Duponts Schwester. Ihr habt sie doch gesehen, oder? Was für eine Frau!«

Eine Pause entstand, in der das Kribbeln in meinen Fingern augenblicklich erstarb. Dafür fing mein Muttermal unter dem linken Auge zu jucken an. Ich befühlte es und meinte zu spüren, wie es länger und breiter wurde. Wie sich die Oberflächenspannung des Tropfens veränderte.

»Was sagt eigentlich Marguerite zu Véronique?«, entfuhr es Marie und durchbrach die Stille. Dabei blitzten ihre Augen energisch zu Monsieur Boberschram hinüber. Blitze, die töten würden, wenn sie es könnten. Sie konnte aber auch wirklich böse sein, meine Älteste.

»Marie«, zischte ich und versuchte sie zu beschwichtigen.

»Nein, Momma, das interessiert mich jetzt doch sehr. Marguerite saß monatelang mit uns am Esstisch. Ich kenne sie, ohne sie je kennengelernt zu haben. Da darf ich doch auch erfahren, was sie dazu gesagt hätte, oder? Fragen wird ja wohl noch erlaubt sein.«

»Genau.«

»Genau.«

»Genau.«

Dreieinigkeit, unterstützt von Malous und Jérômes kräftigem Kopfnicken.

Monsieur Boberschrams Gesicht, das bis dahin noch gestrahlt und so jung ausgesehen hatte, fiel in sich zusammen. Es sah aus, als würde man einem Ballon Luft entziehen. Das Kinn fiel nach unten, die Schultern sackten nach vorne. Der Energieraub, den Marie mit ihrer Bemerkung ausgelöst hatte, arbeitete sich von oben nach unten voran – und am Ende würde Monsieur Boberschram einfach vor uns auf dem Fußboden zusammenbrechen und nicht mehr aufstehen. Ich rechnete mit dem Schlimmsten. Das tat ich immer bei Menschen, die entgegen ihrer Natur plötzlich so ausgesprochen fröhlich daherkamen. Dann stimmte meistens etwas nicht. Persönlich, meine ich. Da war dann oft irgendeine Manie im Spiel. Oder Voodoo, was meistens auf das Gleiche herauskam.

Davon abgesehen, tat es mir leid. *Er* tat mir leid. Ich wusste nur zu gut, wie schwer es ihm gefallen sein musste, nicht an Marguerite zu denken, als er Mademoiselle Duponts Schwester erwähnte. Natürlich tat es mir weh, wenn er von ihr sprach. Und Sie können mir glauben, ich wollte alles andere, als von ihm darüber informiert zu werden, wie toll er Véronique fand. Der Schmerz, den ich verspürte, wenn er ihren Namen sagte, war lähmend. Es war kein Schmerz, der noch lokalisiert werden konnte, in den Fingerspitzen oder in der Gegend um den Magen herum. Nein, es war ein Schmerz, der sich über den gesamten Körper ausdehnte, weit über ihn hinauswanderte und eine Kraft raubende Aura um mich herum bildete. Nicht der Schmerz war in mir. Ich war der Schmerz selbst. Und dennoch: Ich liebte Monsieur Boberschram so sehr, dass es mir mehr wehtat zu sehen, wie er litt, als dass mir mein eigenes Leid wehtat.

»Wie wäre es mit einem Flammkuchen mit ordentlich viel Speck drauf?«, versuchte ich das Gespräch in eine andere Richtung zu lenken. Situationen zu verlassen und neue zu schaffen – das lernt man mit vier Kindern. Das lernt man schon mit einem Kind. Spätestens dann, wenn es sich mit zwei oder drei Jahren auf den Boden legt, mitten in eine große, dreckige Pfütze hinein, und laut schreiend mit den Beinen strampelt, weil es auf der Stelle das haben will, was man ihm gerade verboten hat. Dann hilft nur eines: Man nimmt einen imaginären Schalter zur Hand und drückt auf ein anderes Programm. Findet man das richtige, hört das Strampeln auf, findet man es nicht, wird man vom Dreckwasser klatschnass. Nicht dass Monsieur Boberschram um sich gestrampelt und dazu laut geschrien hätte, das nicht, aber innerlich, das wusste ich, führten seine Gedanken mit seinen Emotionen Krieg. So sehr, dass er erst erstarrte, um sich dann allmählich aufzulösen.

»Ich habe auch einen Auxerrois kalt gestellt«, fuhr ich weiter fort, da die Erwähnung des Flammkuchens mit ordentlich viel Speck drauf noch nicht richtig zog – ein Indiz dafür, wie sehr Monsieur Boberschram der Seitenhieb auf Marguerite getroffen hatte. »Der passt mit seinem fruchtigen Abgang …« – bei diesen Worten lächelte ich Monsieur Boberschram aufmunternd an, der sein Kinn inzwischen immerhin schon ein kleines Stück weit angehoben hatte – »… wunderbar zu meinen Flammkuchen, die ich heute extra gut gesalzen habe.«

Monsieur Boberschram liebte Salz, müssen Sie wissen. Es gab kein Gericht, das er nicht nachsalzte. Aber so richtig. Das mit dem vielen Salz begann nach Marguerites Tod. Er brauchte es, weil es sein Gemüt erheiterte. Salz ist seine Droge. Es wirkt wie ein Antidepressivum. Und das hatte er nach dem Verlust seiner Frau dringend nötig. Irgendwann gewöhnte sich sein Körper an die Mengen, die er täglich zu sich nahm, und konnte nicht mehr ohne. Er musste es erst wieder erlernen.

»Wieso hast du die extra viel gesalzen?«, fragte Marie gereizt. Sie hatte noch nicht genug davon, Monsieur Boberschram zusammenbrechen zu sehen. Sie musste noch weitermachen, noch eins draufsetzen, obwohl sie ganz genau wusste, dass ich Monsieur Boberschram mit meinen Worten eine Freude bereiten wollte, dass ich ihm die Hand reichen wollte, damit er über das, was sie gesagt hatte, hinweggehen und mit uns einen angenehmen Abend verbringen konnte. Doch Marie war noch nicht fertig mit ihren Angriffen. Sie war immer noch geladen, fühlte sich persönlich getroffen von Monsieur Boberschrams Liebschaft mit Mademoiselle Duponts Schwester. Und das, obwohl sie ja einen Anteil daran hatte, wenn man der Wirkung der Liebesbomben Glauben schenkte. Sie merkte gar nicht, dass sie mit ihrem streitsüchtigen Verhalten nicht nur ihm wehtat, sondern auch mir.

»Bist du etwa verliebt, Momma?«, schoss sie weiter in meine Richtung. »Das sagt man doch den Köchen nach, wenn sie ein Gericht versalzen.«

»Den Köchinnen, wenn ich darum bitten darf«, warf Chloé, die sich bis dahin zurückgehalten hatte, altklug ein.

Marie verdrehte die Augen. Ich sah sie an mit einem Blick, der um Milde bettelte und darum, dass sie sich zusammennehmen möge.

Marie verstand meinen Blick. Das konnte ich sehen. Aber erst Malous Hand, die sich beschwichtigend auf ihre Schulter legte und leicht zudrückte, besänftigte ihr Gemüt. Sie drehte sich um und verließ den Raum, nicht ohne ein letztes Aufbäumen. Marie muss immer das letzte Wort haben. So ist sie. Sie kann nicht anders, weshalb ich es ihr immer wieder verzeihe, bis heute.

»Mir ist der Appetit vergangen«, raunte sie vor sich hin und befahl Malou, mit zwei Fingern schnippend, ihr zu folgen. Was er anstandslos tat. Sie hatte ihn gut erzogen, ihren Malou.

Alle anderen blieben da und machten sich sofort daran, mir beim Situationswechsel zu helfen und die schlechte Stimmung, die Marie verbreitet hatte, mit hektischer Betriebsamkeit zu vertreiben.

Anne und Jérôme deckten, übertrieben mit dem Besteck klappernd, den Tisch ein. Ich musste sie erst gar nicht dazu auffordern. Sie taten es von ganz allein, was nicht alle Tage vorkam. Und Chloé und ich machten uns sogleich daran, die Flammkuchen fertig auszurollen und zu belegen. Dafür schnitten wir Zwiebeln in Ringe und Speck in feine, hauchdünne Streifen. Wir verquirlten saure Sahne mit süßer, schmeckten die Creme mit Salz, etwas Muskat und viel Pfeffer ab.

Währenddessen schnappte sich Coraline Monsieur Boberschrams Arm und zog ihn ans andere Ende des Tischs, wo sie ihre Bastelarbeiten ausgebreitet hatte. Stolz zeigte sie ihm einen Haufen Störche, die sie gefaltet, mit Acrylfarben naturgetreu bemalt und dann in ein Strohnest gelegt hatte. Monsieur Boberschram, der alte Patriot, war ehrlich begeistert von ihrer Faltkunst. Er bestaunte jeden einzelnen Vogel und hielt meiner Jüngsten dabei einen Vortrag über den Storch als heiliges Tier, das Glück brachte und das ein Symbol für das Elsass sei, was meine Jüngste natürlich schon wusste, darüber hatte sie x-fach in der Schule gehört. Sie war jedoch höflich genug, es sich nicht anmerken zu lassen. Sie lächelte nur und nickte ihm zuweilen aufmerksam zu. Und so fuhr Monsieur Boberschram fort, angestachelt von ihrem vorgetäuschtem Interesse, und kam auf den ungemeinen Verlust zu sprechen – hier wurde seine Stimme tief und ernst, er drohte schon wieder abzurutschen in die Emotionengruft –, den wir alle zu verzeichnen hätten, seit es die Tiere nicht mehr oder nur noch in verheerend kleiner Stückzahl bei uns gab. Ich räusperte mich bei dieser Schwarzseherei ein paarmal extra laut. Nicht weil es nicht stimmte, was er sagte, sondern weil ich wusste, dass es meiner sensiblen Jüngsten sehr nahegehen würde, wenn er weiter in diesem düsteren Tonfall von den nicht vorhandenen Störchen bei uns im Elsass sprach.

Monsieur Boberschram entging meine Reaktion nicht. Und so kriegte er die Kurve und versicherte Coraline, dass die Störche aber bald wieder in Bois-de-Val klappern würden, weil es Menschen wie Malou gäbe (es war so schade, dass Malou nicht hörte, was er sagte, weil er Marie hatte folgen müssen, die ziemlich sicher beleidigt im Baumhaus saß und irgendetwas ausheckte), die nicht nur heiße Luft produzierten, sondern tatsächlich etwas dafür taten, dass die Störche wieder bei uns nisteten.

Nach dem Vortrag lobte er ausführlich Coralines Akkuratesse, ihre genaue Beobachtungsgabe und ihr handwerkliches wie künstlerisches Können, was meine Jüngste mit viel Stolz erfüllte. Ich kann Ihnen sagen, die Störche meiner jüngsten Tochter waren kurz davor, abzuheben und ihre Kreise über uns zu ziehen, nur um Monsieur Boberschrams Bewunderung gegenüber ihrer Spezies und ihrer Schöpferin weiter zu beflügeln.

Später saßen wir zusammen und aßen schweigend Flammkuchen. Das war zuvor noch nie vorgekommen – also dass wir schweigend aßen. Es war auch das erste Mal, dass Monsieur Boberschram nicht nachsalzte, wobei ich mir sicher war, dass ihm der Salzgehalt im Teig und in der Creme nicht genug war, damit sich sein Gemüt wieder auf das Niveau erhellte, das er gehabt hatte, als er die Weinflasche am Gartentor stehend wie ein Pendel geschwenkt und dabei nach mir gerufen hatte. Dennoch schien er sich bei uns wohlzufühlen, was ich unter anderem auch als Kompliment für Chloés und meine Flammkuchen deutete. Sie schmeckten aber auch wirklich knusprig und saftig zugleich. Das gelingt nicht vielen, gerade bei einfachen Gerichten nicht. Die schmecken sonst alle gleich. Gleich fad, um präzise zu sein.

Und der Auxerrois – also ich kann Ihnen sagen, er passte hervorragend zu unserem versalzenen Essen. Fast hätte ich behauptet, er schmeckte frisch und spritzig im Abgang, obwohl es sich nicht um den Wein handelte, den Monsieur Boberschram uns hatte kredenzen wollen (der war ja rot, und mit einem weißen ist man bei Flammkuchen immer besser beraten). Aber ich hielt mich zurück mit meiner Diagnose. In Situationen, in denen man froh darum ist, dass sie sich stabilisiert haben, ist es besser, sich zurückzunehmen, auch mit dem Humor. Der konnte sonst schon mal nach hinten losgehen. Und das war nicht das, was ich bezweckte. *Schlacht nit mehr, ass de salze kannsch* – sprach schon meine Großmutter Yolande, und die hatte ja immer recht.

Chloé unterbrach als Erste die Stille des Abendessens: »Es ist schön, dass du wieder bei uns isst«, sagte sie an Monsieur Boberschram gerichtet, den Mund noch halb voll.

»Finde ich auch«, sagte Coraline. »Ich zeige dir später, wie man einen Storch faltet, wenn du willst.«

»Wir freuen uns auch«, stimmte Anne mit ein und zeigte dabei auf Jérôme und sich, dem nichts anderes übrig blieb, als ihr beizupflichten. Meine Töchter hatten ihre Männer wirklich gut im Griff, das muss ich schon zugeben. Von mir hatten sie das allerdings nicht. Ich war anders, weniger dominant. Sie mussten das also von meiner Mutter geerbt haben, die nicht nur bei meinem Vater das Sagen gehabt hatte, sondern bei allen Männern im Dorf. Womit ich nicht meine, dass meine Mutter mit vielen Männern eine Beziehung geführt hatte. Nein, ganz und gar nicht. Nach dem Tode meines Vaters brachte sie keinen Mann mehr mit nach Hause. Bis zum Schluss nicht. Sie starb als Witwe, die sie so früh geworden war. Dennoch hatte sie allen Männern im Dorf gezeigt, wo es langging. Sie hatten auf sie gehört und getan, was sie ihnen anriet. Für mich war ihre überlegene Art stets selbstverständlich gewesen, ich hatte es ja nicht anders gekannt. Als meine Mädchen dann so weit herangewachsen waren, dass ihre Persönlichkeiten als gefestigt beschrieben werden konnten, dachte ich mir oft, dass viele Charakterzüge von Marie, aber auch von Anne denen meiner Mutter glichen. Das Erbgut überspringt ja gerne mal eine Generation.

Monsieur Boberschram sah meine Mädchen der Reihe nach an. Er war gerührt von ihren Freundlichkeiten, die nicht aus Höflichkeit gesagt worden waren. Ich holte tief Luft, dann sagte auch ich etwas, das viel weniger war, als ich eigentlich sagen wollte. Erst einmal kam mir nur ein »Ja« über die Lippen. Wie zur Bestätigung dessen, was meine Töchter von sich gegeben hatten. Und dann, nach einer Pause, in der er mich musterte: »Du hast uns gefehlt. Du hast mir gefehlt.«

Monsieur Boberschrams Augen wurden feucht.

»Danke«, sagte er nur ganz leise. »Danke.«

Trüb der Bergsee, aus dem er mich ansah.

Von da an kam Monsieur Boberschram wieder jeden Abend zu uns zum Essen. In dieser Zeit, glaubte man dem Gerede der Leute im Dorf, geisterte Mademoiselle Duponts Schwester durch die Gassen von Bois-de-Val und jaulte Straßenlaternen oder den Mond an. In der Tat hörte ich zuweilen Laute, die dem Heulen eines Wolfes ähnelten. Aber ich hätte nicht sagen können, ob diese Laute tatsächlich tierischer Natur waren, ob sie von Mademoiselle Duponts Schwester kamen oder aber von den Dorfbewohnern selbst. Schließlich jaulten die seit dem vermehrten Konsum der Liebesbomben gerne mal, was das Zeug hielt.

Monsieur Boberschram brachte bei seinen Besuchen mehr Mitbringsel mit als früher. Wein, Pralinen, immer wieder ein Geschenk für Coraline (Transparentpapier, Malstifte, Rollschneider mit unterschiedlich perforierten Klingen), für mich einen Strauß Herbstblumen oder ein besonderes Gewürz, das er in der Stadt ergattert hatte. Er war auch fröhlicher als früher – aber nicht so übertrieben fröhlich wie an dem Tag, an dem er zum ersten Mal nach dem Fest bei mir aufgetaucht war. Vor allem aber war er redseliger, leider. Denn er sprach meist von Véronique, als hätte es Maries genervte Reaktion auf seine Liebschaft nie gegeben. Als hätte er die Verstimmung nicht gespürt, die eingetreten war, sobald er ihren Namen erwähnt hatte.

Merkwürdigerweise kam seine verstorbene Frau so gut wie gar nicht mehr vor in seinen Erzählungen. Marguerite war einfach ersetzt worden, was ich ziemlich bitter fand. Immerhin hatte sie in der Zeit vor dem Fest fast jeden unserer gemeinsamen Abende bestimmt. Kaum ein Satz war ohne Erwähnung ihres Namens gefallen, kaum ein Gedanke war von ihm geäußert worden, ohne auf Marguerite Bezug zu nehmen. Und nicht zu vergessen ihr Grab, das er gepflegt hatte, als gäbe es dafür einen wichtigen, hoch dotierten Botanik-Preis zu gewinnen.

Ich konnte zwar nachvollziehen, dass Monsieur Boberschram die aufregenden Erlebnisse mit Véronique (ich benenne ihre Begegnung extra mit distanzierter Wortwahl, weil er im Gegenzug gerne mal konkret wurde – zu konkret, wenn Sie verstehen, was ich meine) so sehr einnahmen, dass er nicht umhinkonnte, permanent darüber zu reden. Aber was ich nicht verstand, war, wie er seine Frau, die ihm wichtiger als alles gewesen war, von der er wie besessen gewesen zu sein schien, die er nach ihrem Tod aufleben ließ, als sei sie eine Heilige – wie er seine verstorbene Frau plötzlich so abservieren konnte, nur weil eine andere in sein Leben getreten war. Klar, die eine lebte und die andere war tot. Es lag auf der Hand. Aber das hatte ihn früher auch nicht interessiert.

Mich jedenfalls traf diese neuerliche Entwicklung sehr, obwohl sie nichts mit mir zu tun hatte. Trotzdem bezog ich Monsieur Boberschrams Aus-den-Augen-aus-dem-Sinn-Verhalten auf mich. Warum auch immer.

»Véronique hat mein Leben verändert.« Ich weiß nicht, wie oft er diesen Satz sagte, während wir gemeinsam am Tisch saßen und zu Abend aßen. »Véronique hat mein Leben verändert. Véronique hat mein Leben verändert.« Es war wie eine immer gleiche Litanei, die ich ihm nicht abnahm. Sobald er den Satz aussprach, stand Marie auf und verließ, gefolgt von Malou, den Raum. Monsieur Boberschram schien Maries Reaktion auf Véronique gar nicht wahrzunehmen. Er bezog sie gar nicht auf sich. Er war mit seinen Gedanken weit weg.

Jedes Mal, wenn er wieder damit anfing, nahm ich mir vor, es ihm nicht mehr allzu lange durchgehen zu lassen, zumal Anne, Chloé und Coraline genervt die Augen verdrehten, sobald es wieder mit seiner Schwelgerei losging. Mir zuliebe sagten sie jedoch nichts, das wusste ich. Sie wollten nicht in die gleiche Kerbe schlagen wie Marie. Und so warteten sie darauf, dass *ich* etwas unternahm, schließlich war Monsieur Boberschram mein Gast, nicht ihrer.

Er behauptete, bislang schon vier Leben gelebt zu haben. Nun sei er in seinem fünften angekommen und hoffe, mehr Leben zu haben als eine Katze, da es sonst bald mit ihm vorbei sein würde, was er zum jetzigen Zeitpunkt, wo es ihm so gut gehe wie selten zuvor, sehr bedauern würde. Er sagte, es hätte ein Leben vor der Zerstörung Bois-de-Vals gegeben, als seine Mutter noch für ihn da gewesen war. Ich wunderte mich, dass er darauf zu sprechen kam trotz seiner guten Laune, mit der er uns jeden Abend aufs Neue überraschte.

Der 18. Juni 1940 war wahrlich kein Tag, den man sich bei uns im Dorf gerne ins Gedächtnis zurückrief. Zu stark das Trauma, das wir damals erlitten. Alle. Da gab es keine Ausnahme. Aber Monsieur Boberschram hatte es am stärksten getroffen. Obwohl die Zerstörung Bois-de-Vals groß gewesen war, verheerend gar, hatte sie nicht viele Leben gekostet. Ein Wunder, wenn man das in diesem Zusammenhang überhaupt so sagen kann. Drei Einwohner waren getroffen und unter den Trümmern begraben worden. Zwei davon waren schon alt gewesen, sehr alt (das soll jetzt nicht so klingen, als ob es um diese beiden Herrschaften nicht schade gewesen wäre. Nein, so meine ich das nicht, das müssen Sie mir glauben! Aber es ist doch etwas anderes, wenn jemand stirbt, der sein Leben schon so gut wie gelebt hat, als wenn jemand stirbt, der es noch vor sich hat). Monsieur Boberschrams Mutter hatte es noch vor sich. Sie war gerade mal einundvierzig, als sie Opfer der Brandgranaten wurde und sich ihr Körper in alle Einzelteile zerfetzt über die Trümmer legte, die es in kürzester Zeit überall und zuhauf gegeben hatte.

Monsieur Boberschram und sein jüngerer Bruder Paul blieben als Halbwaisen zurück (zumindest galt das für Paul, der gerade erst elf Jahre alt geworden war). Sie mussten sich um ihren Vater kümmern, weil er unfähig war, sich um sie zu kümmern. Verkehrte Welt zu einer Zeit, in der die Welt sowieso schon verkehrt war. Das war sein zweites Leben. Und das hatte ihn geprägt.

Sein drittes Leben, sagte er, habe er mit Marguerite gelebt. Es sei so vollkommen gewesen, dass er sich erstmals wieder gespürt hätte nach allem, was passiert war. »Marguerite war mein rettender Engel. Ohne sie würde ich heute nicht bei euch sitzen. Ich wäre meiner Mutter gefolgt. Nicht freiwillig, sondern nur, weil ich damals keinen anderen Ausweg sah – bis Marguerite kam.«

Sein viertes Leben habe eingesetzt, nachdem Marguerite beigesetzt worden war. Sein viertes Leben sei schlimmer gewesen als alle Leben zuvor. Er habe nur vor sich hin vegetiert, zu schwach und apathisch, um diesem nutzlosen Dahinsiechen ein Ende zu bereiten. »Als mich Malou dann vor dem durchgedrehten Typen schützte, der mich ausrauben wollte, veränderte sich etwas bei mir. Ich spürte in diesem Moment, quasi im Angesicht des Todes« – er vergaß, dass es sich um eine Spielzeugpistole gehandelt hatte, aber gut, das konnte er ja zu dem Zeitpunkt nicht wissen, zu streng darf man auch nicht mit ihm sein –, »dass ich die ganzen Jahre über gar nicht zu apathisch gewesen war, um den Freitod zu wählen, sondern dass ich eigentlich leben wollte. Ich war nur unfähig gewesen, ein Leben zu leben, das lebenswert war.«

Er sah uns an, als erwartete er irgendeine Reaktion, doch keiner von uns sagte etwas. Also fuhr er fort: »Und dann kam mir die Idee, mich von allem zu befreien, was mich belastete. Dazu zählte auch der Laden. Ich konnte ihn nicht ausstehen.

Ich stand schon als Kind in ihm und verkaufte. Später, nach dem Tod meiner Mutter, übernahm ich ja dann auch die ganze Verantwortung für den Laden, weil mein Vater nicht mehr arbeitete. Nicht mehr arbeiten konnte. Er war zu kaputt dazu. Er war zu kaputt für alles. Nein, nicht für alles. Aber für mich, für meinen Bruder, für das Geschäft. Sogar zu kaputt dazu, ein Ei aufzuschlagen. Er war ein Wrack, psychisch, körperlich, menschlich. Und der Laden erinnerte mich stets an ihn, weshalb ich ihn verfallen ließ. Unbewusst. Ich wollte ihn loswerden.«

»Und deswegen hast du ihn uns vermacht?« Chloé runzelte die Stirn.

»Aber nicht, um euch meine Last aufzubürden. Das dürft ihr nicht falsch verstehen. Mir war klar, dass der Laden für euch emotional nicht so besetzt ist wie für mich. Für euch, das wusste ich, würde er keine Last sein, sondern eine Chance.«

»Wie großzügig«, mischte sich jetzt Marie ein, die zurückgekommen war, um sich ein Glas Wasser einzuschenken. Sie hatte eine Schärfe in der Stimme, die ungemütlich zu werden drohte.

Ich setzte schon an, etwas zu sagen, um einer Eskalation zuvorzukommen, als Monsieur Boberschram die Hand hob und sagte: »Nun, Marie, du willst doch nicht behaupten, dass ich nicht richtiggelegen hätte, oder?«

Ich wunderte mich über den Ton, den er gegenüber Marie anschlug. Selbstbewusst, sie zurechtweisend, siegessicher gar. So kannte ich ihn im Umgang mit ihr nicht. Aber er hatte recht. Das musste auch Marie einsehen, die für dieses eine Mal nichts erwiderte, sondern nur einen großen Schluck von ihrem Wasserglas nahm, um elegant um eine Antwort herumzukommen.

»Warum hast du uns deinen Laden überlassen und nicht jemand anderem?«, fragte Coraline. Ihre kindliche Stimme – entwaffnend.

Eine Pause entstand, zu lange, als dass man hätte behaupten können, sie sei nicht von Bedeutung.

»Das werde ich deiner Mutter in Ruhe erklären, Coraline«, antwortete Monsieur Boberschram ihr nach einer Weile, in der nur unser aller Atmen zu hören gewesen war. »Bei einem Glas Wein, unter vier Augen.«

Marie nickte, dann sagte sie: »In Ordnung.« Das war der Startschuss. Denn daraufhin erhoben sich alle, jeweils ihren Teller in den Händen, bereit, sie abzudecken, bereit, Monsieur Boberschram mit mir alleine zu lassen.

»Bevor wir gehen«, hob meine Jüngste an und redete wie eine Große, wie jemand, der schon viel von der Welt gesehen hatte, »möchte ich aber noch wissen, wann dein fünftes Leben begann. Du hast gesagt, du wärest im fünften Leben angekommen. Eines fehlt noch in deiner Auflistung.«

»Stimmt«, sagte Monsieur Boberschram und nickte anerkennend.

»Und?«

»Alles zu seiner Zeit, Coraline. Alles zu seiner Zeit.«

* * *

Am 18. Juni 1940 brannte unser Dorf nieder. Die deutsche Artillerie bombardierte es. Es war mein dreizehnter Geburtstag, ein schöner Sommertag. Wie jeden Dienstag war ich zu Besuch bei meiner Großmutter Yolande, als die Brandgranaten fielen und Bois-de-Val in Flammen aufging. Sie müssen nicht glauben, dass wir gerade feierlich bei Kaffee und Kuchen zusammensaßen, während ich Geschenke auspackte. Das war damals nicht üblich. Da sagte man nur: Alles Gute zum Geburtstag, jetzt bist du wieder ein Jahr älter – und das war's dann auch schon.

Bois-de-Val brannte ab, weil unsere Leute drei Deutsche auf ihrem Vormarsch getötet hatten. Außerhalb unseres Dorfes, unterhalb der Kreuzkapelle. So kam es zum Befehl eines deutschen Offiziers, Bois-de-Val zu vernichten. Was gelang. Der Glockenturm unserer Kirche wurde völlig zerstört. Die Schule. Das Rathaus. Und furchtbar viele Wohnhäuser. Hundertsieben von hundertachtundachtzig, die unser Ort damals zählte. Auch das meiner Großmutter, die darin geboren worden war, erwischte es. Aber weitaus weniger als die Häuser der Nachbarn von gegenüber. Die brannten total aus und waren nicht mehr bewohnbar.

Als es mit der Zerstörung unseres Dorfes losging, schnitt ich gerade Zwiebeln und Petersilie, die meine Großmutter zu einer deftigen Pastete verarbeiten wollte. Fürs Abendessen. Sie kam nicht mehr dazu. Weil sie mich an die Hand nehmen musste, um mit mir im Keller des Hauses vor den Einschlägen Schutz zu suchen. Wir harrten nicht lange dort aus. Die Hitze des Feuers, sie war enorm, wir wussten, wir würden ersticken und verbrennen, wenn wir den Keller nicht verließen. Es blieb uns nichts anderes übrig, als hinauszurennen in den Granatenregen, der zu stark war, um fürs Leben zu beten.

Meine Großmutter küsste mich, einmal auf die Stirn, einmal auf den Scheitel, knapp oberhalb meiner Stirn. Dann drückte sie meine Hand noch fester als zuvor und zog mich hinaus auf die Straße und weiter bis zum Wald, den wir im Zickzacklauf erreichten. Wir waren nicht allein. Das Feuer, die Panik, die Todesangst trieben alle aus Bois-de-Val nach draußen. Wir verzogen uns dorthin, wo wir vermuteten, von der Vernichtung verschont zu bleiben. Die einen rannten in den Wald, die anderen an den Fluss – die beiden einzigen Orte, die uns eine Überlebenschance boten.

Es war ein Wunder, dass niemand aus meiner Familie bei dem Angriff umkam. Alle überlebten sie. Meine Schwester. Meine Mutter. Mein Vater, der kurz darauf zwangsrekrutiert wurde. Sie waren am Fluss vereint, standen Hand in Hand in der Nähe des Wassers, bangten um ihr Leben und darum, mich und meine Großmutter unversehrt wiederzusehen.

Drei tote Bürger hatte Bois-de-Val nach dem Feuer zu beklagen. Zwei waren unter den Trümmern begraben worden, weil sie es nicht mehr rechtzeitig aus ihrem Haus geschafft hatten. Zu gebrechlich war das Ehepaar Troxler gewesen (sie waren damals in etwa so alt wie ich jetzt), um der Geschwindigkeit und der Intensität, mit der die Brandgranaten auf unser Dorf niederprasselten, zu entgehen. Selbst der Sensenmann, der schon seit Längerem in den Wohnräumen der Troxlers hauste und sie beobachtete, um zum geeigneten Zeitpunkt seine gut geschärfte Klinge zu schwingen, wurde von den Deutschen überrascht. Er wusste, er konnte dem Ehepaar keine Zeit mehr gewähren, auch wenn er das getan hätte, wäre kein Krieg gewesen. Und so starben die beiden, noch bevor sie die Brandgranaten trafen. Ihre Herzen hörten einfach auf zu schlagen. Zur gleichen Zeit, in der gleichen Sekunde. Diese Legende jedenfalls kursierte im Dorf. Mit ihr wurden die Troxlers zwar nicht wieder lebendig, aber man gab ihnen ihre Würde zurück, derer sie in ihrem hohen Alter beraubt worden waren.

Anders verhielt es sich bei Monsieur Boberschrams Mutter. Genoveva Boberschram war bei lebendigem Leibe verbrannt. Eine Brandgranate erwischte sie, als sie sich in den Wald flüchten wollte. Für ihren sinnlosen Tod fand niemand irgendwelche Worte. Nur Tränen, die rasch in dem vielen Staub und Dreck versiegten, den der Anschlag hinterlassen hatte.

Wir, die wir Schutz in den Wäldern und am Fluss gefunden hatten, hatten mehr Tote erwartet. Es war kaum vorstellbar, dass dieser Angriff, der Bois-de-Val vernichtete, nicht mehr Einwohner das Leben gekostet hatte. Wir befürchteten das Schlimmste. Besonders, als mitten in der Nacht die Glocken der Kirche mit lautem Getöse heruntersackten, gefolgt von einstürzenden Balken und zerbröckelndem Gemäuer.

Der Klang des Untergangs.

Ich erinnere mich nicht gerne daran zurück. Sofort steigt mir der Geruch von Staub, verbranntem Holz, Haut und Haaren in die Nase, der über Bois-de-Val hing und sich nicht verziehen wollte, als wir am Morgen des 19. Juni besahen, was angerichtet worden war.

Die Feuerwehr und eine Menge freiwilliger Helfer holten die Tierkadaver aus den Ruinen. Rinder, Pferde, Schweine, Hunde, Katzen. Sie wurden verscharrt, um eine Seuche zu verhindern. Wo man hinsah, gab es nur Trümmer, Schutt. Massen von Steinen verstopften die Wege. Wir mussten über sie steigen, um zum Dorfbrunnen zu gelangen, aus dem das Wasser sprudelte, als sei nichts geschehen.

Manchi Quell derrt ned üs.

Die Steine wurden später zu ordentlichen Haufen zusammengetragen. Es waren Abertausende Geröllbrocken, die auf ihren Einsatz für den Wiederaufbau warteten. Jahre lagen sie herum, bis Bois-de-Val wieder ein Gesicht bekam.

Alte Wunden hinter neuem Gemäuer. Das galt für fast alle von uns.

* * *

Vieles in meinem Leben, von dem ich mich fragte, warum dieses oder jenes eingetreten war, ergab irgendwann einmal einen Sinn. Damit möchte ich nicht sagen, dass ich daran glaube, alles fügt sich irgendwann oder hat im Nachhinein seine Richtigkeit. Nein, bestimmt nicht. Bernards früher Tod hatte keinen Sinn, da lege ich mich gerne mit Gott an, wenn es denn sein muss, aber sein Tod war falsch. Bernard hätte weiterleben sollen, für sich, für mich, für seine Kinder, die ihn brauchten, so wie ich meinen Vater gebraucht hätte, dessen

Leben eine Kugel beendet hatte, weil er selbst keine verschießen wollte. Trotzdem gab es manches in meinem Leben, das sich erst im Nachhinein erklärte und dadurch einen Sinn ergab, wobei das Verstehen von Ereignissen nicht gleichzusetzen ist mit dem Verständnis für das, was vorgefallen ist. Doch wie heißt es bei uns: *Mit'm Urteil nit eile, höre z'erscht beide Teile.*

Nachdem Monsieur Boberschram angekündigt hatte, mit mir unter vier Augen reden zu wollen, trotteten meine Kinder aus der Küche – wie immer der Größe nach, als hätte ich ihnen das beigebracht oder jemals so angeordnet.

Ich war nervös. Ich ahnte, dass das, was er mir sagen wollte, nicht das war, was ich mir von ihm wünschte. Und ich sollte recht behalten.

Monsieur Boberschram ließ sich Zeit. Es kam mir so vor, als müsste er allen Mut zusammennehmen – nur wusste ich nicht, wofür. Er deckte das restliche Geschirr vom Tisch ab (etwas, das er zuvor nie getan hatte, Hausarbeit war ein Fremdwort für ihn gewesen), öffnete den Kühlschrank, verstaute darin das übrig gebliebene Essen, öffnete nebenbei noch eine Flasche Wein, die er wie selbstverständlich meinem Weinregal entnahm. Dann ging er zur Spüle, schnappte sich die Bürste vom Haken an der Wand und wusch Teller, Töpfe, Gläser und Besteck unter fließendem Wasser ab. Ich sah ihm verdutzt dabei zu, unfähig, irgendetwas zu tun. Ich konnte mich weder hinsetzen noch auf ihn zugehen. Ich war wie paralysiert von dem, was gerade geschah, und von dem, was noch geschehen würde. Es mag vielleicht merkwürdig in Ihren Ohren klingen, aber bis zu diesem Tag hatte ich noch nie einen Mann gesehen, der sich im Haushalt nützlich gemacht hatte. Mein Vater und mein Mann hatten sich nie um die Küche gekümmert. Sie hatten sich dort nur aufgehalten, um zu essen, gelegentlich ein Getränk aus dem Kühlschrank zu holen oder ein Glas aus dem Einbauschrank. Mehr nicht. Es war ein merkwürdiges Bild für mich, einen Mann mit einer Spülbürste in der Hand zu sehen – und noch dazu Monsieur Boberschram, der normalerweise nach dem Abendessen die Hände über seinem gut gefüllten Bauch verschränkte, die Beine unter dem Tisch ausstreckte und darauf wartete, dass ich mit der Hausarbeit fertig wurde, damit wir noch gemütlich ein Glas Wein miteinander trinken konnten.

Ich fragte mich, ob Véronique vielleicht der Grund dafür war, dass er sich an neue Aufgaben heranwagte, aber Véronique, ohne oberflächlich urteilen zu wollen, wirkte auf mich nicht so, als ließe sie es zu, dass ein Mann in der Küche mithelfen durfte, als ob sie es gut fand, wenn sich ein Mann freiwillig dazu bereit erklärt hätte. Bis auf ihre merkwürdigen nächtlichen Wanderungen, bei denen sie die Straßenlaternen und die Himmelslichter angurrte, schien sie mir doch eher konservativer Natur zu sein. Womöglich täuschte ich mich in ihr. Womöglich war alles ganz anders, und ihr äußeres Erscheinungsbild war nichts weiter als eine Tarnung. Aber das konnte mir auch egal sein. Denn das Letzte, was ich wollte, war, an diese Frau zu denken, die es geschafft hatte, Marguerite tatsächlich zu begraben. Es reichte schon, dass Monsieur Boberschram andauernd von ihr schwärmte und dass mir die Bilder nicht mehr aus dem Kopf gingen, die mir gekommen waren, als ich hörte, wie Monsieur Boberschram sie lauthals beglückte. Also schüttelte ich schnell den Kopf, um die Gedanken an sie loszuwerden, und sagte zögerlich in Monsieur Boberschrams Rücken: »Lass gut sein. Ich kümmere mich später darum. Was wolltest du mir sagen?«

Er winkte mit der rechten Hand ab, in der er die Spülbürste hielt. Kleine Seifenblasen lösten sich bei der Bewegung von den Borsten ab und tänzelten in der Luft, bis die großen zerplatzten und die kleinen zu Boden schwebten.

»Bitte«, wiederholte ich jetzt etwas energischer.

Statt eine Reaktion von Monsieur Boberschram zu bekommen, erreichte ein lautes »Psst« meine Ohren. Es kam von der Treppe her.

Ich sah zum Anstieg hin. Chloé lag bäuchlings auf dem Boden im ersten Stock und lugte herunter. Ihr langes, aschblondes Haar fiel links und rechts von ihrem Kopf auf die Treppenstufen. Es wellte sich geschmeidig über die Stiegen wie ein Teppich, der dort ausgelegt worden war.

»Momma, lass ihn abspülen«, flüsterte sie mir zu. »Es wird Zeit, dass er auch mal was macht und sich nicht nur bekochen lässt. Überhaupt wird es mal Zeit, dass sich ein Mann bei uns die Finger schmutzig macht, findest du nicht?«

»Chloé!«, stöhnte ich.

Es war jetzt wirklich nicht der Moment für allgemeine Diskussionen, befand ich, und erst recht nicht, um Fragen der Gleichberechtigung zwischen Mann und Frau zu klären.

Ich deutete meiner Tochter mit einer hektischen Handbewegung an, sie solle in ihr Zimmer verschwinden und uns in Ruhe lassen. »Aber dalli«, zischte ich ihr hinterher, ohne es böse zu meinen. Ich wollte einfach nur ungestört sein mit Monsieur Boberschram und hoffte darauf, dass Chloé und ihre Geschwister samt Anhang, die sicherlich auch aus ihren Zimmern spähten und von Chloé die neuesten Informationen erwarteten, das respektieren würden. Neugierde hin oder her.

Meine Kröten wussten natürlich, dass irgendetwas in der Luft lag. Monsieur Boberschram hatte es ja selbst angekündigt, als er sie wegschickte. Aber sie spürten nicht wie ich, dass es nichts Gutes war. Sonst hätte Chloé nicht gekichert, bevor sie ihre Zimmertür hinter sich schloss. Sonst wäre ihr Gekicher nicht erwidert worden von den anderen, deren Zimmertüren ebenfalls ins Schloss fielen.

Monsieur Boberschram machte mich nervös. Vielmehr machte es mich nervös, dass er es mit der Küche ganz genau nahm, obwohl er doch eigentlich mit mir hatte reden wollen.

Er spülte mit viel zu viel Wasser und viel zu viel Schaum ab. Dann rieb er jedes gesäuberte Teil akribisch mit einem Geschirrtuch trocken und stellte es auf der Arbeitsfläche ab. Ich stand immer noch halb gelähmt zwischen Esstisch und Küchenzeile herum, als er mich aufforderte, das Geschirr wegzuräumen.

»Sich sonst immer bedienen lassen, aber dann gleich den Macker spielen«, kam es von oben. Chloé war natürlich nicht in ihrem Zimmer verschwunden, sondern hatte nur so getan als ob, und nun kommentierte sie weiterhin vom ersten Stock aus, was sie beobachtete.

»Ich weiß ja nicht genau, wohin das ganze Geschirr gehört«, sagte Monsieur Boberschram, dem Chloés Stimme aus dem Off nicht entgangen war. Und so sagte er es nicht in meine Richtung, sondern mehr zum ersten Stock hin. Aber mich sah er dabei an, während er mit ausgestrecktem Zeigefinger auf die Teller, Tassen, das Besteck und die Töpfe deutete, die sich vor ihm auf der Arbeitsfläche türmten.

Ich hob die Schultern als Zeichen des Einverständnisses (aber eigentlich war es mehr Resignation als Zustimmung) und bewegte mich zur Arbeitsplatte hin. Dann fing ich wie ein folgsames Kind an, ein Teil nach dem anderen einzuräumen, das Monsieur Boberschram abgetrocknet hatte. Er beobachtete mich dabei, wortlos.

Als ich die letzten beiden Töpfe in den Händen hielt, griff er nach dem Putzlappen und wischte über die Arbeitsfläche. Selbst den Wasserhahn fuhr er damit entlang und nahm ihm dabei den letzten Tropfen Wasser ab, der gerade dabei war, sich von ihm zu lösen. Es sah gekonnt aus, was er da tat, und ich fragte mich, wie er seinen ehemaligen Laden hatte herunterkommen lassen können, wo er doch ganz genau wusste, welche Handgriffe nötig waren, um alles sauber zu halten.

Als er fertig war, drehte er sich zu mir um und rieb sich die Hände an seiner Hose ab – zwei dunkle Abdrücke auf den

Oberschenkeln. In diesem Moment füllte sich der Raum zwischen uns mit einer Spannung, die kaum zu ertragen war. Ich hörte, wie das Fiepen in meinen Ohren einsetzte, das mich stets ängstigte, weil ich befürchtete, es würde nie wieder verschwinden. Es war ein hoher, schmerzlicher Ton, der sich in seiner Frequenz dem stärker werdenden Druck in meinem Kopf anpasste.

»Wenn es in deinen Ohren klingelt, denkt deine Großmutter Yolande an dich«, hatte meine Mutter stets zu mir gesagt, sobald ich ihr von dem Fiepen berichtete. Dieser Satz meiner Mutter half mir jetzt, nicht verrückt zu werden vor Anspannung. Und doch wünschte ich mir, meine Großmutter Yolande würde gerade nicht an mich denken oder zumindest nicht so intensiv. Gleichzeitig wünschte ich mir, Malou käme mit seinem Werkzeugkoffer vorbei und schlüge mir mit einem langen Nagel ein Loch in den Kopf, damit der Druck entweichen konnte, der sich unterhalb meiner Schädeldecke gebildet hatte.

Monsieur Boberschram musterte mich. Ich versuchte so etwas wie ein Lächeln, was mir nicht gelang. Meine Gesichtszüge entglitten, und als ob das eine Aufforderung an ihn gewesen wäre, jetzt endlich das Gespräch mit mir zu führen, das er angekündigt hatte, begab er sich zur Weinflasche, die er zuvor entkorkt hatte, nahm sie mit zum Esstisch, zu dem ich ihm ohne Aufforderung folgte.

Er setzte sich, schenkte sich sofort das Glas randvoll ein und kippte es in einem Zug hinunter. Mir bot er nichts an, was ich ungeheuerlich fand. Eine Unhöflichkeit, die mich maßlos ärgerte und die ich mir nicht erklären konnte. Ich kam mir vor wie eine Spielfigur, die schon mehrere Spielrunden auf ihren ersten Einsatz wartete. Doch der Würfel war manipuliert worden, er fiel nie auf die Sechs, weshalb nichts vorwärtsging – was sich alles andere als gut anfühlte.

»Setz dich bitte«, sagte er.

»Was ist los mit dir?«, entfuhr es mir. Meine Nerven lagen blank. Meine Geduld hatte ihr Ende erreicht. »So möchte ich nicht behandelt werden«, sagte ich weiter und wunderte mich darüber, das gesagt zu haben. Normalerweise schluckte ich Wut immer hinunter, statt sie rauszulassen. So war das eben bei mir.

»Entschuldige bitte, Madame Nan.«

Dieser Satz reichte, um bei mir Milde hervorzurufen. Es brauchte nicht viel, mich gnädig zu stimmen. Vor allem nicht, wenn ich jemanden mochte. Und Monsieur Boberschram mochte ich nicht nur, ich liebte ihn. Was sich in dem Moment körperlich darin zeigte, dass ich zu bibbern begann. Mein Unterkiefer führte ganz plötzlich ein Eigenleben. Meine Zähne klackerten aufeinander, als fröre ich, obwohl eine schweißtreibende, karamellisierende Hitze in mir entbrannt war. Doch diese Regung war nichts anderes als ein Zeichen meiner Anspannung und ein Ausdruck meines starken Gefühls für diesen mich gerade an den Rand des Wahnsinns treibenden Mann.

* * *

»Ich hörte die tiefe Stimme meines Vaters aus der Stube. Sie drang in das gemeinsame Zimmer meines Bruders und von mir und bis in meinen Traum, auf die steile Wiese, an deren Anhöhe ein Viehwagen voller Heuballen stand, die von Kindern einer nach dem anderen den Hang hinuntergeschickt wurden. Unten angekommen, waren die Heuballen nur noch halb so groß und entzündeten sich, sobald sie zum Stillstand gekommen waren. Dieser Moment ängstigte mich zu Tode. Ich wollte sie nicht sehen, die brennenden Heuballen, genauer gesagt wollte ich den Augenblick ihres Feuerfangens nicht sehen. Ich spürte, wie ich auf dem Kissen den Kopf hin und her warf in der Hoffnung, mich so gegen das Schreckensbild zu wehren, das in meinem Traum die grausame Empfindung nackter Angst real werden ließ. Je klarer mich die Stimme meines Vaters aus dem Erdgeschoss erreichte, desto mehr Heuballen gingen in Flammen auf und desto stärker wurde die Furcht vor ihnen. Ich verkrampfte mich, schwitzte, zankte mit dem Schlaf, der keiner mehr war, sondern ein Ringkampf mit der Panik.

Endlich schaffte ich es und wachte auf, stützte mich mit den Ellenbogen im Bett ab, nass geschwitzt von den Albdrücken. Ich sah mich nach meinem Bruder um, der auf der gegenüberliegenden Seite des Zimmers in seinem Bett lag und ruhig vor sich hin schnaufte. Wieder erreichte mich der Bass meines Vaters. Doch kein Wort, das er sagte, war verständlich. Aber ich hörte die Aufregung in seiner Brummstimme und dass er nicht allein war. Jemand musste vorbeigekommen sein, ein Mann, dessen Stimme weniger eindringlich war als die meines Vaters. Ich hatte meinen Vater lange nicht mehr reden hören. Geschweige denn, dass ich mitbekommen hatte, dass er in letzter Zeit Besuch empfangen hatte. Als meine Mutter getötet wurde, ging seine Sprache verloren. Er lebte zurückgezogen, starrte nur noch die rissige Wand an oder das Foto meiner Mutter, das auf der Fensterbank stand und sie grau auf grau inmitten einer Blumenwiese im Frühling zeigte. Aber in jener Nacht war alles anders. Irgendjemand war da und saß zusammen mit meinem Vater in der guten Stube, die seit der Bombardierung durch die Deutschen nicht mehr gut war, aber dennoch der beste Raum im Haus. Ich hatte keine Ahnung, wer das bei meinem Vater sein könnte. Auch Paul nicht, den ich weckte, der aber sofort wieder einschlief, genervt, dass ich ihn deswegen aus dem Schlaf geholt hatte. Also stand ich auf, wischte mir den Schweiß von der Stirn und ging aus dem Zimmer. Eine Weile blieb ich im Treppenhaus stehen, so wie Chloé es eben getan hat, um uns zu beobachten und zu belauschen. Ich legte mich wie sie auf den Boden, steckte meinen Kopf durch die Streben des Treppengeländers, um besser hören zu können, was in der Stube gesagt wurde. Doch ich verstand nur Bruchstücke, auf die ich mir keinen Reim machen konnte. Daher erhob ich mich wieder und schlich ein paar der Stiegen hinunter. Es war gar nicht so einfach, leise zu sein. Das Holz der Treppenstufen knarzte. Noch nie war es mir so laut vorgekommen wie in jener Nacht. Nach jeder Stufe, die ich bewältigte, blieb ich stehen und horchte, ob ich bemerkt worden war. Ich war mir sicher, man könnte mein Herz klopfen hören, so laut schlug es, so heftig spürte ich es in meinen Adern pulsieren. Dass sich mein Vater, der nach dem Tod unserer Mutter beschlossen hatte, nicht mehr Vater zu sein, sondern scheintot, mitten in der Nacht mit jemandem unterhielt – das musste eine Bedeutung haben. Alles andere war undenkbar.

Irgendwann hatte ich es geschafft und stand vor der Tür zur Stube, die nur angelehnt war. Ich konnte die Schemen meines Vaters und des Mannes, der ihn besuchte, im Kerzenschein flackern sehen. Seit der Bombardierung funktionierte das elektrische Licht bei uns nicht mehr, wie bei den meisten in Bois-de-Val. Am Anfang konnte ich nicht verstehen, was gesagt wurde. Es lag an meinem Blut, das so laut durch meine Ohren rauschte, und an meinem aufgeregten Schnaufen, das alles überdeckte. Ich wusste, mein Vater würde die Beherrschung verlieren, würde er mich da draußen lauschend erwischen. Das wäre Hochverrat für ihn gewesen. Du kannst mir glauben, Madame Nan, wenn du einmal meinen Vater erlebt hättest, wie er die Beherrschung verliert, dann wüsstest du, welche Ängste ich da mitten in der Nacht ausgestanden hab.«

Ich erinnerte mich kaum an Monsieur Boberschrams Vater. Ich konnte mir weder sein Gesicht noch seine tiefe Stimme ins Gedächtnis rufen, was ungewöhnlich für mich war, da ich schon immer ein ausgesprochen gutes Erinnerungsvermögen hatte und mir oft auch Dinge merkte, von denen ich mich fragte, warum sie mir in Erinnerung geblieben waren. Aber bei Monsieur Boberschram senior schlug mein Gedächtnis nicht an – und das, obwohl wir seit eh und je fast Nachbarn waren. Das Einzige, das ich mit ihm in Verbindung brachte, war ein ungutes, bleischweres Gefühl – ein Gefühl, das mich zwang, meine Gedanken an ihn nicht weiter zu intensivieren. Ich hätte aber nicht sagen können, woran das lag. Es reichte nur dafür aus, Monsieur Boberschrams damalige Angst vor der Reaktion seines Vaters zu verstehen.

Monsieur Boberschram fuhr mit Daumen und Mittelfinger den Stiel seines Weinglases entlang, immer auf und ab. Seitdem er zu reden begonnen hatte, hatte er noch kein einziges Mal aufgesehen. Es war, als konzentrierte er seine ganze Energie auf das Glas vor sich, als könnte er mir das alles nur erzählen, wenn er es nicht aus den Augen ließ.

»Aber wenn zu der Angst Trotz und Neugierde hinzukommen«, fuhr Monsieur Boberschram fort und liebkoste weiter den Stiel des Weinglases, »kann das mutig machen. Mich hat es mutig gemacht. Und so versuchte ich, meinen Herzschlag einigermaßen unter Kontrolle zu kriegen, was mir auch gelang. Nach einer Weile beruhigte sich meine Aufregung, und ich konnte aufnehmen, was in der Stube gesagt wurde. Aber ich verstand es nicht gleich. Wahrscheinlich wollte ich es nicht verstehen. Ja, wahrscheinlich war das so.«

Jetzt erst hob Monsieur Boberschram den Kopf und sah mir in die Augen. Ich musterte das helle, wässrige Blau seiner Iris, das von einem hauchdünnen schwarzen Rand eingefasst war. Auf der rechten Seite, knapp neben der Pupille, gab es bei beiden Augen jeweils einen haselnussbraunen Fleck, als sei jemand aus Versehen mit einem Pinsel, an dem noch etwas Farbe hing, in das klare Blau gekommen. Verheißungsvolle

Sprenkel, dachte ich mir, und sofort sprang die Liebesheizung in mir an und verströmte ihre wärmende Energie durch meinen Körper.

»Warum erzählst du mir das?«, fragte ich ihn und ärgerte mich im gleichen Moment über meine Frage. Es war dämlich, ihn zu unterbrechen, und noch dämlicher war es, ihn mit so einer Frage zu unterbrechen.

Monsieur Boberschram hob das Weinglas an, trank es fast in einem Schluck aus (das dritte innerhalb von ein paar Minuten). Dann setzte er es auf dem Tisch ab, fingerte wieder am Stiel des Glases herum, bevor er den rosettenförmig geschliffenen Fuß über die Unebenheiten der hölzernen Tischplatte schob. Immer vor und zurück, vor und zurück. Nach einer Weile hielt er in der Bewegung inne und sagte: »Weil es wichtig ist, Madame Nan. Und weil es an der Zeit ist, dass du die Wahrheit erfährst.«

Kaum hatte er den letzten Satz ausgesprochen, verfärbten sich seine Augen dunkel, als zöge eine Gewitterwolke hinter seinen Augäpfeln vorbei und werfe ihren dunklen Schatten nach vorne.

»Was für eine Wahrheit denn?« Wieder kamen die Worte schneller aus meinem Mund, als ich sie steuern konnte. Ich legte meine Finger an die Lippen, was nichts weiter als ein hilfloser, kindlicher Reflex war. Während ich so vor ihm saß und mir den Mund verbat, hörte ich, wie jemand im ersten Stock über den Boden robbte. Auch Schritte vernahm ich, leises Trippeln. Ich versuchte zu ignorieren, was dort oben vor sich ging. Jetzt war wirklich nicht der richtige Zeitpunkt, um meine Kröten zum Rückzug aufzufordern. Also nickte ich Monsieur Boberschram nur aufmunternd zu und nahm die Hand vom Mund. Ich wollte ihm signalisieren, dass er mit keiner Unterbrechung mehr zu rechnen hätte, und hoffte, er würde den Mut nicht verlieren, mit seiner Geschichte fortzufahren.

Monsieur Boberschram nickte unauffällig zurück, griff nach der Flasche, die neben ihm stand, und schenkte sich ein viertes Glas ein, randvoll. Dann atmete er tief durch und richtete seinen Blick wieder fest auf den gläsernen Stiel, den er zwischen Daumen und Mittelfinger gefangen hielt.

»Ich hörte, wie mein Vater über deinen Vater redete. Besser gesagt: Er schimpfte. Er schimpfte ihn als Verräter, der gehängt gehöre. Ich hatte meinen Vater noch nie so etwas sagen hören, und ich wusste auch gar nicht, was er plötzlich gegen deinen Vater hatte. Sie hatten ja viel Fußball miteinander gespielt, weißt du noch? Zwar nicht in der gleichen Mannschaft, dafür mit Respekt füreinander. Dein Vater war der sensationell gute Verteidiger, mein Vater hingegen der gefürchtete Stürmer. Sie hatten oft gemeinsam auf ein und denselben Ball eingedroschen, aber als Feinde waren sie nie vom Platz gegangen.«

Von irgendeinem Zwist mit einem anderen Fußballer wusste ich in der Tat nichts. Da hatte es nie irgendetwas gegeben. Das hätte ich mir gemerkt, denn ich erinnerte mich gut an meinen Vater, den viel gelobten Fußballspieler. Die Männer des Dorfes klopften ihm gerne mal auf die Schulter oder riefen ihm anerkennende Worte zu, wenn wir durch die Gassen gingen oder sonntags nach der Kirche noch auf einen Plausch zusammenstanden. Auf dem Fußballplatz hatte mein Vater stets großen Eindruck hinterlassen – so wie später mein Mann Bernard, Gott hab ihn selig. Ach, wie sehr hatte ich mir gewünscht, als ich Bernard kennenlernte, mein Vater würde noch leben und sie könnten gemeinsam in einer Mannschaft spielen und über ihre Leidenschaft diskutieren. Doch Bernard lernte meinen Vater nur durch meine vielen Erzählungen kennen, was ihn irgendwann einmal, als wir uns wegen einer Kleinigkeit in die Haare gekriegt hatten, zu der Aussage bewog, ich hätte ihn ja nur geheiratet, um meinen Vater wieder lebendig zu machen. Es käme ihm so vor, als ähnelte er ihm sehr – etwas zu sehr. Ich tat Bernards Vermutung damals vehement ab, lachte extra laut, um der Absurdität seines Verdachts Ausdruck zu verleihen. Aber tief im Inneren wusste ich, dass mein Mann etwas erkannt hatte, das mir bis dahin noch gar nicht bewusst geworden war.

Jetzt, da Monsieur Boberschram den Fußball erwähnte, fielen mir unzählige Situationen auf dem Fußballplatz ein. (Damals gab es nur den einen am Waldrand, der zweite nahe der Kirche entstand erst nach dem Wiederaufbau Bois-de-Vals, nachdem alle Trümmer beseitigt worden waren und sich die Fläche dafür anbot.) Ich hatte meinen Vater oft begleitet und ihm am Rand stehend bei seinen Verteidigungskunststücken zugeschaut. Aber ich hatte kein Bild vor Augen, wie mein Vater jemals einen Ball am Fuß des alten Monsieur Boberschram stoppte, der doch so ein Feger im Sturm gewesen sein soll. Überhaupt entsann ich mich nicht, dass meine Eltern, meine Großeltern, meine Schwester und ich mal irgendetwas mit den Boberschrams zu tun hatten. Sicherlich, man kannte sich, das war auch nicht anders möglich damals. Das Dorf war ja viel kleiner und familiärer, als es heute noch ist. Außerdem gab es den Lebensmittelladen schon, in dem immer einer von den Boberschrams im Wechsel gestanden und verkauft hatte. Und in dem immer einer von uns Nanons eingekauft hatte. Auch im Wechsel. Dennoch: Es gab keinerlei Beziehung zwischen den Boberschrams und uns, die man als freundschaftlich, nachbarschaftlich oder feindschaftlich hätte bezeichnen können. Da gab es einfach nichts, an das ich mich erinnere. Die Boberschrams waren da. Die Nanons waren da. Aber das war es dann auch schon. Das Einzige, was ich noch weiß, ist die Nachricht, die durchs Dorf ging, als der alte Monsieur Boberschram starb. Ein Herzinfarkt hatte ihm den Saft abgedreht (auch ein Ausdruck, den ich meinen Enkelinnen geklaut habe), nicht lange nachdem das Elsass wieder zu Frankreich gehörte. Es hieß, das Herz des alten Monsieur Boberschram hätte zu stark geblutet nach dem Verlust seiner Frau. Er hätte ihren Tod nicht verkraftet, vor allem nicht die Umstände ihres Ablebens. Aus diesem Grund sei er ihr gefolgt. Die Liebe ende schließlich nicht mit dem Tod.

Meine Mutter entschied, dass wir nicht zur Beerdigung gehen sollten, obwohl sich sonst jeder Dorfbewohner auf dem Friedhof einfand, wenn ein Bois-de-Valer gestorben war. Meine Mutter aber ging lieber mit uns in den Wald. Sie sagte: »Manchmal ist es wichtiger, gute Luft zu atmen, als daran zu denken, dass es einen weniger bei uns gibt, der sie in sich aufsaugen kann.«

»Ich kann mich an deinen Vater nicht wirklich erinnern«, sagte ich und bereute meine Ehrlichkeit sofort. Ich fürchtete, meine Aussage würde Monsieur Boberschram verletzen, doch ich irrte mich.

»Ja«, sagte er nur. »Ja, verständlich.«

»Wieso?«

»Manchmal ist es gut, sich nicht an alles zu erinnern. Dir ist etwas gelungen, wozu ich nicht fähig war. Weil ich im Gegensatz zu dir nicht Opfer, sondern Zeuge wurde.«

Geflüster im ersten Stock. Aufgeregtes Hicksen. Leises Schelten. Gleich darauf ein Trippeln und das vorsichtige Schließen einer Tür. Coralines Tür, vermutete ich.

Ich wollte etwas sagen, hob schon an, doch Monsieur Boberschram fuhr ungerührt fort.

»Das ändert die Dinge, Madame Nan. Das ändert einfach alles. Jahrelang habe ich versucht, jene Nacht zu vergessen, in der mich die Stimme meines Vaters weckte und vor die gute Stube führte. Ich hatte gehofft, wenn ich diese Nacht nur weit genug von mir wegschieben würde, würde ihre Dunkelheit von ganz allein aufklaren. Aber dem war nicht so. Die Dunkelheit blieb, verstärkte sich sogar noch. Inzwischen bin ich der Meinung, und an dieser Meinung hat Véronique einen ganz großen Anteil …«

»Nun lass doch mal Véronique aus dem Spiel, herrje!«, unterbrach ich ihn jäh. Diese Frau ging mir wirklich auf die Nerven, und endlich war es raus.

Verhaltener Applaus kam aus dem ersten Stock, der Monsieur Boberschram genauso wenig zu beeindrucken schien wie meine harsche Unterbrechung.

»... dass ich die Dunkelheit nur vertreiben kann, wenn ich aktiv werde und selbst das Licht anzünde. Das Licht der Wahrheit. Obwohl ich weiß, dass die Dunkelheit dann wandert und dich aufsuchen wird, was genau das Gegenteil von dem ist, was ich möchte. Aber es geht nicht mehr anders. Es ist der richtige Weg. Mögest du ihn mir verzeihen, Madame Nan.«

Meine Zähne taten weh. Mit einem Mal. Stechende Schmerzen, wie Hunderte Speere, die sich von meinem Oberkiefer aus bis ins Gehirn bohrten. Ich öffnete meinen Mund, lockerte den Unterkiefer, indem ich ihn von links nach rechts bewegte. Währenddessen massierte ich mit den Fingern meine Schläfen, die Ellenbogen auf dem Tisch abgestützt.

Normalerweise half mir das, die Verspannungen loszukriegen oder zumindest für einen Moment zu lindern. Doch dieses Mal half es nicht, ich verkrampfte mich nur mehr – und so hörte ich damit auf und sagte: »Zeuge. Opfer. Ich habe keine Ahnung, wovon du sprichst, Monsieur Boberschram. Aber es wird Zeit, mich nicht länger auf die Folter zu spannen, findest du nicht? Sag endlich, was los ist. Du sprichst in Rätseln, und das noch schlimmer als unser Pfarrer, wenn er von der Kanzel predigt.«

»Ja.«

»Was: Ja?«

»Ja.«

Ich stand auf. Setzte mich wieder hin. Stand erneut auf, drehte mich in Richtung der Arbeitsfläche um, auf der verwaist der Korkenzieher lag.

»Mein Vater hat deinen Vater getötet«, schoss es da aus

Monsieur Boberschram heraus, ohne Schalldämpfer. Von hinten in den Rücken.

Meine Beine gaben nach, als seine Worte mich trafen. Ich musste mich festhalten, doch es gab nichts in meiner Nähe. Die Arbeitsplatte war zu weit weg, ebenso mein Stuhl. Ich fiel zu Boden und fing mir, als ich hart auf dem Dielenboden aufkam, einen Holzspan in den Handballen meiner rechten Hand ein. Spitz ragte er heraus, pochend die Stelle seines Eintritts. Der Holzspan nahm mir etwas von dem Schmerz, der seit Monsieur Boberschrams Beichtschuss mein Herz erfüllte, er war eine kleine, absurde Ablenkung, die mir Zeit verschaffte, meine Gedanken zu sortieren. Meinen Vater haben sie an der Grenze erwischt, ging es mir im Kopf herum, während ich den Holzspan betrachtete. Und da war sicherlich nicht der alte Monsieur Boberschram vor Ort gewesen.

»Mein Vater hat deinen Vater umgebracht«, wiederholte Monsieur Boberschram. Ruhig die Stimme, ernst der Ton. Er war aufgestanden und kam nun auf mich zu. Seinen Blick hatte er fest auf mich gerichtet. Es kam mir so vor, als zuckte ein Lächeln in seinen Mundwinkeln auf. Ein Lächeln der Erleichterung, endlich das gesagt zu haben, was ihm so lange auf der Seele gebrannt hatte. Es war kein Lächeln der Freude über das Gesagte selbst, das wusste ich – weil ich es spürte.

Monsieur Boberschram bückte sich und nahm meine Hand. Er hob sie nah an sein Gesicht, inspizierte den Fremdkörper in mir. Dann nahm er seinen Daumen und seinen Zeigefinger, führte sie zum Pinzettengriff zusammen und zog an dem Holzspan, den er wegpustete, als er ihn gleich darauf zwischen den Fingerkuppen hielt.

»Er hat ihn verraten«, sagte er und half mir vom Boden auf. »Er hatte von seinem Plan, in die Schweiz zu fliehen, Wind bekommen. Das wollte mein Vater verhindern. Mit aller Macht. Weil er einen Schuldigen für den Tod meiner Mutter brauchte.«

»Wieso sollte dein Vater meinen Vater verraten?«, fragte ich vor ihm stehend, die Beine von einer Konsistenz wie Quark. »Das ergibt doch keinen Sinn. Es waren doch deutsche Brandgranaten, die deine Mutter umgebracht haben. Wieso also sollte dein Vater meinen Vater dafür hinhängen, dass er nicht auf der Seite der Deutschen kämpfen und damit nicht zu den Mördern deiner Mutter gehen wollte, um schlimmstenfalls selbst ein Mörder seiner Landsleute zu werden. Das ergibt doch keinen Sinn!«

Ich schöpfte Hoffnung.

»Wenn es nur so einfach wäre, Madame Nan.«

»Dann erkläre es mir doch!« Ich schrie diesen Satz nun fast und entzog Monsieur Boberschram meine Hand, die er nach wie vor in seinen Händen hielt. Nun zitterten nicht nur meine Beine, mein ganzer Körper fing an zu beben, meine Stimme brach, Übelkeit stieg in mir auf, und in meinem Ohren begann es zu fiepen – Großmutter Yolande hatte wohl mitgehört. Ich musste mich setzen.

Monsieur Boberschram setzte sich neben mich. Er war ganz ruhig. Sprach mit milder, monotoner Stimme. »Mein Vater«, sagte er, »konnte nicht mehr klar denken. Nach dem Tod meiner Mutter bestand er nur noch aus Hass und Selbstmitleid. Mehr aber noch aus Hass. Doch der fraß ihn nicht auf oder höhlte ihn aus, er nährte vielmehr seine Wut und sein krankhaftes Verlangen, sich zu rächen. Er wollte nicht akzeptieren, dass eine Brandgranate das Leben meiner Mutter beendet hatte, er wollte wissen, wer für diese Brandgranate verantwortlich war. Es war ihm zu einfach oder entsprach schlichtweg nicht seiner Gesinnung, die deutsche Artillerie dafür zu beschuldigen, weil er Hitler nahestand. Seiner deutschen Wurzeln wegen oder einfach nur, weil er ein Nazi war. Ich kann es dir nicht sagen. Aber für ihn waren nicht die Deutschen daran schuld, dass meine Mutter in Stücke zerfetzt worden war, sondern dein Vater, weil er – so sagte es jedenfalls der Mann, der ihn besuchte und von dem ich bis heute nicht weiß, wer er war – wohl zu den Schützen zählte, die die drei deutschen Soldaten auf ihrem Vormarsch zu uns in der Nähe der Kreuzkapelle tödlich getroffen hatten. Wären sie nicht gestorben, so mein Vater, wäre Bois-de-Val nicht zerstört worden, und seine Frau würde noch leben.«

Stille.

Stille, die anhielt.

Rot der Punkt auf dem Handballen, in dem der Holzspan gesteckt hatte. Wie der Biss einer Spinne, der nicht glimpflich verlaufen würde.

»Und du hast nichts dagegen getan?«, fragte ich und hatte das Gefühl, unter Wasser zu sprechen. Meine Worte wie Luftblasen, die lange brauchten, um an die Oberfläche zu gelangen.

»Nein.«

Ein Wort, ein Flüstern.

Stille.

»Wieso?«

»Ich konnte nicht.«

»Wieso?«

»Es war zu spät.«

»Wieso?«

»Weil der Abend, an dem ich lauschte, der Abend war, an dem dein Vater starb.«

Stille.

Stille, die anhielt.

Stille, die schmerzte.

»Es tut mir so leid, Madame Nan.«

Mir gingen die Bilder durch den Kopf, wie mein Vater sich von meiner Mutter verabschiedete. Ich sah sein Gesicht vor mir, die markanten Züge, den stoppeligen Bart. Ich sah vor mir, wie er auf mich zukam, um mich in den Arm zu nehmen, ohne dass ich wusste, dass das ein Abschied für immer war.

Ich hörte den Worten meiner Mutter nach, als sie zu ihm sagte: »Lieber erschießen dich die Deutschen, als dass du einen Franzosen erschießt.« Und nun war mein Vater von einem Elsässer getötet worden – und noch dazu von einem Nachbarn, vom Vater des Mannes, den ich liebte.

Ich begann zu weinen, erst leise, dann immer lauter, bis die Krämpfe, die meinen Körper durchjagten, stärker waren als die Tränen, die hinabtropften und vom dunklen Holz des Bodens aufgenommen wurden.

Ich weiß nicht mehr genau, was danach geschah. Ich weiß nur noch, dass meine Kinder mich umringten, auch Jérôme und Malou, die etwas abseits des Kreises standen, den meine Mädchen um mich herum gebildet hatten. Hände berührten mich, am Haar, im Gesicht, an der Schulter, am Rücken, den Armen. Ich nahm Lippen wahr, die mich küssten, zärtlich, am Scheitel, auf der Stirn, den Wangen, den Händen, sogar an den Ohren. Ich spürte Taschentücher über meine Augen tupfen, die meine Tränen aufsaugten, mir die laufende Nase säuberten. Ich nahm vereinzelt aufmunternde Worte wahr, die weniger beruhigend klangen als aufgeregt, weil mein Zusammenbruch meine Mädchen derart verunsicherte, dass es ihnen nicht möglich war, mir ihren Trost mit Ruhe zu spenden.

Was ich nicht mitbekam, was mir meine Älteste aber später, als ich wieder aufnahmefähig war, erzählte, war, dass meine Kinder Monsieur Boberschram einstimmig fortschickten. »Es ist besser, wenn du jetzt gehst. Jetzt!« Doch er weigerte sich, das Haus zu verlassen. Er sagte, es sei besser, wenn er bliebe und ich heute alles erführe. Es wäre nicht sinnvoll, es weiter hinauszuzögern.

»Jetzt!« Sechs Finger, die in Richtung Terrassentür wiesen, durch die er gekommen war.

Wieder weigerte er sich. Schüttelte vehement den Kopf wie ein trotziges Kind, das sich nicht bewegen will. Er sagte, es ginge mir schließlich wegen ihm nicht gut. Er hätte Schuld auf sich geladen und würde dafür einstehen.

Da pfiffen Marie und Anne gleichzeitig nach ihren Männern, um sie aufzufordern, ihn mit Gewalt hinauszuschmeißen. Malou und Jérôme spannten die Muskeln an, näherten sich Monsieur Boberschram, der seinen Platz nicht freigeben wollte. Erst als die beiden Zweimeterstämme vor ihm standen und er sah, dass sie es ernst meinten, erhob er sich vom Tisch.

Er verabschiedete sich widerwillig mit den Worten: »Das war noch nicht alles, Madame Nan. Das war doch noch nicht alles.«

* * *

Die nächsten Wochen war ich unfähig, das Bett zu verlassen. Ich hatte keinen Antrieb mehr, zählte, wenn es hochkam, die Astlöcher an der Zimmerdecke und entdeckte immer wieder neue Figuren, die die dunklen Flecken in den Planken bildeten, wenn man sie nur lange genug anstarrte. Ich fühlte mich wie in einem Kokon gefangen, dumpf die Welt, die sich da draußen von einem farblosen Novembertag zum nächsten drehte, einzig erhellt von den spärlichen gelben Blättern des Bergahorns meiner Ururgroßmutter Thérèse und den bunten Lampions, die Marie nun schon tagsüber brennen ließ. Der Himmel hing tief bis in unser Erdgeschoss hinein, als würde auch Bernard, Gott hab ihn selig, Kontakt mit mir aufnehmen wollen. Er hatte es noch nie ertragen, mich leiden zu sehen.

Meine Kinder sahen sich meinen Zustand nicht lange an, bis sie entschieden, wie auf ihn zu reagieren sei. Sie schickten Malou vor. Wegen seiner natürlichen und auch diplomatischen Autorität, vermutete ich. Er trat an mein Bett, verschränkte die

Arme vor der Brust und bat um meine Aufmerksamkeit. »Madame Nan, ich habe dir eine Botschaft zu überbringen.«

Ich sah ihn an, diesen groß gewachsenen jungen Mann mit den Segelohren, der wohl mehr erlebt hatte, als man einem Menschen in seinem Alter wünschte.

»Erst einmal: Mach dir keine Gedanken, Madame Nan, mach dir auch keine Sorgen. Wir kümmern uns um dich und um alles andere. Komm du nur wieder auf die Beine, denn wir brauchen dich.«

Er hielt inne. Löste die Arme aus ihrer Verschränkung und ließ sie an seinem Körper baumeln.

»Wir haben einstimmig beschlossen, dass du hiermit von deiner Verantwortung für deine Kinder und für den Laden entbunden bist – bis es dir besser geht.«

Daraufhin nickte er, als müsste er das für mich tun, und verließ das Schlafzimmer. Die Tür ließ er angelehnt, sodass etwas Licht aus dem Flur hereinfiel und einen schmalen Streifen auf den Dielenboden malte.

Ich hörte Malou die Treppen hinuntersteigen, ohne jede Eile. Dann Stimmengewirr. Offensichtlich erstattete er den anderen Bericht darüber, wie es mit mir gelaufen war. Ich hatte gar nicht auf das reagiert, was er mir vor dem Bett stehend mitgeteilt hatte. Ich hatte ihn nur angesehen, seine weichen Gesichtszüge, seine warmen, dunklen Augen, seine großen Ohren, und mir vorgestellt, wie er als Kind wohl ausgesehen hatte. Ich fragte mich, was aus ihm geworden wäre, wäre er nicht zu uns nach Bois-de-Val gekommen, wäre er dort Marie nicht über den Weg gelaufen. Vom ersten Moment an, als ich ihn Arm in Arm mit meiner Ältesten unter dem Bergahorn meiner Ururgroßmutter Thérèse hatte stehen sehen, hatte ich eine mütterliche Verbindung zu ihm verspürt. Eine gewisse Vertrautheit, ein Gefühl, ihn schon zu kennen, seitdem er auf der Welt ist. Malou war der Sohn, den ich nie geboren hatte.

Eine warme, wohlige Empfindung von Dankbarkeit überkam mich, die überraschenderweise anhielt und nicht wie sonst seit Monsieur Boberschrams Hiobsbotschaft von einem fieberhaften, unangenehmen Frösteln abgelöst wurde.

Ich schloss die Augen, besah die bunten Flecken, die sich hinter meinen Augenlidern kaleidoskopartig zusammenzogen, um dann wieder auseinanderzustreben, und fiel irgendwann in einen tiefen, festen Schlaf. In ihm kämpfte ich mich durch ein wellenstarkes Meer – und ertrank stets an der gleichen Stelle, an der meine Kinder schon parat waren, um mich zu retten.

Bis ich aufwachte, war ich mindestens fünfzigmal gestorben und wieder zum Leben erweckt worden. Mein Bett, ein Rettungsboot, von salzigem Wasser überschwemmt.

* * *

Sie hatten sich die Verantwortlichkeiten aufgeteilt, ohne zu streiten.

Chloé übernahm die Verantwortung für die Küche. Das war ihr Reich. Sie kochte für die ganze Familie, sie kümmerte sich auch um das Essen für den Laden, sie bereitete das Frühstück vor, deckte auf und deckte ab. Sie spülte und verstaute Pfannen, Töpfe, das viele Geschirr. Sie sorgte dafür, dass ihr Reich sauber blieb und dass ihr niemand zu nahe kam. Sie konnte keinen gebrauchen, der ihr über die Schulter sah und ihre Arbeit kommentierte. Sie schrieb auch die Bestellungen für den Großhandel auf, damit die Lebensmittel im *Chez Malou* nicht ausgingen – und auch nicht bei uns daheim. Dafür benötigte man viel Voraussicht und Organisationstalent. Beides hatte Chloé, was sie bis dahin nicht gewusst hatte. Sie konnte stolz darauf sein. Und sie war es auch.

Marie und Anne nahmen dafür den Laden unter ihre Fittiche. Sie wechselten sich mit den Schichten ab. Mal übernahm die eine den Verkauf hinter der Theke, mal die andere. Sie arbeiteten bis zu zehn, elf Stunden am Tag und zeigten keinerlei Ermüdungserscheinung, beschwerten sich auch nicht über das Pensum, das sie tagtäglich erfüllten. Auch bei der Reinigung des *Chez Malou* und beim Einräumen der Waren in die Regale stimmten sie sich ab. Endlich rieben sie sich nicht mehr aneinander, sondern harmonierten. Als hätten sie verstanden, dass die Ähnlichkeit ihrer Charaktere, wenn sie sich zusammentaten, Großes hervorbringen könnte.

Wenn jemand unserer Gäste nach mir fragte, schoben Marie und Anne einen Virus vor – »Es ist wirklich schrecklich, unsere arme Momma!« –, der mich den ganzen Tag und die ganze Nacht an die Toilette binde und sehr, sehr ansteckend sei. So hielten sie die Bois-de-Valer davon ab, mir einen Besuch abstatten zu wollen. Insbesondere Mademoiselle Dupont, die nach den jüngsten Ereignissen abgetaucht war und nun plötzlich Redebedarf hatte. Auch alle anderen ließen sich von der erfundenen Krankheitsgeschichte abschrecken, was mit einem weiteren ernsten Ereignis unserer Dorfgeschichte zusammenhing. Denn es wäre nicht das erste Mal gewesen, dass ein Magen-Darm-Virus der schlimmsten Sorte, von dem damals viele behaupteten, er sei von der anderen Seite des Rheins zu uns gelangt, unser Dorf lahmgelegt hätte. Diesen Ausnahmezustand, der einer Epidemie geglichen hatte und keine sechs Jahre zurücklag, wollte niemand mehr in Bois-de-Val herbeiführen. Auch gedanklich nicht. Und so erschöpfte sich das Interesse an meinem Verbleib in höflichem Nachfragen und den allerbesten Genesungswünschen.

Nachdem die Virus-Geschichte erst einmal in der Welt war, meinten Marie und Anne einen abrupten Rückgang unserer Dorfbewohner im *Chez Malou* verzeichnen zu können. Offensichtlich fürchteten sich einige davor, sich bei einer meiner beiden Ältesten doch noch irgendwie den Krankheitserreger einzufangen, der mich angeblich ausgeknockt hatte (auch so ein Wort, das ich meinen Enkelinnen verdanke). Schließlich standen Marie und Anne ja mit mir in Kontakt, wohnten mit mir unter einem Dach, da konnte man nicht vorsichtig genug sein. »Die Heimtücke eines Virus ist wirklich nicht zu unterschätzen«, wie die besonders Umsichtigen unter uns warnten.

Andererseits waren nach dem Ausverkauf der Liebesbomben, die eine kollektive aphrodisierende Wirkung in Bois-de-Val entfaltet hatten, alle sehr mit sich oder mit ihrem geliebten Gegenüber beschäftigt, sodass für ein geselliges Sich-Einfinden im *Chez Malou,* geschweige denn für einen Gedanken an mich, schlichtweg keine Zeit war. Die Prioritäten hatten sich verschoben. Das Dorf jauchzte nach wie vor vor sich hin, gerne zu später Stunde, aber auch schon mal tagsüber, zur Mittagszeit und besonders beliebt: gleich in aller Herrgottsfrühe, kurz nachdem Wintergoldhähnchen, Rotkehlchen, Zaunkönig, Blaumeise und Bergfink mit ihrem Konzert begonnen hatten. Es sah nicht danach aus, als würde diese lebensbejahende Stimmung allmählich abebben. Das Gegenteil war der Fall. Sie nahm von Tag zu Tag zu, und wenn ein Fremder nichtsahnend durch Bois-de-Val gegangen wäre, er hätte den Eindruck gehabt, durch ein riesengroßes Freudendorf zu wandeln.

Marie und Anne war der Rückzug unserer Dorfbewohner nur recht. Sie hatten genug mit den Leuten zu tun, die von außerhalb zu ihnen kamen, weil sich das mit den Liebesbomben so schnell herumgesprochen hatte wie ein schlüpfriges Gerücht. Inzwischen fielen nicht nur die Bewohner der angrenzenden Dörfer bei uns ein, sondern auch die Städter, die einen Ausflug vorschoben, einen Novemberspaziergang oder die gute Luft, mit der sie ihre Lungen füllen wollten, weil sie sie in der Stadt vermissten. Doch kaum waren sie da, betraten sie den Laden, befingerten die Waren in den Regalen, als hätten sie Kernseife, Waschpulver und unterschiedliche Nudelsorten noch nie gesehen, besorgten sich dann an der Theke etwas Proviant für ihre Frischluftexpedition (die kleinen Magenfüller kamen auch bei ihnen fantastisch an) und fragten wie nebenbei nach den braunen Kugeln, die so gut duften würden und denen man nachsagte, sie hätten eine spezielle Wirkung, von der sie sich nun selbst überzeugen wollten.

Marie und Malou kamen mit dem Formen der Kugeln kaum hinterher. Also spannten sie Coraline ein, die sich dafür bezahlen ließ. Sie war schließlich nicht auf den Kopf gefallen, meine Jüngste, und wusste um die Notwendigkeit ihrer Arbeitskraft und ihres handwerklichen Geschicks. Außerdem sah sie sich viel von ihrer großen Schwester Marie ab, zu der sie aufschaute und von der sie wusste, dass sie selbst nie irgendetwas tun würde, ohne dabei Profit für sich herauszuschlagen. Warum also sollte Coraline irgendetwas umsonst tun? Marie versuchte zwar ihre kleine Schwester im Preis zu drücken – wie könnte es bei ihrer Natur auch anders sein? –, dennoch wurden sie sich rasch einig, als Marie sah, wie schnell und geschmeidig es Coraline gelang, die braune, erdige Masse gleichmäßig zwischen ihren Handflächen zu Murmeln zu drehen, bis diese appetitlich aussahen und dem Prädikat Liebesbombe gerecht wurden. So einfach war das nämlich gar nicht, wovon ich mich eines Tages selbst überzeugen konnte.

Alle meine Kinder wuchsen mit ihrer neu erworbenen Verantwortung über sich hinaus. Es war fast so, als täte es ihnen gut, Entscheidungen einmal alleine treffen zu müssen – ohne mich. Sie verhielten sich so vernünftig wie nie zuvor oder jedenfalls, wie ich es zuvor noch nie bei ihnen wahrgenommen hatte. Und ich muss gestehen: Wie ich es ihnen auch nie zugetraut hätte. Ein wenig schämte ich mich für das mangelnde Vertrauen in meine vier Kröten. Zu meiner Rechtfertigung muss ich sagen, dass manches Verhalten meiner Kinder aber auch wirklich genau das Gegenteil von dem war, das sie sonst an den Tag gelegt hatten. Stellen Sie sich nur mal das vor: Es gab keinen Morgen, an dem Chloé unter Androhung irgendwelcher Verbote aus dem Bett gejagt werden musste. Sie stand von ganz alleine auf, und das sehr früh! Das ist doch ein Wunder, finden Sie nicht?

Maries Ehrgeiz hingegen übertrumpfte alles. Sie war nun noch geschäftiger als sonst. Sie tüftelte Spezialangebote für unsere Kunden aus, um ihnen etwas zu bieten und um sie bei Laune zu halten. »Man darf sich nicht ausruhen, wenn es gerade gut läuft. Dann erst recht nicht!«, wiederholte sie mantrahaft, sobald Malou mal alle Fünfe gerade sein lassen wollte (was ich gut verstehen kann; er musste für alles und jeden einspringen, seine Gutmütigkeit bedeutete eben auch Arbeit). Er hätte sich liebend gern mal ein wenig entspannt zwischen den ganzen Aufgaben, die er übernommen hatte und die nicht weniger geworden waren, seit ich ausfiel. Aber mit Marie an seiner Seite hatte er keine Chance. »Der Laden muss zwingend umdekoriert werden«, befand sie, was nichts anderes bedeutete, als dass sie Malou Anweisungen gab, was wie wo hingehörte.

Schlau wie sie ist, hatte jedes Dekorationselement, jedes Spezialangebot, das sie sich ausdachte, etwas mit den Liebesbomben zu tun. »Manchmal ist es wichtig, Dinge nur wieder neu zu verpacken, damit sie an Interesse gewinnen. Das ist der ganze Trick an der Sache«, dozierte sie, wenn Malou stirnrunzelnd fragte, ob das jetzt wirklich nötig sei oder ob sie sich denn nicht mal wieder ins Baumhaus zurückziehen könnten. Er sagte: »Seitdem das ganze Dorf Liebe macht, lassen wir die Äste kaum mehr schaukeln. Die sind schon ganz starr geworden. Wenn der nächste Sturm kommt, fallen sie alle ab, weil es ihnen an Bewegung fehlt. Das kannst du doch nicht wollen, oder?«

Marie lachte, warf dabei den Kopf zurück, schüttelte ihre aschblonde Mähne – und blieb hartnäckig. »So aus der Übung sind wir nun auch wieder nicht, Malou«, sagte sie. »Kein Grund zu übertreiben.«

Auch Jérôme brachte sich ein. Inzwischen war er kaum noch in seinem Elternhaus in Laboire, sondern lebte bei uns, bis er das Stipendium für die Sporthochschule bekam, teilte sich das Zimmer mit Anne, die ihn vergötterte, auf eine zärtliche, aber selbstbewusste Weise.

Jérôme war gemeinsam mit Malou für »das Grobe« zuständig, wie Marie, Anne und Coraline es nannten, um sofort von Chloé dafür gerügt zu werden, dass ihre Schwestern nichts weiter seien als bedauernswerte Opfer des Patriarchats, die gar nicht bemerkten, wie sie dessen Strukturen blind übernähmen, indem sie dem Mann als solchem körperlich harte Arbeiten auftrugen, in der Meinung, sie als Frauen seien dafür nicht geschaffen.

»Du bist doch nicht anders«, bemerkte Coraline und unterbrach Chloé in ihrer Brandrede.

»Doch, natürlich. Ihr merkt ja nicht einmal mehr, was da vor sich geht«, konterte Chloé, überrascht, ausgerechnet von ihrer jüngeren Schwester Gegenwind zu bekommen.

»Und warum stehst du dann immer in der Küche und kochst und putzt den ganzen Tag, wenn du nicht in der Schule bist?«

Dazu konnte Chloé auch nichts sagen und drehte sich, stinksauer, von Coraline demaskiert worden zu sein, um. Niemand lachte oder freute sich über diesen Sieg. Auch der Respekt füreinander war in jenen Tagen meines Stillstands gewachsen.

Das Grobe, das Malou und Jérôme übernahmen, hieß unter anderem: unser Garten. Sie rechten die Blätter zusammen, rüsteten Bäume und Sträucher gegen den Frost, hackten Unmengen an Holz, schichteten die Scheite an der südlichen Hauswand auf. Sie bereiteten unser Zuhause für den Winter vor, was eine schweißtreibende Angelegenheit war. Auch kümmerten sie sich um die Waren, die für das *Chez Malou* bestellt worden waren und vom Lieferwagen heruntergeholt und eingeräumt werden mussten. Sie fuhren zwischen dem Großmarkt und unserem Laden hin und her, machten zwischendrin Stopp bei der Deponie, um die Müllsäcke wegzubringen, die sich in Fülle bei uns ansammelten. Sie können sich ja gar nicht vorstellen, wie viel Dreck und Müll sich an einem Tag anhäufte! Da konnte man nicht immer bis zur Müllabfuhr warten. Keiner Kakerlake wollten wir mehr Einlass gewähren, das hatten wir uns geschworen, als wir den Kammerjäger dreimal rufen mussten, um sie endgültig aus dem Laden zu verjagen.

Abends bemühten sich meine drei Ältesten zusätzlich zu ihrem Tagwerk um Coraline. Sie lösten Mathematikaufgaben mit ihr (Mathematik war die Schwachstelle meiner Kleinsten), spielten Karten, Monopoly oder legten ein Puzzle. Meistens jedoch ließen sie sich von ihr zeigen, wie man Tiere aus Papier faltete (inzwischen wagte sie sich an die Bewohner der Steppe heran). Und jeden zweiten Tag verbaten sie ihr fernzusehen, ganz egal, wie sehr sie danach bettelte und jammerte. Sie waren ja jetzt auch so was wie Mütter und nicht nur Schwestern. Daher blieben sie streng mit Coraline – und somit auch mit sich selbst.

* * *

Monsieur Boberschram war hartnäckig. Jeden Abend kam er vorbei, stellte sich ans Gartentor und rief nach mir. Am Anfang nahm ich seine Rufe gar nicht richtig wahr. Ich lag in einer Art Winterschlaf, in dem ich meine Sinne auf ein Minimum reduziert hatte und nur das tat, was mir meine Kinder auftrugen: »Iss dies. Trink das. Eine Dusche täte dir gut, komm mit!« Ein Arzt sagte später einmal zu mir, ich hätte mich in der akuten Phase eines Depressionsanfalls befunden, in der es mir aus eigener Kraft nicht möglich gewesen wäre, wieder aktiv am Leben teilzunehmen.

Nach ein paar Tagen, vielleicht waren es auch Wochen, erreichten mich seine Rufe dann. Nein, sie erreichten mich nicht wirklich, seine Stimme fand nur den Weg in meinen Gehörgang, mehr nicht. Ich reagierte nicht auf Monsieur Boberschram, auch nicht auf seine Bitten, ich möge ihm nur noch ein einziges Mal zuhören. Es war mir einfach nicht möglich. Erst musste das, was er mir gestanden hatte, bei mir ankommen und verarbeitet sein, und dafür war ich noch nicht reif, was meine Kröten und ihre Männer wussten. Wieder einmal sprangen sie für mich ein. Alle sechs. Sie bildeten einen Schutzwall um mich, der alles, was mich weiter aus meiner Balance bringen könnte, von mir abschirmte.

Monsieur Boberschram kam fast immer zur gleichen Zeit vorbei. Zwischen fünf Uhr nachmittags und sieben Uhr abends. Er war ein Gewohnheitsmensch. Sobald sein Magen knurrte, machte er sich auf den Weg zu uns. Meine Kinder richteten eine Art Warnsystem ein, um ihn schnellstmöglich zum Schweigen zu bringen. Sie wollten sein Rufen unterbinden. Er sollte unter keinen Umständen Kontakt zu mir haben, ich sollte nicht an ihn denken müssen oder mit ihm konfrontiert werden, solange es mir so schlecht ging. Sobald es dämmerte, kam Coraline zu mir auf mein Zimmer und fing an, sich mit mir zu unterhalten. Vielmehr zwitscherte sie in einem fort, berichtete mir von der Schule und was sie den ganzen Tag so gemacht habe, brachte mir natürlich auch immer ihre neuesten Faltkünste mit – Löwe, Nashorn, Zebra, Hyäne, die sie mir stolz präsentierte. Zur gleichen Zeit, das bekam ich aber nur durch Zufall mit, weil Coraline einmal so dringend auf die Toilette musste, dass sie mich trotz ihrer Ablenkungsmanöverfunktion für ein paar Minuten alleine ließ, kletterte

Malou ins Baumhaus, nahm ein Fernrohr zur Hand und spähte hinaus auf die Straße, die Monsieur Boberschram nehmen musste, um zu uns zu gelangen. Kaum entdeckte Malou ihn in der Ferne, unterbrach er den Strom, der die bunten Lampions im Baum erstrahlen ließ, dreimal kurz und dreimal lang. Ein Morsezeichen, das sich meine Töchter ausgedacht hatten.

Sofort trat Jérôme über die Terrasse nach draußen, klemmte seine roten Haarsträhnen hinter die Ohren, krempelte sich die Ärmel hoch (da wurde man weniger auf seine sehnigen Arme aufmerksam als auf seinen verhältnismäßig viel zu langen Oberkörper) und wartete, die Kulleraugen gemächlich durch den Garten schweifen lassend, auf Malou, der den Baum wieder hinuntergeklettert kam. Dann gingen sie (Malou ging, Jérôme schlenderte) gemeinsam zum Gartentor vor, das sie öffneten, um sich etwa zwei Meter davor auf die Straße zu stellen. Sie sahen Monsieur Boberschram entgegen, die Arme verschränkt, die Beine breitbeinig auf dem Boden verankert. Die Gesichter zu allem entschlossen (soweit Jérôme zu so einem Gesichtsausdruck überhaupt fähig war).

»Nicht heute, Monsieur Boberschram«, sagten sie bestimmt, als er vor ihnen stehen blieb.

»Es muss sein!«, antwortete dieser.

»Nicht heute«, sagten sie erneut.

»Es muss aber sein«, forderte Monsieur Boberschram ein.

So ging es hin und her. Keiner von ihnen gab nach, bis es Monsieur Boberschram zu blöd wurde. Sein Anliegen war so groß, dass er entgegen seiner Natur den mutigen Versuch startete, an den beiden vor Kraft strotzenden jungen Männern vorbeizuziehen. Das hätte er mal lieber sein lassen sollen. Denn da verstanden meine Schwiegersöhne in spe keinen Spaß mehr. Sie mochten Monsieur Boberschram zwar sehr, ja. Aber mich mochten sie noch mehr, was in diesem Fall auch mehr zählte. Sie packten ihn – Malou hatte seinen linken Arm fest im Griff, Jérôme seinen rechten etwas weniger fest – und wollten ihn gerade die Straße zurück zu ihm nach Hause schleifen, da war schon Chloé aus dem Haus gerannt, mit einer Pfanne bewaffnet, die sie ihm überbraten wollte. Als er Chloé sah, wusste Monsieur Boberschram, dass es zwecklos war, sein Anliegen durchsetzen zu wollen. Er gab auf, zog den Hals ein und schlich, einem Reptil gleich, freiwillig den Weg zurück, den er gekommen war.

»Ich hätte nie gedacht«, sagte Marie, als Chloé mit der Pfanne in der Hand wieder die Küche betrat, »dass du dich mal mit den Waffen einer Frau zur Wehr setzen würdest.« Dafür bekam Marie von Chloé die Pfanne übergezogen, halb im Scherz, aber doch so stark, dass Marie kurz darauf eine kleine Beule auf ihrer Stirn feststellte, die ein paar Tage lang, bis sie wieder verschwunden war, für dicke Luft zwischen ihnen sorgte.

Wäre Bois-de-Val nicht damit beschäftigt gewesen, dem körperlichen Frühlingserwachen im Spätherbst zu frönen, sie hätten sich den Mund darüber zerrissen, was bei uns abends vor der Haustür vor sich ging und weshalb Marie für kurze Zeit als Einhorn durch die Gegend lief.

* * *

Ich war schnell unterwegs. Zu Fuß. Stellenweise rannte ich. Wegen meiner Mutter, die fürchterlich hohes Fieber bekommen hatte und dringend Medikamente benötigte. Ich rannte den Weg hinab ins Tal, um zu Doktor Botieu zu gelangen, der meiner Mutter hoffentlich würde helfen können.

Der Wind war so kalt, dass er die Wärme, die ich produzierte, weil ich mich so beeilte, sofort erkalten ließ. Ich schwitzte und fror und bekam eine Ahnung davon, wie sich meine Mutter fühlen musste, die selbst unter dicken Decken schlotterte.

Es war ein später Sonntagnachmittag im November, es dunkelte schon. Ich hatte mir eine Taschenlampe mitgenommen, leuchtete mir damit den Weg aus. Ein gelber Kegel auf Erde und Kies, zeitweise verschlammt vom Regen, der uns tagelang in den Häusern eingesperrt hatte.

Bernard kam mir entgegen. Er fuhr ein Motorrad, das einen bedrohlichen Lärm machte. Meine Hände zitterten wie zwei frisch gefangene Forellen am Haken, als das Motorrad anhielt und mich sein Vorderstrahler anleuchtete. Ich wusste nicht, dass es Bernard war, der da auf dem Gefährt saß, das Gesicht gegen die Kälte verhüllt, und fürchtete mich zu Tode. Ich war allein, weit und breit gab es niemanden, der mich hören konnte, wenn ich rief. Niemanden, der mir zu Hilfe eilen würde, sollte mir jemand etwas antun wollen.

Es dauerte eine Weile, bis ich ihn erkannte, selbst als er die Brille und den Helm abgenommen hatte. Nicht nur Liebe kann blind machen, auch Angst, wenn sie groß genug ist.

Er war gerade auf dem Weg zu mir, wie er mir mit einem Lächeln gestand, süßer als der Waldhonig von Monsieur Littwiller. Wir kannten uns erst seit ein paar Wochen, waren gerade dabei, uns anzunähern.

»Wohin gehst du, Marie-Anne?«, fragte er.

»Medikamente holen. Ich muss zu Doktor Botieu«, antwortete ich und spürte die Eile, die mit diesem Satz drängend wurde. Meine Beine setzten sich von alleine in Bewegung.

»Ich kann dich fahren.« Er klopfte auf den Sitz hinter sich, startete bereits den Motor.

Ich überlegte nicht lange, stieg auf, schlang die Arme um seinen Bauch. Bernard fuhr los. Kalt schlug mir der Wind gegen die Ohren, bissig die eisigen Temperaturen, die er mit sich brachte und die meine Sorgen um meine Mutter für den Moment der Fahrt einfroren.

Bernard brachte mich zu Doktor Botieu. Begleitete mich ins Haus, unterstützte mich durch seine bloße Anwesenheit.

Wir waren schneller wieder in Bois-de-Val zurück, als meine Großmutter Yolande es erwartet hatte. Trotzdem kamen wir nicht rechtzeitig, um meiner Mutter helfen zu können. Wir wären auch nicht rechtzeitig gekommen, wären wir noch früher da gewesen, versuchte uns Monsieur Botieu zu trösten, ohne mir, meiner Schwester und meiner Großmutter Yolande damit Trost zu spenden. Aber er nahm uns immerhin etwas von den Schuldgefühlen, die sich zu der Trauer gesellten, weil die bohrenden Fragen, die wir uns stellten – ob es nicht mehr gegeben hätte, was wir für sie hätten tun können, ob wir das Unausweichliche unser aller Schicksale nicht zumindest ein wenig weiter in die Zukunft hätten verschieben können –, der Nährboden jeglicher Selbstvorwürfe war.

Meine Mutter starb am Fieber. Acht Jahre nachdem mein Vater hingerichtet worden war. Acht Jahre, in denen sie meiner Schwester und mir alles gegeben hatte, um den Verlust unseres Vaters mit der eigenen, völligen Selbstaufopferung zu kompensieren.

Ihre Asche verstreuten wir im Wald, auf einer Lichtung, dort, wo das Moos herrlich grün und der Boden weich war. Und ich sage Ihnen, mögen Sie es mir glauben oder nicht: Seitdem der Geist meiner Mutter diesen Ort bewohnt, ist das Moos noch grüner und der Boden so weich wie Samt.

* * *

In der Zeit meines Stillstands (so nenne ich meinen depressiven Anfall, obwohl diese Bezeichnung nicht ganz stimmig ist, denn ich stand nicht still, ich ruderte gedanklich zurück in die Vergangenheit, ließ sie wieder aufleben, insbesondere in meinen Träumen, in denen ich mich tiefer in sie zurückwagte als im Wachzustand, in dem ich nur die Oberflächen meiner Lebensbilder ankratzte, um mich davor zu schützen, was unter ihnen zum Vorschein kam) schwitzte ich viel. Mein Körper reinigte sich wie von selbst. Besonders nachts, wenn ich in den Schlaf fiel, der nie lang, dafür aber intensiv war, verlor ich literweise Wasser, das meine Matratze tränkte.

Oft dachte ich an meine Mutter. Und zum ersten Mal daran, warum sie mehr zu sagen hatte in Bois-de-Val als die wichtigsten Männer des Dorfes (damals hatte man als Frau ja eigentlich gar nichts zu melden).

Ich fragte mich, wann diese Macht eingesetzt hatte, ob meine Mutter schon immer diese besondere Position in unserer Gemeinde innegehabt hatte und ob sie womöglich mit einem spezifischen Ereignis in Zusammenhang stand. Ich fragte mich weiter, ob dieses Ereignis etwas mit dem Tod meines Vaters zu tun haben könnte, der seit Monsieur Boberschrams enthüllendem Besuch nicht mehr nur tragisch und unnötig und falsch und zutiefst traurig, sondern auch geplant gewesen war. Vielleicht würde er noch leben, wenn ihn Monsieur Boberschrams Vater nicht verraten hätte. Vielleicht hätte er die Grenze zur Schweiz unversehrt passiert, und wir wären ihm nach dem Krieg hinterhergezogen, weil er ein hübsches Häuschen in den Bergen des Berner Oberlands für sich ausgebaut hätte und sich ein paar Ziegen hielt, so wie sein Vater es in der Bretagne getan hatte, bevor er zu seiner Mutter, der Enkelin meiner Ururgroßmutter Thérèse, nach Bois-de-Val ging. Vielleicht wäre dort, in der Schweiz, irgendwann Bernard mit seinem Motorrad aufgetaucht, nur um zu sehen, wie ein Land und seine Leute aussahen, die keinen Krieg durchlebt hatten. Vielleicht hätten mein Vater und Bernard sich kennengelernt, noch bevor ich Bernard kennengelernt hätte. Vielleicht hätte Bernard angehalten am Weidezaun und meinen Vater angesprochen, wohin der Weg denn führe, der hinter der Ziegenherde eine scharfe Kurve machte und unbefahrbar zu werden schien. Mein Vater hätte sich gefreut, jemanden aus der alten Heimat zu treffen, mit dem er Elsässisch schwätzen konnte. Er hätte Bernard sofort zu uns zum Essen eingeladen, und Bernard hätte auch sofort eingewilligt, weil er gespürt hätte, dass mein Vater sowieso keine Widerrede zugelassen hätte. (Außerdem hatte Bernard sich noch nie ein gutes Mahl entgehen lassen, da glichen sich Bernard und Monsieur Boberschram sehr.) Bernard hätte unser hübsches Häuschen betreten, den Kopf unter dem weißbeerigen Mistelzweig eingezogen, der über der Eingangstür viel zu weit heruntergehangen hätte, weil meine Mutter dem immergrünen Halbparasiten friedenbringende Eigenschaften zuschrieb. Er hätte seine ledernen Motorradhandschuhe ausgezogen und sich an den Tisch gesetzt, an dem ihm sofort ein Getränk serviert worden wäre. Ich wäre kurz darauf hinzugekommen, um unseren Besucher zu begrüßen, von dessen Ankunft mir mein Vater berichtet hätte. Schon draußen, vor der Tür, hätte ich wahrgenommen, dass meine Mutter ausgesprochen gut von ihm unterhalten wurde. Ich hätte die Tür einen Spalt weit geöffnet und meinen Kopf hineingesteckt. Und genau in diesem Moment hätten sich unsere Blicke getroffen, und ich hätte gleich gesehen, dass es um unseren Besucher aus der alten Heimat geschehen war. Ich hätte ihm ganz förmlich die Hand zur Begrüßung gereicht, mich ein wenig kokett und distanziert zugleich gegeben, weil es auch um mich sofort geschehen war. Ich hätte ein wenig mit ihm gespielt, meine Haare vor meinem Mund gezwirbelt, meinen Nacken gezeigt, vielleicht ein wenig Bein, nur um das Kribbeln in meinem Bauch, in meiner Brust, meinen Fingern und meinen Zehen weiter zu befeuern, das mir so angenehm war, und dann hätten wir uns noch am gleichen Tag geküsst, nicht unter dem Mistelzweig, wie Sie bestimmt vermuten, sondern hinterm Haus, wo unsere Katze gerade Junge bekommen hätte, die ich ihm zeigen wollte. Bernard wäre weggefahren mit seinem fürchterlich lauten Motorrad und einen Tag später mit seinen Habseligkeiten zurückgekehrt. Und dann wäre er geblieben und bei uns eingezogen – und er hätte mit meinem Vater Fußball gespielt, erst auf der Weide, dann im Verein, weil einer der bekanntesten Trainer der Schweiz zufällig mit seiner Familie eine Wandertour unternommen hätte und dabei an unserem hübschen Häuschen vorbeigekommen wäre. Dort hätte er aus den Augenwinkeln meinen Vater und Bernard auf der Weide zwischen Kuhfladen und Ziegenkot Fußball spielen gesehen und wäre abrupt stehen geblieben, weil er bereits aus der Ferne hätte erahnen können, was für zwei Talente sich dort verausgabten, damit der Ball nicht in irgendwelchen Dung fiel. Der Trainer hätte mit beiden Fingern im Mund einen Pfiff losgelassen, der sowohl meinen Vater als auch Bernard an vergangene Zeiten erinnert hätte und sie sogleich strammstehen ließ. Er hätte sie zu sich gewinkt und sie gebeten, doch zum Probetraining der Schweizer Nationalmannschaft zu kommen. Sie wären der Einladung mit klopfendem Herzen und ehrerfüllt gefolgt und hätten unablässig ein Tor nach dem anderen geschossen und die Stammspieler alt aussehen lassen, obgleich mein Vater der älteste Spieler überhaupt gewesen wäre. Der Trainer hätte sich im Anschluss an das Probetraining augenblicklich für die erfolgreiche Einbürgerung in die Schweiz eingesetzt, um sie dann in die Nationalmannschaft einzuberufen, weshalb diese 1954 in Bern wegen meines Vaters und wegen Bernard gegen die Deutschen gesiegt hätte.

Ich litt unter der Frage, wer wohl alles von dem Verrat an meinem Vater gewusst hatte. Ich konnte Monsieur Boberschram, Monsieur Boberschram senior und den Mann benennen, der angeblich in der guten Stube gesessen hatte, als Monsieur Boberschrams Vater meinen Vater als den für ihn einzig greifbaren Schuldigen für den Mord an seiner Frau ausmachte und ihn dafür hinhängte. Die Identität des Mannes, der ein Mitwisser und damit ein Komplize gewesen war, kannte Monsieur Boberschram nicht, was ich ihm glaubte. Er hatte keinen Grund mehr, mir noch weiter etwas zu verheimlichen. Die Frage war nur: Lebte der Mann überhaupt noch, und was hätte es mir geholfen, wenn er noch gelebt hätte?

Nacht für Nacht tauchte ich weiter in meine Vergangenheit ein, obwohl ich es mir oft genug verbot. Zu sehr bereitete es mir Angst, mich meinen Erinnerungen zu stellen, die sich ganz anders zeigten als noch vor Monsieur Boberschrams Beichte. Mein Körper wehrte sich im Schlaf gegen meine Lebensaufzeichnungen, manchmal auch mit Tritten und mit Schreien, was ich jedoch nur dann mitbekam, wenn eine meiner Töchter beruhigend eine Hand auf meine schweißnasse Stirn legte und mir zuflüsterte, sie sei da, ich sei nicht alleine und solle mich beruhigen, alles würde gut werden, ich solle nur darauf vertrauen.

Ich erinnerte mich an die Verzweiflung, die mich gepeinigt hatte wegen des Soldaten mit den weißen Perlen im Mund und weil ich befürchtete, mir würde das gleiche Schicksal drohen wie meiner Freundin Madeleine. Es war meine Mutter, die mir meine Verzweiflung und die Angst nahm – an einem besonders warmen Tag nach Kriegsende, als bei uns und überall im Land die Denunziationen der eigenen Leute begannen. Sie zog mich beiseite und sagte in ernstem und völlig selbstsicherem Tonfall: »Dir wird nichts geschehen, meine Tochter. Ich beschütze dich, weil ich dich beschützen kann.« Und dann, nach einer kleinen, aber merklichen Pause: »Es wird kein zweites Mal vorkommen.«

Ich weiß noch, dass ich mich bei dem letzten Satz, den sie ganz plötzlich mit einem Vibrato in der Stimme gesagt hatte, fragte, ob sie damit das meinte, was zwischen dem deutschen Soldaten und mir vorgefallen war, oder ob sie etwas anderes damit hatte sagen wollen. Nicht nur ihre Stimme, sondern auch etwas an ihrer Körperhaltung, ihrem Gesichtsausdruck, ihrer gesamten Aura hatte sich mit diesem letzten Satz verändert. Doch die Situation gab es nicht her, deswegen nachzuhaken. Außerdem war ich so erleichtert über die Ansprache meiner Mutter, über den Schutz, den sie über mich ausbreitete wie eine wärmende Daunendecke, dass es mir nicht wichtig war, der Irritation nachzugehen, die die Art und Weise ausgelöst hatte, wie sie ihre letzten Worte zu diesem Thema an mich gerichtet hatte.

Ich kann auch nicht mit Sicherheit behaupten, dass meine Mutter diesen letzten Satz genau so gesagt hat, wie ich jetzt, Jahre, ach was, Jahrzehnte später glaube, dass sie ihn mir gegenüber vorbrachte. Das irritierende Gefühl, dass sich hinter ihrem Vibrato und ihrer Wortwahl ein Geheimnis verbarg, stellte sich erst ein, als ich erschüttert nach Monsieur Boberschrams Geständnis im Bett lag und mein Leben Revue passieren ließ. Je länger ich darüber nachdachte und sich meine Gedanken im Kreis drehten, desto mehr gelangte ich zu der Erkenntnis, dass ich zurückreisen musste in die Zeit unmittelbar nach dem Krieg, um jene Blindflecken sichtbar zu machen, die mir dabei helfen würden, wieder zu alter Stärke zu gelangen. Und mir war klar, dass dieses Vorhaben nur gemeinsam mit Monsieur Boberschram zu bewerkstelligen war – ob ich wollte oder nicht.

* * *

An dem Morgen, an dem ich erstmals wieder aus dem Bett aufstand, um mich nicht sogleich wieder hineinzulegen, schneite es. Kleine, harte Flocken, die in Eis übergingen.

Ich schritt die Treppe hinunter in die vom Holzofen wohlig gewärmte Küche und überraschte meine Familie, die um ihre

Bols herumsaß, warme, dampfende Milch trank und in safrangelbe Rosinenbrötchen biss.

»Guten Morgen«, sagte ich.

Statt einer Antwort stierten mich sechs Augenpaare an, als sei ich die Heilige Mutter Gottes höchstpersönlich.

»Ist noch etwas Milch für mich übrig?«, fragte ich und nahm neben meiner Jüngsten Platz, die ein Stück von der Sitzbank für mich freigab und ihren Kopf, kaum dass ich mich hingesetzt hatte, an meine Schulter schmiegte, wortlos, aber mit einem beseelten Lächeln, die Augen geschlossen. Ich roch an ihrem Scheitel, sog den Duft ihres Haars – Lindenblüten und sonnenbeschienene Weizenfelder – in mich auf.

Chloé, die meine Küchenschürze umgebunden hatte, erhob sich vom Stuhl, holte eine weitere Bol aus einem der Hängeschränke in der Küche, stellte sie vor mir ab und füllte sie mit der warmen, dampfenden Milch aus dem Krug. Als sie fertig war, küsste sie mir flüchtig die Schläfe und fuhr mir mit der Hand über den Kopf, wie eine Mutter, die ihr Kleinkind dazu ermutigen wollte, nun auch zu trinken, was man ihm serviert hatte.

Marie war die Erste, die etwas sagte und damit der stillen Harmonie im Raum etwas Dynamik schenkte.

»Auch etwas von den megaleckeren Kugelbrötchen, die Chloé extra für uns gebacken hat?« Sie hielt mir stolz den Brotkorb hin, als hätte sie selbst den Teig für diese tennisballgroßen, gelbbraunen Rundstücke geknetet und mit grobem Zucker bestreut, der auf jedem Brötchen die Form eines lachenden Gesichts erkennen ließ.

»Lachgesichter, Wachgesichter«, sagte ich und war gerührt.

»Iss eines, sei eines!«, ergänzte Marie, und Anne sagte, während sie ihre Hand aus Jérômes Hand nahm und sie mir über den Tisch ausgestreckt hinhielt, damit ich sie nehmen konnte: »Ja, das war doch Papas Motto.«

»Ja, das war es«, bestätigte ich und drückte dabei zärtlich ihre warmen Finger.

Chloé hatte wohl das alte Rezept gefunden, das noch irgendwo in einer Schublade in der Küche herumlag. Seit Bernards Tod hatte ich keine Kugelbrötchen mehr gebacken. Zu sehr hatten sie mich an ihn erinnert oder vielmehr an das Glück, das ich stets bei unseren gemeinsam zelebrierten Sonntagsfrühstücken empfunden hatte.

»Vielleicht auch einen Kaffee?«, fragte Malou, der aufgestanden war. Er wusste, dass ich sonst immer einen trank, und höflich, wie er war, bot er sich gleich dafür an, mir einen zu machen. Doch an jenem Morgen war mir nicht nach einem Kaffee. Nur nach der Milch, die die Nestwärme in unserer Wohnküche mit ihrem süßlichen Aroma noch verstärkte.

Ich verneinte dankend und wies Malou an, sich doch wieder zu uns zu setzen. Malou verbeugte sich theatralisch, mit rundem Rücken, den rechten Arm nach vorne ausgestreckt und mit der Hand kleine Spiralen gen Boden drehend.

Coraline kicherte, als er den Clown gab.

Ich nahm eines von den Brötchen aus dem Brotkorb, den mir Marie noch immer hinhielt, und tunkte es in die warme Milch. Süß der erste Bissen – süß auch der Geschmack der in mir auflebenden Momente vergangenen Glücks.

»Ich streue gleich einmal den Weg vor dem Haus«, brachte sich nun auch Jérôme ein. »Nicht, dass sich einer bei dem Eisschnee noch das Bein bricht.«

Er rückte den Stuhl zurück, drückte gähnend seinen langen, langen Oberkörper durch und war gerade im Begriff, nach draußen zu gehen, als ich ihm darauf eine Antwort gab: »Wenn, dann nur Monsieur Boberschram.«

Mit einem Mal gefror die Zeit – und es wurde merklich kühler im Haus. Jérôme war abrupt in seiner Bewegung stehen geblieben. Anne hatte den Mund geöffnet, in dem sich Worte des Dankes, die sie an Jérôme für seinen Winterdiensteinsatz richten wollte, sammelten, aber nicht mehr ausgesprochen werden konnten. Marie hingegen hatte sich verschluckt und wollte gerade husten, was ihr vom plötzlichen Ruhen der Zeit verwehrt wurde. Indessen starrte mich Malou an, einer Statue gleich, die schwarzen Augen wie vom Meer glatt gespülte dunkle Steine. Bei Chloé, die zwischen Malou und Coraline saß, hatte der Stillstand der Zeit keine Gnade gezeigt, um sie vorteilhaft einzufangen. Ihr hing ein mit Milch vollgesogenes Stück Rundecke am Kinn, das sie versuchte, mit ihrer Zunge zu erwischen. Nur Coraline lag nach wie vor genauso da wie zuvor, mit ihrem Kopf an meiner Schulter. Doch hätte ich ihre Augen gesehen, hätte ich die Sorge in ihnen wahrgenommen, die mir in dieser Position verborgen blieb.

Ich schnippte mit den Fingern, einmal mit der rechten Hand, einmal mit der linken – eine Geste, die ich von meiner Großmutter Yolande kannte, wenn sie scherzhaft eine missratene Situation verändern oder voranbringen oder vergessen wollte und dann so tat, als könnte sie das mit einem banalen Fingerschnippen bewerkstelligen.

Sofort drang die Wärme des Holzofens zu uns an den Tisch wie der Schwall eines tropischen Windes und ließ die Eiskristalle schmelzen, die sich nicht nur um Annes unausgesprochene Worte gebildet hatten, sondern über uns alle.

»Momma!«

»Momma!«

»Momma!«

»Madame Nan!«

»Momma!«

»Madame Nan!«

»Ja, meine Kröten – Malou, Jérôme?«

»Willst du denn etwa, dass sich Monsieur Boberschram das Bein bricht?«, fragte Coraline und machte ein besorgtes Gesicht.

Coraline war zehn Jahre alt und oft viel reifer als die meisten in ihrem Alter. Man wird schneller groß, wenn man viele Geschwister hat. Vor allem dann, wenn sie älter sind. Aber als Coraline das fragte, war sie genau so alt, wie sie war, und aus irgendeinem Grund erfreute mich ihr Kindsein in diesem Moment.

»Nein, natürlich nicht«, antwortete ich sanft und strich ihr über die Wange. »Ich möchte auf gar keinen Fall, dass sich Monsieur Boberschram das Bein bricht.«

»Dann gehe ich jetzt mal streuen«, nahm Jérôme den Faden wieder auf. Er war wirklich ein Phänomen. Noch nie hatte ich erlebt, dass er sich aus der Ruhe bringen ließ. Er entzog sich gerne Situationen, von denen er glaubte, zu ihnen nichts wirklich beitragen zu können. Ich konnte ihn gut verstehen, und ich bewunderte ihn für seine naturgegebene Gelassenheit.

»Danke«, rief ich ihm hinterher, als er bereits in Richtung Terrassentür schlenderte.

»Danke«, sagte auch Anne. »Danke, mein Tiger. (Ich hörte an diesem Tag zum ersten Mal, dass meine Tochter Jérôme mit dem Namen Tiger liebkoste, und fauchte spontan, weil ich mich nach der langen, dunklen Zeit meines Rückzugs wie euphorisiert fühlte, mit zur Kralle erhobener Hand in die Luft, wofür ich mit den Blicken aller anderen gelyncht wurde – aber wie! Das hätten Sie mal sehen sollen.) »Super, dass du das machst, Tiger«, fuhr Anne ungerührt fort und ignorierte meine Reaktion gekonnt (etwas von Jérômes natürlicher Gelassenheit musste bereits auf sie übergegangen sein, denn früher wäre sie beleidigt abgezogen, und ich hätte mich für meine Albernheit lange entschuldigen müssen, bis sie mir verzieh).

»Momma, du scheinst ja wieder auf der Höhe zu sein«, war Chloés spitzer Kommentar. Ich hätte nicht gedacht, dass sie Anne einmal beispringen würde, jedenfalls war das recht ungewöhnlich für ihre Geschwisterkonstellation. Sie hatten die wenigsten Gemeinsamkeiten und die meisten Hürden zu nehmen, um zu harmonieren. Und erstmals ahnte ich, wie sehr meine Kinder während der Zeit meines Stillstands zusammengerückt waren.

Ich hob beide Hände nach oben, als Zeichen, dass ich mich geschlagen geben und von nun an zurücknehmen würde. Sie hatten ja recht, meine Kröten. Es war nicht der Moment, um Scherze zu machen. Sie wollten Antworten hören auf das, was sie am Abend von Monsieur Boberschrams Besuch vernommen hatten, und wissen, warum ich danach nicht mehr für sie da gewesen war. Sie wollten wissen, was das alles zu bedeuten hatte und wie es weitergehen würde mit mir, mit ihnen und mit mir und Monsieur Boberschram – und überhaupt.

»Was ist jetzt mit Monsieur Boberschram und dir?«, fragte Coraline prompt. »Hat er wirklich deinen Vater erschossen?«

Stille, bis auf das Klacken der Terrassentür, die ins Schloss fiel, und kurz darauf das gleichmäßige kratzende Geräusch der Schneeschaufel, die Jérôme über den Boden zog.

»Nein, meine kleine Kröte, das hat er nicht«, sagte ich ernst.

»Was hat er dann falsch gemacht?« Ihre Augen so groß wie Maronen.

Ich überlegte.

»Er hat nicht mit mir geredet. Das hat er falsch gemacht.«

»Aber ihr redet doch die ganze Zeit! Immer, wenn ich etwas sagen möchte, heißt es: ›Coraline, nicht jetzt, wir unterhalten uns gerade.‹« Sie äffte mich ziemlich gut nach. Wortwahl und Tonfall stimmten. Ich musste schmunzeln.

»Ja, das stimmt, meine Kleine. Nur manchmal kommt es nicht darauf an, dass man redet, sondern, was man redet.«

Malou, diplomatisch, wie er war, nickte geflissentlich.

»Und jetzt? Was hast du vor?«, mischte sich Chloé ein.

Ich blickte in die Runde und blieb schließlich bei Annes schmollendem Mund hängen. Sie sah absichtlich weg von mir, als sie meine Augen trafen. Ein bisschen beleidigt, dass ich sie wegen Jérômes Kosenamen auf den Arm genommen hatte, schien sie wohl doch zu sein.

Dann erhob Marie die Stimme, fest und cremig: »Momma wird das tun, was Monsieur Boberschram versäumt hat«, antwortete sie für mich – und ich hätte es nicht besser sagen können.

* * *

Es war stockdunkel, und der Boden war vereist, als ich mich gegen neunzehn Uhr auf den Weg zu Monsieur Boberschram machte.

Ich musste aufpassen, nicht auf dem Asphalt auszurutschen, obwohl Jérôme kräftig gestreut hatte. Doch je weiter ich mich vom Haus entfernte, desto weniger Kiesel gaben mir Halt. Der Weg zu Monsieur Boberschram glich einer Rutschpartie, die jeden Moment gefährlich enden konnte. Oberschenkelhalsbruch, Trümmerfraktur des Handgelenks, offene Luxationsfraktur – ich hatte die schlimmsten Bilder im Kopf, während ich vorsichtig einen Schritt vor den anderen setzte und mir wünschte, den Gehstock meiner Großmutter Yolande mit mir zu führen (ich hatte ihn aufgehoben, weil mir der geschnitzte Hundekopf am Knauf schon als Kind so gut gefallen hatte), um mich zu stabilisieren.

Es war eiskalt geworden. Der Winter hatte über Nacht Einzug gehalten und den Herbst jäh verdrängt. Ich vergrub den Kopf in meinem Schal, bis nur noch meine Stirn und etwas von meiner Nase freigelegt waren, und kniff die Augen zu, um mich vor dem Wind zu schützen, der mir in seiner schneidenden Härte die Tränen in die Augen trieb.

Auf halber Strecke konnte ich meine Finger nicht mehr spüren, obwohl ich sie schützend in der Tasche meines Wintermantels vergraben hielt. Ich kannte dieses eigenartige, taube Gefühl, doch es war lange, lange her, dass mich das Totenfingersyndrom heimgesucht hatte. Das letzte Mal, als ich Bernard kennenlernte, wenn ich mich recht entsinne.

Langsam zog ich erst die eine, dann die andere Hand heraus und besah sie mir. Und in der Tat: Meine Finger waren blutleer und viel schlanker, wie es mir vorkam. Als hätte die Kälte ihnen etwas von ihrem Volumen geraubt. Sie standen ab wie die Beine einer Languste. (Ich wollte mich mit meinen Kochkünsten schon immer einmal an Krustentiere heranwagen, traute mich aber nicht; vielleicht – auch wenn Ihnen das seltsam erscheinen mag – dachte ich deswegen in dem Moment an diese Zehnfußkrebse, von denen mir meine Schwester einst auf ihrer Weihnachtspostkarte schrieb, sie seien ihre Leibspeise auf der Île de la Réunion. Ich verstand meine Assoziation mit diesen Tieren als Zeichen – ich war ja in jener Zeit sehr anfällig für Zeichen, wenn Sie verstehen, was ich meine. Ich wusste nur noch nicht, wofür dieses Zeichen stand.)

Meine Langustenfinger jedenfalls schienen gar nicht mehr mit mir verbunden zu sein. Ich musste meine steife linke Hand zur Hilfe nehmen, um die steife rechte Hand zu kneten. Was nichts brachte außer weiteren Schmerzen, zumal der eisige Wind gnadenlos war. Er blies dem gelblichen Weiß meiner Finger die letzte Farbe weg, und ich fürchtete, dieses Mal könnten sie mir wirklich abfallen und klirrend zu Boden fallen.

Ich fluchte und dachte dabei an Bernard, Gott hab ihn selig. Ich dachte daran, wie er diesen bizarren und äußerst unangenehmen körperlichen Zustand als Beweis dafür angesehen hatte, dass ich eine waschechte Französin sei. Bei dieser Erinnerung musste ich lächeln. Ein Lächeln, das niemand sah, weil es von meinem dicken Schal verdeckt wurde. Und wäre es nicht von meinem dicken Schal verdeckt worden, hätte es um diese Zeit in Bois-de-Val auch niemand gesehen. Das Dorf, in dem bereits seit fast drei Stunden die Sonne untergegangen war (um 16:49 Uhr, um genau zu sein, ich hatte ihr dabei zugesehen und ihr eine gute Nacht gewünscht), war wie ausgestorben. Es gab niemanden, der seinen Hund spazieren führte, keine Dolly, die der Bürgermeister noch für eine Nachtrundfahrt warmlaufen ließ, keine aus dem Hause Dupont, die den Mond angurrte (was vielleicht daran lag, dass der Mond gar nicht schien oder ich ihn nicht sehen konnte, weil er eine dichte Wolkendecke von hinten anleuchtete), keine Tür, die gerade aufging oder geschlossen wurde, nicht einmal mehr eine streunende Katze verteidigte ihr Revier. Es gab keine Jalousie, die nicht heruntergelassen war, keinen Fensterladen, der nicht von eisernen Scharnieren verschlossen gehalten wurde. Und das wenige Licht, das aus den Ritzen drang, reichte nicht aus, damit das Dorf bewohnt wirkte. Wenn nicht immer wieder von allen Himmelsrichtungen her Laute der Lust und der Erregung durch die dicke Wolle meiner Mütze gedrungen wären, hätten mich auf meinem Gang zu Monsieur Boberschram das Gefühl von Einsamkeit und das am wenigsten Greifbare begleitet: das Unheimliche, obwohl ich durch heimische Straßen lief. Aber die Kälte des beginnenden Winters hatte der hitzigen erotischen Anziehungskraft der Dorfbewohner untereinander die Temperatur nicht nehmen können. Bois-de-Val war definitiv in rhythmischer Bewegung – und so wurde ich quasi klang- und schmerzvoll (wegen meiner Leichenfinger!) durch das abendliche Schwarz zu Monsieur Boberschrams Haus geleitet.

Als ich endlich vor seiner Eingangstür stand, lief mir die Nase, und mein Herzschlag spielte verrückt. Ich füllte meine Lungen mit tiefen Zügen eiskalter Luft, bevor ich mich dazu durchrang, meinem Zeigefingerzapfen erfolglos die Order zu geben, den Klingelknopf zu drücken. Kurz war ich davor, die Tatsache, dass meine Finger meinem Befehl nicht folgten, das Ding-Dong im ersten Stock erschallen zu lassen, auch als ein Zeichen zu nehmen, und wollte schon umdrehen. Doch ich verjagte diesen Gedanken schnell wieder aus dem Kopf und nahm meinen Ellenbogen zu Hilfe.

Monsieur Boberschram saß am Schreibtisch, den Rücken mir zugedreht, als ich eintrat. Er öffnete gerade eine Schublade an seinem Sekretär und zog einen Brief daraus hervor. Weißer Umschlag, kleines Format.

»Guten Abend«, sagte ich etwas verwundert, weil er mich nicht an der Tür empfangen hatte.

»Guten Abend, Madame Nan«, sagte er und wandte sich mir zu, den Brief währenddessen in seine hintere Gesäßtasche steckend. Er schien nicht überrascht darüber zu sein, dass ich bei ihm aufkreuzte. Er wirkte ruhig, und mir fiel auf, dass er wieder etwas schlanker geworden war.

»Wir sollten reden«, sagte ich und wusste nicht, wohin mit meinen Händen, die wie in Brennnesseln gebadet brannten und gerade von der blauen Phase in die rote übergingen.

»Unbedingt. Was ist mit deinen Händen, Madame Nan?«

»Ach, nichts weiter. Nur der Beweis, dass ich eine waschechte Französin bin?«

»Bist du das? Ich dachte immer, ich hätte es mit einer waschechten Elsässerin zu tun.«

»Ja, das auch.«

»Da bin ich aber beruhigt.« Er lächelte und machte mich mit seinem Lächeln und seinem schlankem Aussehen ganz nervös.

»Ist Véronique gar nicht da?«, fragte ich etwas verunsichert und sah mich im Zimmer um, obwohl mir klar war, dass sie nicht hier sein konnte, sonst hätte sie sich mir schon gezeigt.

»Nein.« Er schüttelte den Kopf. »Sie lebt inzwischen bei unserem Kapellmeister.«

»Ah«, sagte ich, ohne wirklich erstaunt darüber zu sein.

»Albert hat sie letzte Woche zu sich eingeladen, als er sie auf einem ihrer nächtlichen Spaziergänge traf. Er sagte, er würde ihr gerne die Instrumentensammlung seines Vaters zeigen, weil sich darunter ein Instrument befände, das genau die gurrenden Laute mache, die sie von sich gebe, wenn sie sich dem Licht zuwende.«

»Was für ein Licht denn?«

»Na, der Mond, die Straßenlaterne, so was eben.«

»Ah«, wiederholte ich doch tatsächlich noch einmal und lief dabei rot an.

Perfekter Start, dachte ich. Monsieur Boberschram jedoch ließ sich nichts anmerken. Er verzog keine Miene, während ich versuchte, meine Gesichtsröte vor ihm zu verstecken, indem ich mich weiter im Zimmer umsah und so tat, als interessierte ich mich für die Wände, an denen keine Bilder hingen.

»Und?«, fragte ich, als ich spürte, dass die Hitze aus meinem Gesicht wich und aus den Fingern gleich mit.

»Und was?«, fragte Monsieur Boberschram zurück.

»Was ist passiert mit Véronique und Albert?«

»Das Unausweichliche.«

»Und das ist?«

Er hob die Schultern. »Ein Glas Wein vielleicht?«

Ich nickte, dankbar für den Themenwechsel.

Er ging an mir vorbei in die Küche, die klein, aber gemütlich war. Ich folgte ihm. Er nahm eine bereits entkorkte Flasche aus einem Regal und hielt sie mir unter die Nase.

»Welche Frucht?«, fragte er.

Ich roch in den Hals der Flasche, sog den süßlich schweren Duft in mich ein.

»Kirsche?«

»Genau. Kirsche«, wiederholte er zufrieden und schenkte zwei Gläser voll ein.

»Auf die Liebe, Madame Nan!«, sagte er und hob seines an.

Ich sagte nichts dazu.

Wir setzten uns schweigend an den kleinen runden Tisch, den er besaß und der die Küche halb ausfüllte, wir tranken schweigend, wir sahen uns schweigend an.

»Hat meine Mutter davon gewusst?«, platzte es aus mir heraus, als ich lange genug das Blau seiner Augen studiert hatte und befand, dass es so klar war wie nie zuvor.

Er zog die Brauen zusammen. »Dass mein Vater deinen Vater verraten hat? Meinst du das?«

»Nein, natürlich nicht!«, rief ich aus. »Das hätte meine Mutter niemals zugelassen. Niemals!« Ich musste mich zusammennehmen, um meine Wut kontrollieren zu können. Ich schloss die Augen und konzentrierte mich eine Zeit lang auf die Muster, die sich vor meinen Augenlidern ständig neu formierten. Dann sagte ich: »Ich meine, hat meine Mutter diesen Verrat an meinem Vater irgendwann einmal herausgefunden?«

Monsieur Boberschram nahm einen großen Schluck vom Wein, ließ ihn lang in seinem Mund, bevor er ihn hinunterschluckte.

»Ja«, sagte er. »Ich denke schon.«

»Wieso? Wieso denkst du das?«

»Sie war öfter bei uns, als die Nazis besiegt waren. Mein Vater und sie stritten sich. Nicht nur einmal. Immer wenn sie da war. Und das war oft. Ich bekam nicht alles mit, aber das, was ich mitbekam, war, dass deine Mutter meinem Vater drohte.«

»Wegen was?«

»Es ging um dich und um den Soldaten, mit dem du …«

Ich biss mir auf die rissige Lippe, ohne es zu merken. Erst als ich das Blut schmeckte, ließ ich meinen Kiefer wieder locker.

Monsieur Boberschram reichte mir ein Taschentuch. Ich nahm es, tupfte mir damit das Blut weg.

»Sie wollte dich beschützen«, sagte er sanft. »Mein Vater hatte beschlossen, dich anzuklagen. Er wollte dich aus dem Dorf treiben, dich vor allen demütigen, so wie es vielen Frauen, die sich mit einem Deutschen eingelassen hatten, ergangen war. Er beschimpfte dich lauthals als einen ›Schädling, der mit allen Mitteln bekämpft werden müsse‹. Es war schlimm. Er war schlimm.«

»Aber er war doch selbst ein Nazi. Das hört man doch schon daran, wie er über mich sprach!«

»Eben drum. Als die Deutschen einmarschierten, schlug er sich schnell auf deren Seite. Uns mangelte es an nichts, obwohl es nichts mehr gab nach der Bombardierung. Das weißt du so gut wie ich. Doch wir hatten alles: Essen, Geld, ein schnell aufgebautes Haus, einen Lebensmittelladen, Medikamente, wenn sie nötig waren. Und mein Vater hatte nicht mehr nur etwas auf dem Fußballplatz zu sagen, sondern auch im Dorf. Liegt da nicht die Vermutung nahe, dass mein Vater ein wichtiger Mann für die Deutschen gewesen war? Ich weiß nicht, in welcher Hinsicht. Aber mit Sicherheit hatte es mit Denunziationen zu tun. Und nach dem Krieg machte er gerade so weiter. Er wusste, dass ihn seine Landsleute am liebsten dafür hängen sehen würden, sollte man ihm gemeinsame Sache mit den Deutschen nachweisen können. Und um seine eigene verfehlte Ideologie zu vertuschen, die er bis zum Schluss selbst nicht für verfehlt hielt, machte er das weiter, was er so gut konnte: lügen und verraten. Er machte bei den wilden Säuberungen mit, obwohl er eigentlich selbst deren Opfer hätte sein können. Mein Vater hatte aber nicht mit deiner Mutter gerechnet.«

»Wie hat sie es herausgefunden? Und wann?«

»Ich kann es dir nicht sagen. Ich weiß nur, dass es irgendwann im Frühjahr '45 gewesen sein muss, als wir wieder zu Frankreich gehörten. Denn danach war deine Mutter oft bei uns zu Besuch und stritt sich mit meinem Vater.«

»Vielleicht hat sie ein Gespräch mitbekommen? Vielleicht hat dein Vater noch einmal mit dem Mann geredet, der auch an dem Abend da gewesen war, als du an der Tür gestanden und gelauscht hattest? Der Abend, an dem mein Vater starb.«

»Ja, vielleicht.«

Ich nickte, und Monsieur Boberschram senkte den Kopf. Dann tranken wir einen Schluck vom Wein, der schmeckte, als hätte man Kirschen in ihm ertränkt.

»Deine Mutter drohte ihm, seine Geschäfte mit den Nazis öffentlich zu machen, sollte er es wagen, jemandem auch nur andeutungsweise zu erzählen, du hättest mit einem von den deutschen Soldaten geschlafen. Sie sprach von irgendwelchen Papieren, die sie besäße und die ihr dein Vater gegeben hatte, bevor er in die Schweiz flüchten wollte. Ich habe das alles nicht genau verstanden. Aber ich habe mir einen Satz gemerkt, den sie sagte, weil sie ihn so laut sagte, dass er nicht zu überhören war: ›Du hast meinen Leon unter die Erde gebracht, jetzt schicke ich dich in die Hölle.‹ Mein Vater hat gelacht, ein angestrengtes, dreckiges Lachen. Aber ich konnte hören, dass ihm alles andere als zum Lachen zumute war.«

»Was geschah dann?«

»Das weißt du.«

»Er starb.«

»Ja. Nicht am gleichen Tag, an dem deine Mutter da gewesen war. Zwei Tage später. Herzinfarkt.«

Wieder nickte ich. Das Blut rauschte mir in den Ohren und übertünchte die Stille, die eingetreten war.

»Warum hast du mir nie etwas gesagt?«

Monsieur Boberschram zögerte.

»Mein Vater war ein Nazi. Und ein Lügner. Er war nie ein guter Vater gewesen, streng, wenig an mir interessiert, aber er war nun mal mein Vater und der Einzige, der mir nach dem Tod meiner Mutter neben meinem Bruder geblieben war. Wie hätte ich ihn verraten können? Wie hätte ich *das* tun können, was *er* getan hatte, obwohl ich es so furchtbar fand? Ich wusste, dass mein Vater deinen Vater mit seinem Verrat in den Tod geschickt hatte, aber ich wusste auch, dass es schon geschehen war, als ich es hörte. Es hätte deinen Vater nicht wieder lebendig gemacht. Und wem hätte ich es sagen sollen? Die Nazis waren doch überall! Und nach dem Krieg, ja, da hätte ich es kundtun können. Doch ich konnte es nicht. Er war trotz allem mein Vater, auch wenn ich ihn nicht mehr als solchen anerkannte. Außerdem hatte ich Verantwortung gegenüber meinem kleinen Bruder. Er war doch erst elf. Hätte ich ihm seinen Vater nehmen sollen, nachdem wir schon unsere Mutter verloren hatten? Hätte ich das tun sollen? Ich konnte es nicht. Ich konnte es einfach nicht.«

Er sah mich an, feucht die Augen, deren Blau sich gräulich verfärbt hatte.

»Aber später, als dein Vater gestorben war. Als meine Mutter tot war. Da hättest du etwas sagen können.«

»Unzählige Male habe ich mir diese Situation vorgestellt, wie ich zu dir und deiner Schwester gehe und sage: ›Wir müssen etwas besprechen.‹ Aber manchmal lernt man, mit einer Lüge besser zu leben als mit der Wahrheit. Das soll keine Entschuldigung sein, sondern nur der Versuch einer Erklärung dafür, wie es dazu kam.«

»Und? Hast du gut damit gelebt?«

»Nein.«

»Hast du uns deswegen den Laden vermacht?«

»Nein. Ja. Nein. Ich weiß es nicht. Ja, womöglich schon. Irgendwie.«

Ich erhob mich.

»Madame Nan!« Auch Monsieur Boberschram war aufgestanden. »Bitte geh nicht, ohne diesen Brief mitzunehmen.« Er zog den kleinen weißen Umschlag aus seiner Gesäßtasche, den ich schon beim Betreten der Wohnung gesehen hatte, und überreichte ihn mir.

Als ich die Tür hinter mir zuzog, hielt ich den Brief in meiner Hand, zitternd, aber nicht vor Kälte, sondern vor Erleichterung, endlich die Wahrheit zu kennen, auch wenn sie grausam war, und vor Wut, weil Monsieur Boberschram uns für sein Schweigen mit seinem Laden hatte auszahlen wollen.

Bois-de-Val, im Oktober 1979

Liebe Marie-Anne,
vielleicht erreichen Dich meine Zeilen nicht, weil Du sie nicht liest, da Du jetzt, wo Du meine Geschichte kennst, die auch die Deine ist, beschlossen hast, meinen Brief an Dich zu zerreißen oder zu verbrennen, noch bevor Du ihn öffnest. Vielleicht erreichen Dich meine Zeilen aber doch. Das ist meine Hoffnung, die mich dazu antreibt, Dir trotzdem zu schreiben. Denn das, was ich Dir zu sagen habe, ist wichtig. Für mich, für Dich – bestenfalls für uns.

Als kleiner Bub schrieb ich einmal ein Gedicht, das nur aus zwei Zeilen bestand. Vermutlich schrieb ich es für meine Mutter – meine erste große Liebe. Wahrscheinlich die erste große Liebe aller Buben auf der Welt. Ich schrieb: »Du bist ich, und deswegen liebe ich Dich!«

Ich fand diesen Zettel mit meiner kindlichen Handschrift an dem Abend, an dem ich die Entscheidung fällte, Dir und Deinen Kindern meinen Laden zu vermachen. Du magst die Gründe dieses Geschenks nur in der Vergangenheit suchen, aber so ist es nicht. Das sage ich, weil ich, wenn Du diesen Brief liest, keinen Grund mehr dazu haben werde, Dir weiterhin etwas zu verschweigen. Du wirst zu diesem Zeitpunkt schon alles wissen, was ich mehr als mein halbes Leben lang für mich behalten und einigermaßen gut verdrängt habe. Nur eine Sache wirst Du noch nicht wissen, weil ich sie selbst erst für mich herausfand. Und diese Sache hat mit dem zu tun, was meine kindliche Hand damals zu Papier brachte und was mir nicht mehr aus dem Sinn geht, seitdem ich den Zettel fand. Ich fragte mich, was ich mit dem ersten Gedicht meines Lebens hatte ausdrücken wollen. Und ich bekam die Antwort darauf ein paar Wochen später. Ich bekam sie von Dir!

Wir saßen zusammen. Wir teilten uns ein paar Nüsse und ein Gläschen Wein. Eine blaue Libelle kam angeflogen, blieb schwirrend auf Höhe unser beider Gesichter stehen, kaum einen halben Meter vor uns. Sie bewegte sich weder vorwärts noch rückwärts. Sie stand in der Luft, und man hätte meinen können, das Einzige, was sich bewegte, sei das Flirren, das von der Hitze des Tages erzeugt wurde, nicht aber dieses Insekt. Ich dachte, es sei nur eine Libelle, die sich uns zeigte, um gleich wieder davonzuschwirren. Und auch Du dachtest das. Du sagtest: »Sieh nur, Monsieur Boberschram, man denkt, es sei eine Libelle, und doch sind es zwei, die sich gerade vereinigen.« In der Tat: Vor uns kopulierten zwei Insekten, deren Körper so miteinander verbunden waren, dass es aussah, als seien sie eins.

In dem Moment brach etwas auf mich herunter, das eigentlich weder neu noch überraschend für mich hätte sein dürfen, weil es keinen Tag gab, an dem ich es nicht nicht erwarten konnte, zu Dir zu gehen, um in Deiner Nähe zu sein – doch zum ersten Mal verstand ich, dass Du mir so nah und vertraut warst, dass ich Dich liebte.
»Du bist ich – und deswegen liebe ich Dich.«

Dein Martin

* * *

Glauben Sie nicht, dass ich diesen Brief las. Ich schmiss ihn auf den Küchentisch, kaum war ich daheim angekommen.

Ich fühlte mich leer. Als hätte mir jemand bei jedem Schritt, den ich auf dem Weg nach Hause machte, ein Stück meiner Empfindungen ausgekratzt, bis schließlich keine mehr übrig waren.

Tatsache war: Ich liebte einen Mann, der jahrzehntelang gewusst hatte, wer meinen Vater in den sicheren Tod geschickt hatte. Ich liebte einen Mann, der es offensichtlich als (gerechtes) Schicksal hinnahm, dass sein Vater von meiner Mutter in die Hölle geschickt worden war oder genauer gesagt: geschickt worden sein soll. Ich liebte einen Mann, der sein schlechtes Gewissen hatte beruhigen wollen (ob bewusst oder unbewusst, spielt irgendwann keine Rolle mehr), indem er mir und meinen Kindern seinen Lebensmittelladen vermachte. Und ich fragte mich, ob ich einen solchen Mann überhaupt noch lieben konnte. Ob ich einen solchen Mann überhaupt noch lieben durfte.

Chloé, die wieder mit dem Kreppeisen an ihren Haaren herumexperimentiert hatte und in der Küche stand und gerade einen Blick durch das gelb erleuchtete Ofenfenster auf ihre selbst gemachten Schiffala mit Roïgabrageldi werfen wollte (meine lieben Kröten hatten doch glatt mit dem Abendessen auf mich gewartet), sah erst mich und dann den Brief an – meine Güte, diese Haare! Das hätten Sie mal sehen sollen. Der alte Strohbesen, den wir zum Fegen unserer Einfahrt verwendeten, sah gepflegter aus als das, was auf Chloés Kopf explodiert war.

»Für wen ist der? Und wie ist es mit Monsieur Boberschram gelaufen?«, rief sie mir zu und öffnete dabei die Ofentür ein Stück weit. Sofort entwich der dampfige Duft gebackener Kartoffeln und Schweineschulter und erfüllte den Raum. Keine zwei Sekunden später kamen Marie, Malou, Anne, Jérôme und Coraline herbeigerannt. Ob sie wegen mir so schnell die Wohnküche betraten oder weil sie das Abendessen rochen, weiß ich nicht. Aber sie saßen schneller am Tisch, als ich sie begrüßen konnte. Sie nahmen fast alle gleichzeitig auf ihren Stühlen Platz, wie Schüler, deren strenger Lehrer dazu aufgerufen hatte, dass Ordnung und Ruhe einkehren möge.

Ich stand nach wie vor am Kopfende des Tischs, der Briefumschlag vor mir unschuldig weiß, und sah mir meine Kinder und Schwiegersöhne in spe an, wie sie mich anstarrten mit ihren großen Augen und still um Informationen baten.

Während Marie als Erste ihre Hände aus dem Schoß nahm, nach dem Brief griff, ihn fragend vor ihrem hübschen Gesicht drehte und wendete, trat nun auch Chloé an den Tisch. Sie stellte sich neben mich und sagte, sich verirrtes Haar aus dem Gesicht streichend: »Es wird gegessen, was auf den Tisch kommt. Also, hopp, hopp!« Sie klatschte zweimal in die Hände und befahl weiter: »Coraline, los, das Besteck! Anne, sieben Teller und zwei Untersetzer! Jérôme, drei Krüge mit Wasser, Malou, das Essen aus dem Backofen, aber Vorsicht, es ist heiß! Und Marie, leg den Brief hin, hol Gläser.«

Es dauerte keine zwei Minuten, und der Tisch war gedeckt, und alle – bis auf Chloé, die stehen geblieben war, um das Treiben mit strengem Blick zu beobachten – saßen wieder auf ihren Plätzen, die Hände in ihren Schößen gefaltet, die Augen wieder voller Neugier auf mich gerichtet.

Ich konnte es nicht glauben. Es kam mir so vor, als befände ich mich in einem Zeitraffer, den ich mir als Mutter tausendmal, ach, was rede ich, millionenmal gewünscht hatte, wenn es darum ging, dass meine Kinder mir bei der Hausarbeit helfen sollten. Meistens jedoch (außer in den letzten Monaten, da hatte sich, was das betraf, viel zum Positiven hin verändert) war es so gewesen, dass ich mich statt in einem Zeitraffer in einer Zeitschleife befunden hatte, dass ich mehrmals inständig darum bitten musste, bis meine vier Kröten endlich eine der Aufgaben erledigten, die ich ihnen aufgetragen hatte – und jetzt stand da meine pubertierende Tochter mit ihren wild gekreppten Haaren und schaffte es, dass ihre Geschwister in Hochgeschwindigkeit den Tisch deckten, um hinterher brav wie hungrige Mäuse darauf zu warten, das Essen serviert zu bekommen. Was hatte ich jahrelang nur falsch gemacht?, fragte ich mich. Oder: Was machte Chloé nur richtig? Ich schloss kurz die Augen, um sie sogleich wieder zu öffnen. Ich hoffte, so herauszufinden, ob das gerade alles nur ein Hirngespinst gewesen war.

Ich hatte nicht geträumt, das muss ich Ihnen bestimmt nicht sagen. Also setzte ich mich hin und begann meinen Kindern die Antworten zu geben, die ihre fragenden Augen stellten. Ich ließ nichts aus. Ich erzählte alles, was Monsieur Boberschram mir anvertraut hatte. Ich begann bei meinem Vater und endete damit, wie es mir jetzt ging, was ich dachte und fühlte oder besser gesagt: *nicht* fühlte.

Als ich ausgeredet hatte, nahm ich Monsieur Boberschrams Brief. Ich drehte und wendete ihn genau so in meinen Händen, wie Marie es zuvor getan hatte. Jeweils eine Ecke zwischen den Fingerkuppen der beiden Zeigefinger eingespannt, sodass der Brief um seine eigene Achse rotieren konnte. Ich überlegte, ihn zu öffnen, als Chloé sich mit Schwung erhob und sagte: »Schiffala und Roïgabrageldi werden kalt, lasst uns essen!« Da legte ich den Brief weg. Er gelangte später in mein Schlafzimmer und dort in meine Madame-Nan-Schachtel, wo er irgendwann in Vergessenheit geriet. Ich fand ihn vor Kurzem, als ich mein Testament vorbereiten wollte (ich sagte zu Anfang ja, man spürt, wenn die Zeit kommt, und ich spüre es deutlich) und mir meine geheime Schachtel zur Hand nahm, in der ich all das aufbewahrte, was von Bedeutung für mich war. Ich öffnete den Brief – und ich kann Ihnen sagen, von da an war vieles wieder präsent, was ich fast ein Dreivierteljahrhundert lang erfolgreich verdrängt hatte.

Aber zurück an den Tisch! Während Besteck gerade gerückt wurde, füllte Malou die Gläser mit Wasser, und Chloé gab jedem eine großzügige Portion von der Schweineschulter und den gebackenen Kartoffeln auf den Teller, an denen sich die Käsefäden kräuselten. Niemand sagte etwas, als das Essen vor ihnen lag. Alle schnitten nur mit ihren Messern das Fleisch in Stücke, schoben es mit der Gabel in den Mund und kauten ausgiebig, obwohl das Fleisch so zart wie Butter war.

Es war keine bedrückte Stille, die während des Mals einkehrte. Nein, das war sie nicht. Sie war erfüllt von Leben – von Schmatzen und Kauen, von Schlucken und Lecken, von Schneiden und Schlürfen. Es redete nur niemand wie sonst ein Wort. Ich spürte, wie sehr meine vier Kröten nachdachten. Auch Malou und Jérôme machten sich ihre Gedanken. Ich sah ihnen an, dass sie sich darüber den Kopf zerbrachen, für welchen Umgang mit Monsieur Boberschram sie sich an meiner Stelle entscheiden würden. Ich sah auch, dass sie keine Antwort darauf parat hatten. Und so konzentrierten sie sich lieber auf ihr Essen und sagten einfach einmal nichts.

Als die Auflaufformen leer und die letzten Bissen gegessen waren, traute sich doch jemand, die Stimme zu erheben. Es war Coraline. Sie rückte mit ihrem Stuhl etwas zurück, wandte sich aber nicht mir, sondern Chloé zu: »Weißt du, Chloé, das hättest du nicht tun dürfen.«

»Was denn?«, fragte Chloé irritiert, und alle anderen sahen auf.

»Du hättest Malou nicht bitten dürfen, das Essen aus dem Ofen zu holen.«

»Hä? Warum nicht?«

»Weil du dich immer beschwerst, dass man den Männern typisch männliche Aufgaben gibt und den Frauen die weiblichen. Jetzt hast du das Gleiche getan.«

»Habe ich nicht!«, konterte Chloé.

»Doch, hast du wohl«, mischte sich Marie ein.

»Nein, habe ich nicht!«, beharrte Chloé. »Ich habe einfach jedem eine Aufgabe gegeben, weil sich der Tisch ja nicht von alleine deckt. Ich habe gar nicht darüber nachgedacht, wem ich welche Aufgabe zuteile, ich habe es einfach getan.«

»Siehst du«, sagte Anne und konnte ein genugtuendes Lächeln nicht unterdrücken, »weibliche und männliche Vorstellungen trägst du genauso in dir wie wir anderen auch. In Zukunft brauchst du dich gar nicht mehr so aufspielen mit deiner Gerechtigkeitsfantasie.«

»Was soll denn am Essen-aus-dem-Ofen-Holen typisch männlich sein?«, konterte Chloé.

»Hitze.« (Marie)

»Schwer.« (Anne)

»Kraft.« (Coraline)

»So ein Quatsch«, sagte Chloé und winkte mit der Hand ab.

»Solche Sorgen«, sagte nun Malou diplomatisch, »können nur Frauen haben«, woraufhin er von all meinen Mädchen augenblicklich gegeißelt wurde. Marie gab ihm einen ordentlichen Klaps auf die Schulter, Anne schlug ihm mit der flachen Hand einmal fest auf den Kopf, Chloé tötete ihn kurzerhand mit ihren Blicken, und Coraline bewarf ihn mit einem Stück lauwarmer Kartoffel. Nur Jérôme sprang Malou zur Seite und wackelte bejahend mit dem Kopf, immer auf und ab, als hätte er seine Kopfhörer auf und hörte eine Musik, die an einen sanften Wellengang des Meeres erinnerte.

Ich lehnte mich zurück.

Das Leben lehrt einen doch immer wieder eine Lektion, dachte ich. Diese hier war: Ablenkung ist das beste Mittel, um der Verdrängung den Boden zu bereiten. Wahrscheinlich, so dachte ich weiter, hatte sie auch bei Monsieur Boberschram funktioniert. Fast sein ganzes Leben lang.

Es war eine traurige Erkenntnis.

* * *

Auf eine Sache konnte ich mich mein Leben lang verlassen: auf den Alltag. Oft genug wollte ich ihm entfliehen, das Hamsterrad anhalten, aus ihm herausspringen, davonflitzen und etwas anderes tun und sehen. Doch in jenen Tagen war ich dankbar für die gewohnten Strukturen, die mich in ihrer Monotonie gefangen hielten und mir dadurch Halt gaben. Betrachtete man die Aufgaben, die ich nach der Zeit meines Stillstands wiederaufnahm, so hätte man meinen mögen, nichts sei vorgefallen, alles sei gleich geblieben, beim Trott angefangen.

Frühmorgens stand ich auf, bereitete (jetzt gemeinsam mit Chloé, immerhin!) das Frühstück für meine Kröten und das Essen für das *Chez Malou* vor. Dann ging ich in den Laden, stellte mich hinter die Theke und wartete auf unsere Kundschaft. Ich zwang mich dazu, nicht zu Monsieur Boberschrams Fenstern hinaufzuschauen, wenn ich die Straße zum Laden entlanglief. Ich wollte nicht sehen, ob er die Läden geschlossen oder geöffnet hatte, ich wollte nicht mitbekommen, ob bei ihm Licht brannte oder ob er gerade zufällig am Fenster stand und hinuntersah auf das Trottoir, das Jérôme stets ausgiebig mit Kiesel bestreute, lange bevor ich die Tür zum *Chez Malou* öffnete und das Schild von *fermé* auf *ouvert* drehte.

Die Bewohner Bois-de-Vals begrüßten mich, als sei ich mindestens ein Jahr weg gewesen. Ich wurde gedrückt, umarmt, geküsst (aber erst, nachdem durch mehrmaliges Nachfragen sichergestellt wurde, dass ich wirklich keinen Magen-Darm-Virus mehr mit mir herumschleppte) und mit, nun sagen wir mal, offenherzigen Komplimenten versorgt: »Madame Nan, Sie hat es ja ganz schön erwischt. Da ist ja kaum mehr ein Gramm Fett an Ihnen übrig geblieben. Steht Ihnen aber gut.«

»Jung sehen Sie aus, Madame Nan, noch ein paar Augenringe, aber ansonsten kaum wiederzuerkennen. Man könnte fast meinen, eine gewisse Ähnlichkeit zu Ihren Töchtern zu erkennen.«

»Schön, dass Sie wieder da sind. Es hat doch einfach etwas gefehlt, als Sie weg waren. Wobei, Ihre Töchter, da will ich mich nicht beklagen, die haben Sie wirklich toll ersetzt. Die sind ja schon allein fürs Auge ein Genuss, wenn ich mir diese Bemerkung erlauben darf, Madame Nan.«

Wie Sie sehen, war die Stimmung im Dorf gut. Ausgelassen. Es wurde gescherzt, gelacht, viel gegessen und getrunken. Das Geschäft lief prima, obwohl der Andrang weitaus nicht mehr so groß war wie nach dem Fest, als alle aus Bois-de-Val und von außerhalb eine der sehr bald rar gewordenen Liebesbomben ergattern wollten.

Marie und Malou machten gerade Verkaufspause. Sie steckten mittendrin in einer »reinen Produktionsphase«, wie Marie es nannte, und wollten am 6. Dezember mit einer Eintagesaktion und dann erst wieder eine Woche vor Weihnachten mit dem Vertrieb der Liebesbomben beginnen. Marie sprach von einer »komprimierten Weihnachtsaktion«, wenn ich sie nach ihrem Vorhaben befragte. Sie wollte kleinere Liebesbomben produzieren als die, die sie bislang verkauft hatten. Diese wollte sie dann als Liebesauffrischungsperlen anbieten und in einer rot glänzenden Herzschachtel auf ein Wattebett legen. »Wie du weißt, Momma, und wie wir jeden Tag zu hören bekommen, hat bei den meisten die Wirkung der Liebesbomben bereits eingesetzt. Jetzt müssen wir dort ansetzen, wo die Befürchtungen liegen: dass dieser wunderbare Zauber irgendwann ein Ende hat. Genau hier holen wir unsere Käufer ab. Mit den Liebesperlen – die kleine Schwester der Liebesbombe. Weniger Materialverbrauch, gleiches Geld.«

Für den 6. Dezember hatten Marie und Malou vor, den braunen, duftenden Kugeln Nikolaushüte aufzusetzen, kleine aus Filz zusammengenähte Hütchen mit einem Miniaturbommel dran, dessen eingearbeitete Glitzerfäden im Licht reflektierten. Dann noch zwei kleine Augen und ein weißer Rauschebart als Gesicht oben drauf, und fertig war die Ankunft des Weihnachtsmanns in Bois-de-Val, der für noch mehr einträchtige Stunden sorgen sollte.

Einen anderen Teil der Liebesbomben wollte meine Älteste mit Engelsflügelchen aus goldener Pappe versehen, die links und rechts der Kugeln abstanden. Die Sprüche hierfür sollten lauten: *Lassen Sie sich beflügeln!* Und: *Verleihen Sie Ihrer Liebe Flügel.* Und: *Flügeln verbindet.* Die gesamte Engelsschar sollte auf unserer Theke aufgebaut werden wie ein Triptychon. »Glaub mir, Momma, daran geht keiner vorbei, ohne zuzugreifen.«

Zu guter Letzt wollten Marie und Malou einen Teil der Liebesbomben weiß bepudern und sie als Schneebomben unter die Leute bringen. »Gleiche Wirkung, neuer Look.«

»Luk?«

»›Look‹, Momma. Englisch.« (Sie verdrehte die Augen.)

Ich sah sie fragend an.

»Neues Aussehen. Das ist eine ganz simple Maßnahme, Momma. Jede Winteraktion benötigt auch ihre eigene Farbe, damit die Ware frisch daherkommt. Weiß bietet sich an, findest du nicht auch? Der Mantel des Winters.«

Maries Fantasie kannte keine Grenzen, und ich bewunderte sie für ihren Unternehmensgeist.

* * *

Monsieur Boberschram ließ sich nicht blicken. Es kam mir so vor, als hüteten sich alle aus Bois-de-Val davor, seinen Namen in meiner Gegenwart zu erwähnen. Manchmal verstummte sogar das ein oder andere Gespräch meiner Gäste, sobald ich mich ihnen näherte. Auch meine Kinder und Schwiegersöhne in spe machten einen Bogen um das Thema Monsieur Boberschram. Ich konnte es ihnen nicht verdenken. Auch sie mussten verarbeiten, was ich ihnen erzählt hatte, und jedes meiner Kinder tat das auf seine Weise: Coraline faltete tonnenweise Papier, Chloé zerstörte ihre Haare mit dem Kreppeisen und experimentierte weiter in der Küche an neuen Kochrezepten herum, Anne vergrub ihr Gesicht noch öfter als sonst in Jérômes Nacken und schmiedete Zukunftspläne für ihren gemeinsamen Weggang nach Straßburg, Marie entwickelte eine Geschäftsidee nach der anderen, und Malou und Jérôme waren hilfsbereiter denn je. Inzwischen machten sie sich sogar daran, unser Haus zu renovieren, das es dringend nötig hatte.

Es war schließlich Véronique, die mir verriet, dass Monsieur Boberschram gar nicht mehr in Bois-de-Val weilte, sondern auf Reisen gegangen war. Auf eine weite Expedition (so nannte sie es!) mit mehreren Stationen, die auf der Île de la Réunion enden sollte.

Sofort dachte ich an meine Schwester Alice und daran, dass er sie bestimmt aufsuchte, um auch ihr zu berichten, was damals vorgefallen war. Ich konnte es nicht glauben, dass er, der nie aus Bois-de-Val herausgekommen war und auch nie ein Interesse daran gezeigt hatte, seinen Heimatboden zu verlassen, dass ausgerechnet er jetzt eine so große Reise unternahm – und noch dazu allein.

Ich erinnere mich noch genau an den Tag, an dem Mademoiselle Duponts Schwester es mir erzählte. Es war der 6. Dezember, keksgroße Flocken tänzelten vom Himmel herab und blieben auf der Straße liegen, die innerhalb von einer halben Stunde eingeweißt war.

Marie und Malou hatten den ganzen Morgen über kartonweise Liebesbomben in Nikolausmontur ins *Chez Malou* getragen und dann vor mir auf der Theke aufgebaut. Mindestens zweihundert Nikolauspaare (jeweils ein männlicher Nikolaus mit Rauschebart und ein weiblicher ohne Bart – das war Chloés Beitrag zu dieser Aktion gewesen, weil sie meinte, die

Gleichberechtigung zwischen Mann und Frau dürfe durchaus auch bei der Vermarktung der Liebesbomben eine Rolle spielen) verströmten einen intensiven Duft nach feuchter Erde, frischem Heu, Zimt und Nelken, der unseren Laden noch weihnachtlicher machte, als er dank Maries überbordender Dekorationskunst (Sterne, Kugeln, Girlanden en masse) sowieso schon war.

Ich fröstelte, als Véronique die Ladentür öffnete und das *Chez Malou* betrat. Eigentlich fröstelte ich nicht, *als* sie es betrat, ich fröstelte, *weil* sie es betrat. Sofort wurden auch die Gespräche aller, die sich im Laden aufhielten, leiser und verklangen schließlich ganz.

Spitze Ohren, wache Blicke.

Véronique kam nicht alleine. Sie war in Begleitung von Albert, der keinen Zentimeter von ihrer Seite wich, sondern wie ihr eigener Schatten an ihr klebte. Die beiden steuerten, kaum fiel die Ladentür ins Schloss, direkt auf mich zu und machten vor den Nikolausbomben halt, von denen rund ein Viertel sofort verkauft worden war, als Marie und Malou sie pärchenweise aufstellten.

»Guten Tag«, zwang ich mich zu sagen, wobei ich mich nicht um ein bisschen Wärme in der Stimme bemühte.

»Guten Tag«, sagten Véronique und Albert – gleichzeitig.

»Was kann ich tun?«

»Wir möchten uns von Ihnen verabschieden, Madame Nan«, sagte Albert, während Véronique unmerklich dazu nickte. Es war interessant zu sehen, wie der Schatten, der Albert in ihrer Anwesenheit gewesen war, nun auf sie überging, wie sie in den Hintergrund rückte, während er mit mir redete.

»Aha«, sagte ich dann und richtete meine Aufmerksamkeit nun auf Albert, der im neu gewonnenen Licht strahlte.

»Wir werden nach Lothringen gehen«, fuhr er fort. »Wir werden dort das Haus von Véroniques Eltern übernehmen, und ich werde meinen Weg als freier Musiker gehen. Véronique hat sich all meine Kompositionen angesehen, und sie sagt, sie seien gut.«

»Brillant«, warf Véronique ein, und kurz leuchtete sie auf, bevor Albert wieder das Wort ergriff.

»Ich werde den Versuch wagen, Madame Nan. Ich bin überzeugt davon, dass er mir gelingen wird. Oder was meinen Sie?« Albert lächelte, als er mir diese Frage stellte, die keine war, sondern nur eine Selbstbestätigung dessen, was er sich zuvor nie hatte eingestehen wollen – aus Bescheidenheit, aus mangelndem Selbstvertrauen, es gab viele Gründe, warum.

»Ja«, sagte ich. »Davon bin auch ich fest überzeugt.« Alberts Lächeln wuchs sich zu einem Grinsen aus. Er war kaum mehr wiederzuerkennen.

Ich sah, dass er glücklich war und stolz. Ich sah, dass er kaum stillstehen konnte vor Tatendrang und Energie. Und ich freute mich so sehr für ihn, dass sein Leben eine solch angenehme Wendung genommen hatte. Er war ja doch immer recht einsam gewesen seit dem Unfalltod seiner Eltern. Er schien sich stets fehl am Platz gefühlt zu haben in unserer dörflichen Gemeinschaft. Nun hatte er wohl in mehrfacher Hinsicht die Aussicht auf eine neue Heimat gefunden.

»Leben Sie wohl, Madame Nan«, sagte er und legte eine Hand auf Véroniques Schulter, sodass ein wenig von seinem Licht sie beschien. Er wollte los, er wollte durchstarten, die Vergangenheit hinter sich lassen. Das spürte ich.

»Leb wohl, Albert«, sagte auch ich und hatte das Gefühl, als entließe ich ihn in die Freiheit.

Er wandte sich zum Gehen um und war ganz erstaunt, in die von Anerkennung und Wohlwollen erfüllten Gesichter der Gäste des *Chez Malou* zu blicken, die sich hinter ihm unbemerkt in zwei Reihen aufgestellt hatten. Fast kam es mir vor, als wollten sie klatschen und ihm einen imaginären roten Teppich ausbreiten bis zur Ladentür, hinter der der Schnee inzwischen sanfte Hügel bildete.

Véronique hatte sich nicht mit umgedreht. Sie war stehen geblieben und begutachtete die Nikoläuse vor ihrer Nase.

»Die beiden nehme ich mit!«, sagte sie bestimmt und deutete mit ihrem schmalen Zeigefinger auf ein Nikolauspärchen in der Mitte der Auslage. Véronique trug eine dieser hochgeschlossenen Blusen mit Rüschen um den Hals, die auch Mademoiselle Dupont so gerne zu ihren Gouvernantenröcken trug. Sobald sie den Arm hob und ihren Zeigefinger ausstreckte, rutschte der Stoff der Bluse nach oben, und die Rüschen berührten fast ihr spitzes Kinn.

Albert und Véronique, dachte ich bei mir, da haben sich schon zwei Paradiesvögel gefunden.

Ich nahm das Nikolauspärchen heraus, das Véronique auserkoren hatte, wickelte etwas Papier herum und überreichte die beiden Liebesbomben dann Véronique.

»Vierzig Francs«, sagte ich und streckte ihr fordernd meine flache Hand entgegen. Dass ich einfach so den doppelten Preis verlangte, bereitete mir eine geheime Freude. Es tat gut, diese Frau dafür bezahlen zu lassen, dass sie Monsieur Boberschram für sich hatte singen lassen.

Véronique zog verwundert die Augenbrauen nach oben, sagte aber nichts. Stattdessen öffnete sie ihre Handtasche, holte ein Portemonnaie daraus hervor und entnahm ihm zwei Zwanzig-Francs-Scheine, die sie mir blitzartig überreichte, sodass die Rüschen ihrer Bluse ihr spitzes Kinn kitzelten. Dann sagte sie: »Er liebt Sie. Er hat die ganze Zeit über nur von Ihnen geredet. Tagein, tagaus, nachtein, nachtaus. Selbst in seinen Träumen.«

Ich sah von den Scheinen auf, die ich gerade im Begriff war, an mich zu nehmen, und in den Raum hinein. Ich sah Albert an, wie er am Anfang des imaginären roten Teppichs stand, seinen Körper dem Ladenausgang zugewandt, der Kopf jedoch in meine Richtung schauend, mich freudig anlächelnd. Ich sah meine Gäste, wie sie den imaginären roten Teppich säumten, als warteten sie schon seit Stunden auf einen Star. Ich sah in ihre Radar-Ohren, die diese Neuigkeit einfingen – so sehr, dass sie vergaßen, ihre vor Erstaunen offenen Münder zu schließen. Ich sah Mademoiselle Duponts Schwester, wie sie, als hätte sie nichts gesagt, die in Papier eingewickelten Nikolausbomben in ihre Handtasche steckte, sich umdrehte und zu Albert ging, damit sie beide ihren letzten Gang aus dem *Chez Malou* und damit aus Bois-de-Val antreten konnten.

Das Frösteln, das mich erfasst hatte, verschwand in dem Moment, als die beiden die Ladentür öffneten und nach draußen in den Schnee traten. An dessen Stelle schaltete sich der Ofen in meinem Herzen ein und bollerte, als sei er gerade mit einem Ster Holz gefüttert worden.

»Danke«, rief ich ihnen hinterher und wedelte mit einem der Zwanzig-Francs-Scheine, den ich nun doch nicht mehr für mich behalten, sondern ihr lieber zurückgeben wollte.

Der Schnee schmolz unter meinen Füßen, als sie mich nach Hause trugen. Nicht, weil es draußen plötzlich so warm geworden wäre, dass mein Gewicht die Eiskristalle zu Wasser zerdrückt hätte, sondern, weil das Wissen um Monsieur Boberschrams Gefühle für mich (Sie dürfen nicht vergessen, dass ich seinen Brief ja erst kürzlich las) meinen Körper so erwärmt hatten, dass die wohlige Hitze sich bis in meine Schuhsohlen ausdehnte, die nun wie die Flächen zweier Bügeleisen den Boden glätteten.

»Hab ich es doch gewusst«, sagte Chloé, als sie ihren Pullover ausziehen musste, weil sie fand, dass es unerträglich heiß in meiner Nähe war.

»Hat doch jeder gewusst«, meinte Anne, die ihren Kopf für diesen Satz ausnahmsweise mal aus Jérômes Nacken nahm und sich die Schweißtropfen von der Stirn wischte, bevor sie die Stirn wieder an Jérômes Hals legte.

»Kommt er jetzt endlich wieder jeden Abend zu uns?«, war

Coralines Frage, womit sie ihre Sorge zum Ausdruck brachte, mit der sie sich die letzte Zeit über geplagt hatte.

Marie hingegen meinte: »Kannst du ihn denn noch lieben, Momma, nachdem er dich die ganzen Jahre angelogen hat? Ist das denn überhaupt noch möglich?«

Ist das denn überhaupt noch möglich? Das war auch die Frage, die mich nach der Aussprache mit Monsieur Boberschram umgetrieben hatte und mir den Schlaf raubte. Sie haben ja gar keine Vorstellung davon, wie!

»Die Liebe fragt nicht danach, ob sie liebt, sie tut es einfach«, antwortete Malou für mich. Und weil er weder übergriffig mir gegenüber noch zurechtweisend gegenüber Marie sein wollte (das hätte sie sowieso nicht auf sich sitzen lassen, dafür kenne ich sie zu gut, und Malou auch!), fügte er noch schnell hinzu: »Das sagte jedenfalls meine Mutter immer, Gott hab sie selig.«

Er ist wirklich sehr schlau, unser Malou. Keine Frage.

* * *

Weihnachten kam und mit ihm viel eisiger Regen. Innerhalb kürzester Zeit verwandelte sich Bois-de-Val in eine gewaltige und für uns alle hochgefährliche Rutschpartie. Hätten sich Malou und Jérôme nicht freiwillig dazu bereit erklärt, im Eineinhalbstundentakt (auch nachts) mit dem Traktor von Monsieur Littwiller durch die Straßen und Gassen zu fahren und Unmengen Salz und Streugut auf die Fahr- und Gehwege unseres Dorfes zu säen, ich fürchte, wir Bois-de-Valer hätten die letzten Tage des Jahres mit Knochenbrüchen und mit bestimmt noch viel Schlimmerem zu tun gehabt.

Doch trotz Glatteis und schneidend kalter Luft wurde das *Chez Malou* äußerst gut besucht. Man wärmte sich bei uns bei heißem Tee, Punsch oder Marillenschnaps auf, man genoss dazu die vier Sorten Weihnachtsbredele (Butter-, Schwowe-, Spritz- und Anisbredele), die Chloé und ich gemeinsam herstellten. Bis Weihnachten verkauften wir auch alle Nikolaus-, Schnee- und Liebesbomben mit Engelsflügeln, die Marie und Malou in unglaublichen Mengen (»Bis unters Dach vom Baumhaus«, sagte Coraline) und mit tatkräftiger Unterstützung meiner Jüngsten vorproduziert hatten. Die Aktionsbomben gingen schneller weg als die Bredele, das kann ich Ihnen sagen.

Von dem Geld, das Coraline von Marie und Malou für ihre Mithilfe bei der Produktion bekam, ließ sie sich von der Frau des Bürgermeisters, die gerne mal mit ihrem Mann in der Dolly nach Straßburg zum Einkaufen fuhr, japanische oder genauer gesagt japanisch aussehende Blumenstoffe mitbringen, aus denen sie so etwas wie Kimonos nähte und kunstvoll um ihren Körper band. Coraline war inzwischen wie besessen von traditioneller japanischer Kleidung und nahm auch immer mehr die Verhaltensweisen dieses Inselvolks an: Sie verbeugte sich vor mir, statt sich wie sonst mit einem Küsschen von mir zu verabschieden; sie hielt ihre Hände ruhig bei sich, wenn sie redete, obwohl sie früher gerne gestikuliert hatte; sie verbat uns in vollem Ernst, die Zahl Vier auszusprechen, weil diese Ziffer angeblich Unglück bringe. Stellen Sie sich vor: Coraline überklebte deswegen sogar unsere Hausnummer, sodass nur noch die Eins von ihr übrig blieb.

»Die Eins passt sowieso besser zu uns«, sagte sie lapidar und kletterte, sichtlich erleichtert, mit dem Klebeband in der Hand die Leiter wieder herunter.

Auch die Liebesperlen, die ziemlich appetitlich aussahen und nach Kakao rochen, waren schnell weg – so schnell, dass Coraline mit dem Kneten der Kügelchen nicht mehr hinterherkam und eine Warteliste abarbeiten musste, die Marie von ihren Kunden erstellt hatte.

»Der Bürgermeister bestellt gleich fünf minus einem Paar! Was der wohl vorhat?«

»Coraline, jetzt übertreibst du es aber mit deinem Aberglauben, sag doch einfach, dass es vie…«

»Nein!, nicht!!«, unterbrach Coraline ihre älteste Schwester. »Nicht diese Zahl sagen, sie bringt nur Unglück. Oder den Tod.«

»Coraline, was ist denn das für dummes Gerede?«

»Wieso?«

»Reiner Hokuspokus.«

»Na und? Was muss ich denn hier die ganze Zeit kneten? Ist doch auch nichts anderes als nach Schokolade riechender Aberglaube.«

»Ja, aber einer, der wirkt, oder?«

»Woher willst du denn wissen, dass es nicht wirkt, wenn ich fünf minus eins laut ausspreche?«

»Weil du, bevor du zur Japanerin wurdest, diese Zahl ständig laut ausgesprochen hast – und es ist nie etwas passiert. Und außerdem glaube ich nur an das Gute, nicht an das Böse.«

»Du hast es gut.«

»Ja, stimmt, das habe ich – und jetzt knete weiter, uns fehlen noch über fünfzig Stück von den Liebesperlen.«

Wir freuten uns riesig über die Einnahmen, aber auch über das nicht enden wollende Interesse an Malous Voodookunst, die meine Älteste perfekt zu verkaufen wusste und die inzwischen nicht nur ein ganzes Dorf verzaubert hatte, sondern auch die umliegenden Ortschaften für sich einnahm. Glauben Sie mir, es wurden in jenem Dezember weitaus mehr Liebeslieder jubiliert, als es normalerweise um diese Zeit der Fall war.

Nachdem sich das Jahr dem Ende zuneigte und Jahresenden mich schon immer an den Rand meiner Kräfte geführt haben (wegen der Dunkelheit, der Kälte und weil das Zurückblicken auf das, was man erlebt und geleistet hat, eine ganz eigene Anstrengung mit sich bringt), entschied ich kurzerhand, dass wir alle Erholung verdienten. Und so schloss ich – entgegen unserer einstigen Ankündigung – das *Chez Malou* über die Feiertage und darüber hinaus noch bis zur zweiten Januarwoche. Nach dem Heiligdreikönigstag wollten wir wieder da sein.

Es tat uns allen gut.

Sie können sich gar nicht vorstellen, wie stark das Bedürfnis zu schlafen in meiner Familie war. Vor halb elf rührte sich niemand im Haus. Auch das ausgebaute Reich im alten Bergahorn ruhte unbewegt im Geäst.

Es war ein Glück, dass mit dem ersten Weihnachtsfeiertag auch der Eisregen und die gefrierende Nässe aufhörten, weshalb Malou und Jérôme sich ebenso gut wie wir diese Auszeit nehmen konnten, da die Gefahr auf der Straße nachließ und sie nicht im Eineinhalbstundentakt zum Streuen ausfahren mussten. Ich gönnte sie ihnen, und sie war auch dringend notwendig.

Während wir in diesen geruhsamen Tagen Canasta spielten, Tiere falteten, den Ofen schürten, Zwiebelsuppe auf dem Herd vor sich hin köcheln ließen, während wir in Fotoalben blätterten, Musik abspielten, den Boden wichsten (das machten wir alle Jahre wieder – jeder hat ja so seine ganz eigene Familientradition) und Malou und Jérôme sich freiwillig daranmachten, kleinere Reparaturmaßnahmen im Haus vorzunehmen, fällte ich noch eine viel weitreichendere Entscheidung: Verantwortung abzugeben.

Marie und Malou waren gewachsen. Damit meine ich nicht, dass sie die Zweimetermarke weit überschritten hatten – was bei Malou auch gar nicht so auffällig gewesen wäre –, sondern dass sie an ihren Aufgaben gereift waren. Mir war klar geworden, dass die beiden keinerlei Interesse hatten, Bois-de-Val jemals zu verlassen. Hier hatten sie sich eingenistet, hier waren sie glücklich, hier wollten sie bleiben. In unserem Dorf waren sie auch wer, und das nicht erst seit der Erfindung der Liebesbomben.

Jemand zu sein, bedeutete Malou sehr viel. Es hatte mit seiner Geschichte zu tun und mit dem Versprechen, das er seiner hundertjährigen Großmutter gegeben hatte, bevor er sie in einem Land zurückließ, in dem er für sich keine Zukunft mehr gesehen hatte.

Perspektiven im Leben zu haben ist wohl eines der wichtigsten Dinge, die man braucht, damit einem als junger Mensch Flügel wachsen. Das sage ich jetzt, da ich schon fast ein Jahrhundert auf dem Buckel habe. Aber das dachte ich auch damals schon. Jedenfalls wollte ich Marie und Malou diese Perspektive bieten. Sie hatten in letzter Zeit so viel geschäftliches Geschick bewiesen und Eigenverantwortung übernommen, dass ich es als richtig empfand, ihnen auch offiziell das Zepter in die Hand zu geben. Ich überließ ihnen das *Chez Malou* (mit ein paar Auflagen, aber das auszuführen, führe hier zu weit. Nur so viel: Keines meiner Mädchen sollte benachteiligt werden. Ich regelte alles fair, damit es keinen Unmut deswegen gab. Es ist gut zu wissen, dass es wegen meines Erbes, sobald ich das Gras von unten küsse, keinen Streit zwischen meinen Kröten geben wird).

Ich machte kein großes Aufheben darum. Ich verkündete meine Entscheidung einfach, als wir alle Suppe schlürften: »Marie, Malou, es wird Zeit, dass ich mich wieder um eine Stelle als Préparatrice en Pharmacie bemühe. Das kann ich nur tun, wenn ihr beide das *Chez Malou* übernehmt. Wollt ihr euch dieser Verantwortung stellen?« Ich sagte es so, als würden sie mir damit einen Gefallen tun, sollten sie zusagen. Was sie auch taten. Denn wenn ich ehrlich zu mir bin, wollte ich den beiden nicht nur eine Perspektive bieten und sie für ihren Geschäftssinn belohnen, ich wollte auch das *Chez Malou* loswerden. Monsieur Boberschram hatte es gegen sein schlechtes Gewissen eingetauscht, und das wollte ich keinesfalls haben.

Marie und Malou wussten das. Sie durchschauten mich und kamen gar nicht auf die Idee, diesen Mitgrund für das Übergeben des Ladens zu ignorieren. Sie sagten, im Wechsel, als hätten sie sich schon lange auf diese Rede vorbereitet:

»Ja, Momma, …«

»… es ist sicherlich …«

»… ratsam, …«

»… sich von dem …«

»… zu lösen, was dich …«

»… betrübt.«

* * *

Der Winter verging, nachdem er uns zwei Monate lang einen Wechsel von knackigem Frost und Tauwetter beschert hatte. Jedes Mal waren die Vorboten des Frühlings mit sibirischer Kälte bestraft worden, weshalb Anfang Februar niemand in Bois-de-Val so recht glauben wollte, dass die für diese Jahreszeit recht kräftige Sonne dem eisigen Grau des Winter tatsächlich den Garaus machen würde.

Doch bald schon roch es überall im Dorf nach feuchter Erde, nach Leben, das – noch unsichtbar für uns – unter der Erde zu sprießen begann. Schneeflöckchen, Märzenbecher, Zaubernuss, Windröschen und Krokusse begrüßten uns in diesem jungen Jahr weitaus früher als sonst. Ich befürchtete, die zarte Pracht würde bald wieder unter einer dicken Schneedecke begraben werden und kaputtgehen. Aber ich irrte mich. Das Frühjahr war mit dem Februar gekommen und ließ sich nicht mehr vertreiben.

Zweimal ging ich in diesen ersten, neues Leben versprühenden Tagen zum Friedhof. Einmal wie immer mittwochs, mit meinen Mädchen, um Bernard die neuesten Informationen zu liefern. Und dann gleich noch am Donnerstag, weil ich das Grab herrichten wollte. Es gab zwar wegen der Steinplatte, die wir für Bernard ausgesucht hatten, nicht wirklich viel zu tun, aber trotzdem genug, um meinen Mann ein zweites Mal in einer Woche zu besuchen. Mich hatten die Farben des frühen Frühjahrs angesteckt, und mir war die Idee gekommen, es Bernard etwas schöner zu machen – weniger grau und kühl.

Ich hatte Kuhschellen dabei, die ich um die Steinplatte herum einpflanzen wollte. Sie würden Bernards steinerne Lebensdaten mit ihren violetten Glockenblüten, die die dottergelben Staubblätter umfassten, zum Leuchten bringen. Außerdem gefiel mir der Gedanke, dass diese Blumen Tiefwurzler waren und irgendwann mit ihren Wurzelspitzen Bernards Sarg streifen würden. Es mag Ihnen albern vorkommen, aber ich dachte: Wenn ich zu Bernard spreche, müssten sich auch die Kuhschellen angesprochen fühlen (es ist ja bekannt, dass Pflanzen besser gedeihen, wenn man mit ihnen redet). Sie würden versuchen, mir zu antworten, indem sie sich bewegten und mit ihren Wurzeln zitterten, die dann den Sarg zum Vibrieren bringen würden. Wenigstens ein bisschen. Ich weiß, dass es keine Logik hat, Bernard einen Gruß in die Tiefe schicken zu wollen, während er doch im Himmel weilt. Vielleicht braucht es aber auch keine Logik, um mit einem Toten zu sprechen. Vielleicht braucht es da einfach nur die Vorstellung und das Gefühl, dass man imstande ist, eine Verbindung zu einer Seele aufzubauen, damit diese erst entsteht. In jedem Fall sahen die Kuhschellen fantastisch um Bernards Steinplatte aus. Das kann ich Ihnen sagen.

Ich sah in den Himmel, der exakt die Farbe von Monsieur Boberschrams Augen hatte, und ließ mir von den Strahlen der Sonne über die Wangen streicheln. Ich dankte Bernard für diese zärtliche, aufmunternde Geste, winkte ihm zu und schickte ihm einen Kuss hinauf, der meinen Lippen warm entkam. Dann ging ich in die Knie und nahm etwas Erde von den vorderen Kuhschellen, die sich beim Eingraben der Blumen auf die Blüten verirrt hatte. Ohne noch einmal darüber nachzudenken, ob der richtige Zeitpunkt gekommen war, mich endlich Bernard anzuvertrauen (Sie wissen ja, ich wollte ihn mit meinen Gefühlen für jemand anderen nicht belasten), sagte ich in das Violett der Blüten hinein: »Unser Malou hat recht, weißt du, Liebling. Die Liebe fragt nicht danach, ob sie liebt, sie tut es einfach. Und wahrscheinlich wäre ich nie zu dieser Erkenntnis gekommen, wenn Monsieur Boberschram in Bois-de-Val geblieben wäre. Aber jetzt, da er fort ist, weiß ich es: Ich kann ihn lieben, obwohl er nicht den Mut gehabt hatte, sich mir anzuvertrauen. Ich liebe ihn, und diese Liebe tut mir weh, weil er da ist und trotzdem weg. Ich hoffe, du verstehst das und kannst mir verzeihen.«

Kaum hatte ich meine Ansprache beendet, flog ein Schmetterling herbei, setzte sich nieder auf die Kuhschelle, von der ich zuvor die Erde entfernt hatte. Vier orangefarbene kleine Punkte auf gelben Flügeln, deren Adern deutlich sichtbar hervortraten. Der Zitronenfalter badete in der Sonne und bewegte sich nicht. Wie ein Schmuckstück hatte er sich auf die Kuhschelle gelegt.

Ich beugte mich nach vorne, um ihn genauer zu betrachten. Da hob er ab und setzte sich flugs auf meine Nase. Wie versteinert blieb ich in meiner Position und schielte auf den Falter vor mir, der mich leicht kitzelte. »Danke«, sagte ich zu ihm und glaubte, zu Bernard zu reden. »Danke.«

Als ich blinzelte, flog er davon – dem wässrig-blauen Himmel entgegen, mit dem er irgendwann verschmolz.

Ich blieb noch eine Weile in der Hocke, bevor ich mich erhob und meinen Weg nach Hause durch den Kies antrat, der die Gräber voneinander trennte und miteinander verband. Ich hörte den Vögeln nach, die in den Bäumen, den Sträuchern, dem kleinen Mauerstück am Rand saßen und ihre Stimmen kräftigten – und fühlte mich beseelt, leicht wie eine Feder.

Ich kam an Marguerites Grab vorbei und blieb stehen. Monsieur Boberschram hatte sich stets so viel Mühe gegeben, es gepflegt, ach, was sage ich, es mit besorgniserregender Akribie akkurat gehalten, dass es mir in den Augen wehtat zu sehen, wie verwahrlost es inzwischen war. Die rote Plastikverschalung der Grablichter war von Nässe und Kälte angegriffen, rissig, ausgeblichen, die meisten Lichter hatte der Wind auch umgeschmissen. Nun lagen sie verstreut vor Marguerites Grabstein und auf dem Kiesweg, wie angeschwemmtes Strandgut. Von den einstigen symmetrischen Miniaturarabesken aus Blumen und Büschen, die Monsieur Boberschram angeordnet hatte, war nur noch Gestrüpp übrig geblieben, durch das sich vereinzelt frische grüne Knospen ihren Weg bahnten.

Ich bückte mich und hob die Grablichter auf. Diejenigen, die noch in Ordnung waren, stellte ich so auf, wie Monsieur Boberschram es getan hatte – in Reih und Glied. Ich versuchte, den Abstand zwischen den einzelnen Lichtern so exakt gleich zu halten, dass er eine Überprüfung mit dem Lineal bestanden hätte. Dann machte ich mich daran, die trockenen Blätter der Blumen und Büsche abzuzupfen, um dem neuen Leben, das sich darunter entwickelt hatte, Licht und Luft zu verschaffen.

Es gab viel zu tun auf diesem kleinen Stück Grün, und ich kam heftig ins Schwitzen, während der Laubhaufen neben mir anwuchs. Doch ich wurde rasch für meine Mühe belohnt. Marguerites Grabstätte sah bald wieder annehmbar aus, und es bereitete mir Freude zu sehen, wie sie nach und nach der Vorstellung eines Barockgartens en miniature ähnelte.

Als ich mit dem Lappen in den Wassereimer fuhr, den ich mitgebracht hatte, um Bernards Steinplatte zu säubern, und nun damit über Marguerites Inschrift wischte, spürte ich sie:

Monsieur Boberschrams Anwesenheit. Es war, als umarmte mich die Frühlingsluft von hinten und hielte mich fest in ihren Armen.

Ich drehte mich um, den Lappen in der Hand, von dem sich ein paar Tropfen lösten und die Erde nässten. Da sah ich ihn. Er stand keine fünf Meter von mir entfernt neben der großen Linde am Friedhofseingang, deren Silhouette sich über ihm ausbreitete.

Ich ließ den Lappen fallen, wischte mir die feuchten Hände an der Hose ab, machte wie automatisch einen Schritt in seine Richtung. Monsieur Boberschram stieß sich vom Stamm der Linde ab, an dem er gelehnt hatte, und ging ebenso einen Schritt auf mich zu. Dann noch einen und noch einen. Ich tat es ihm gleich. So näherten wir uns im Stakkatorhythmus an, bis wir nur noch einen Meter voneinander entfernt waren und sich unsere Blicke liebkosten.

Ich roch den starken, karamelligen Duft, der von mir ausging und von dem ich hoffte, er sei trotz seiner Intensität genießbar. Gerade in dem Moment, als ich mir vorstellte (und mich ein wenig dafür schämte), dass für jedermann sichtbar Karamellschwaden von meinem Körper aufsteigen würden, verringerte Monsieur Boberschram den letzten Meter Abstand, der uns voneinander trennte, und gab mir die Hand. Besser gesagt: Er hielt sie mir so hin, dass ich sie nur noch ergreifen musste, um mit ihm vereint den Friedhof zu verlassen. Was wir auch taten – ohne uns noch einmal umzublicken, ohne an den Putzeimer, den Lappen und den Laubhaufen zu denken, die neben Marguerites Grab liegen blieben. (Keine Sorge, natürlich holte ich alles ab, aber erst am nächsten Tag.)

Wir schlenderten einfach los, langsam, bedächtig, im Gleichschritt, das rechte Bein zuerst. Wir passierten das Friedhofsgatter, bogen an der Kirche ab und auf den Schotterweg, der über eine kleine Anhöhe zu der Gasse führte, in der

der Bürgermeister wohnte und in der bis vor Kurzem auch Albert Guschl gelebt hatte. Wir sahen zwei Kätzchen nach, die miteinander tollten, als wir an ihnen vorbeigingen. Dann bogen wir zum Fußballplatz ein, der jungfräulich vor uns lag. Wir blieben stehen, die Köpfe gesenkt, und ohne es zu wissen, weil ich Monsieur Boberschram nie danach fragte, bin ich mir sicher, dass wir beide damals das Gleiche taten: Wir dachten an unsere Toten, an meinen Vater, an seinen Vater, an meine Mutter, an seine Mutter, an Bernard, an Marguerite. Doch wir taten es nicht aus Trauer, sondern mit Liebe.

Ohne uns abzusprechen, lösten wir uns nach einer Weile aus diesem innigen Moment und schlenderten weiter am Fußballplatz vorbei in Richtung der Häuser von Madame Rohrbach und Madame Guggebühl, die seit den Liebesbomben ihre Erzfeindschaft beigelegt hatten. Sie standen am Gartenzaun und unterhielten sich. Wir nickten ihnen zu, als wir an ihnen vorbeikamen, und waren für die Sprachlosigkeit verantwortlich, die ihrem nachbarschaftlichen Geplauder kurzfristig ein Ende bereitete.

Die Vögel zwitscherten ihre Lieder, aber es waren die Spatzen, die unseren innigen Spaziergang bereits von den Dächern pfiffen, als wir weitergingen, vorbei an den Rundbogenfenstern der Schule, vorbei an Monsieur Allmery und Mademoiselle Dupont, vorbei an Madame de Wauterin und ihrem grobschlächtigen Ehemann, der gerade seine Kinder beschimpfte, vorbei an Morgane, Florian und Raymond, vorbei an Dolly, unter der unserer Bürgermeister lag, vorbei an seiner Frau, die ihm die Werkzeuge hinhielt, wenn er sie darum bat, vorbei an Claude Ribeau, der eigentlich zu alt war, um noch Bäume zu fällen, aber zu jung, um in den Ruhestand zu gehen, vorbei an Madame Andanacher und allen anderen bis hin zu Monsieur Littwillers Hof, vor dem uns die grunzenden Schweine fröhlich begrüßten, und wieder zurück, bis wir an meinem Haus vorbeikamen. Coraline, Chloé, Anne und Jérôme standen draußen im Garten und winkten uns nacheinander, beginnend bei meiner Jüngsten, zu. Als wir meine Kröten, die nicht vollzählig waren, wie wir natürlich bemerkten, aber nicht verwunderlich fanden, hinter uns gelassen hatten und uns weiter die Straße in Richtung *Chez Malou* bewegten, hörten wir noch, wie meine Mädchen und Jérôme versuchten, mit zwei Fingern im Mund dem Gepfeife der Vögel Konkurrenz zu machen.

Wir lächelten in uns hinein und hielten erst an, als wir vor dem Laden standen. Da flogen plötzlich zwei Weißstörche herbei, wie aus dem Nichts, glühend rot die Beine, ausladend und weiß mit schwarzem Rand das Federkleid. Sie landeten auf dem Drahtgestell, das Malou einst als Unterbau für das Storchennest errichtet hatte, und begannen zu klappern.

Ich konnte es nicht glauben, dass sie endlich da waren, die Störche, die ich so lange vermisst hatte und die so eng mit mir, mit Bois-de-Val, mit dem Elsass, mit unserer Kultur verbunden waren, dass es reinstes Glück für mich bedeutete, sie dort oben, über dem *Chez Malou,* ankommen zu sehen.

Ich atmete tief ein und aus.

»Du weißt, was das heißt, Madame Nan?«, fragte Monsieur Boberschram.

Ich schüttelte den Kopf.

»Nein«, sagte ich, »aber ich weiß, was es bedeutet.«

Und während wir so dastanden, Hand in Hand, und dem Storchenpaar dabei zusahen, wie es klapperte und diesen Ort als geeigneten Horst für sich und seinen Nachwuchs auserkor, kamen alle herbeigelaufen, vor Freude jubelnd. Vornedran Malou und Marie, die mit einer Hand und kreisrunden Bewegungen sanft über ihren Bauch streichelte.

* * *

Morgen ist mein Geburtstag. Ich werde dreiundneunzig Jahre alt. Ich kann es selbst kaum glauben. So viele Kerzen werden auf keinen Kuchen mehr gesteckt. Nicht, weil es zu viel Aufwand wäre, sondern, weil die ersten schon abgebrannt wären, während die letzten gerade angezündet würden. Dafür werde ich die aus Wachs gegossene Neun vom letzten Jahr bekommen, die schon etwas an Höhe verloren hat, dazu eine jungfräuliche Drei mit weißem, frischem Docht. Ich werde schon Mühe haben, diese beiden Ziffern mit einem Mal auszublasen. Gegen Ende geht einem doch die Luft aus. Aber ich werde keine Mühe haben, mir dabei etwas zu wünschen. Denn Wünsche gehen einem nie aus, egal, wie alt man ist.

Morgen ist aber nicht nur ein besonderer Tag, weil es mein Geburtstag ist. Es ist auch ein historischer Tag, den die jungen Bois-de-Valer aus dem Geschichtsunterricht kennen, an dem es eine Schweigeminute in der Kirche geben wird, über den in den meisten Häusern beim Abendessen gesprochen wird, an dem bei Wein, Schnaps und Bier im Restaurant, in der Kneipe, im *Chez Malou* die Vergangenheit lebendig wird. Denn morgen ist auch der Tag, an dem Bois-de-Val vor genau achtzig Jahren zerstört wurde, der Tag, an dem Monsieur Boberschrams Mutter ums Leben kam und an dem, mit ihrem Tode, auch das Ende meines Vaters besiegelt wurde.

Es hat sich viel getan in all den Jahren, die einem ganzen Menschenleben entsprechen. Bois-de-Val ist enorm gewachsen, nachdem wir Anfang der Achtzigerjahre eine besonders hohe Geburtenrate zu verzeichnen hatten – Sie können sich ja vorstellen, warum. Wenn ich sage, die Einwohnerzahl Bois-de-Vals verdoppelte sich, ist das keineswegs übertrieben. Unser Dorf wuchs und wuchs und verjüngte sich dabei. Von den jungen Leuten aber spricht heute kaum einer mehr Elsässisch. Unsere regionale Sprache stirbt mit mir und mit allen, die so alt sind wie ich, und das sind ja ganz wenige. Zwar gibt es ein paar von den Jüngeren, die sich darum bemühen, dass das Elsässische am Leben bleibt, allen voran Malou und meine vier Kinder, auch zwei meiner Enkelinnen. Aber es ist ein Kampf gegen die Zeit und damit mit dem Unausweichlichen – das auch mir bald bevorsteht. Ich spüre, dass meine Frist auf der Erde abgelaufen ist. Doch ich werde glücklich von ihr gehen. Glücklich, stolz und zufrieden. Als Mutter von vier wunderbaren Kröten, die mir tagein, tagaus ihre zwölf großartigen Kinder aufs Auge gedrückt haben (»Momma, kannst du heute auf sie aufpassen? Ich muss arbeiten, ich bin krank, ich treffe mich mit einer Freundin, ich möchte in Ruhe shoppen gehen, ich brauche mal wieder etwas Zeit für mich, für mich und meinen Mann, weißt du, Momma, die Kinder wollen lieber bei dir sein, du gibst ihnen so viel Süßes …«). Ich gehe aber auch als stolze Urgroßmutter von zwei Neugeborenen (heutzutage lässt man sich ja Zeit mit dem Kinderkriegen), es sind Buben, Tony und Güschti (Antoine und Auguste), wer hätte gedacht, dass der Storchenspruch doch noch wahr würde? Und ich gehe als Elsässerin, die im Laufe der Jahre Europäerin wurde. Ich gehe als verwitwete Frau zweier fantastischer Männer, die ich so geliebt habe wie sie mich: Bernard, Gott hab ihn selig, und Monsieur Boberschram, der mich vor nicht allzu langer Zeit verlassen musste, er wurde neunundneunzig Jahre alt und erklärte Coraline, kaum dass wir zusammen waren, dass er jetzt in seinem fünften und besten Leben angekommen sei – womit er recht behielt.

Ich kann es kaum erwarten, den beiden dabei zuzusehen, wie sie auf Wolkenfeldern zusammen Fußball spielen. Ich kann es kaum erwarten, sie in die Arme zu schließen und gemeinsam mit ihnen hinabzublicken auf unser Dorf, in dem die Brut unserer Liebe beheimatet ist.

AUS MADAME NANS ELSÄSSISCHER REZEPTEKÜCHE

Baeckeoffe

Zutaten für 4 Personen:

250 g Lammschulter
250 g Rindfleisch
500 g Schweinelende
1 Schweinefuß
0,45 ml trockener Weißwein aus dem Elsass
4 große Zwiebeln oder Schalotten
2 Knoblauchzehen
Thymian
2 Lorbeerblätter
Koriander
Salz und Pfeffer
500 g festkochende Kartoffeln
5 Karotten
1 Stange Lauch
300 g Mehl
Butter für die Form

Zubereitung:

Am Vortag das Fleisch in mittelgroße Scheiben schneiden und 24 Stunden zugedeckt im Kühlschrank in einer Marinade aus Weißwein, zu Ringen geschnittenen Zwiebeln oder Schalotten (2 Stück), zerhacktem Knoblauch, Thymian, 2 Lorbeerblättern, Koriander, Pfeffer und Salz einlegen.

Am nächsten Tag die Marinade von der Fleischmischung abgießen und in einem Gefäß auffangen.

Kartoffeln kochen und in dünne Scheiben schneiden. Karotten schälen und zerkleinern, die übrig gebliebenen 2 Zwiebeln in Ringe schneiden, ebenso den gewaschenen Lauch.

Eine Terrine mit Butter einfetten. Das Mehl mit 0,15 l Wasser und etwas Salz zu einem elastischen Teig verkneten und eine Rolle formen. Diese Rolle auf dem Rand der Terrine anlegen und fest in den Bräter drücken.

Der Reihenfolge nach einschichten: Kartoffeln, Zwiebeln, Lauch, Karotten, Fleischmischung. Den Vorgang wiederholen und mit Kartoffeln und Zwiebeln abschließen. Immer wieder zwischen den Lagen mit Salz und Pfeffer nachwürzen, dann mit der Marinade übergießen, bis das Fleisch-Gemüse-Gemisch gut im Saft steht. Den Deckel der Terrine fest in den Teig am Bräterrand drücken, bis alles gut verschlossen ist. Dann im vorgeheizten Backofen (170 °C) für ca. 3 ½ Stunden garen.

Direkt aus der Terrine zusammen mit Salat servieren.

Pot-au-feu à la Madame Nan

Zutaten für 4 Personen:

1 Beinscheibe
500 g Hochrippe
600 g flache Schweineschulter
1 Stange Lauch
2 Steckrüben
4 Karotten
1 festkochende Kartoffel
1 Sellerieknolle
einige Wirsingblätter
1 Kohlrabi (optional)
1 Zwiebel oder 2 Schalotten
1 Knoblauchzehe
1 Bund Petersilie
2 Stiele Liebstöckel
1 Thymianzweig
1 Gewürznelke
2 Lorbeerblätter
grobes Meersalz
Pfeffer
1 Becher süße Sahne
frisch geriebener Meerrettich

Zubereitung:

Fleisch, Gemüse und Kräuter gut waschen. Das Gemüse schälen und nur grob in Stücke schneiden. Die Kräuter zupfen und in einer Schale aufbewahren. Das Fleisch mit Küchenpapier trocken tupfen und zusammen mit dem grob zerkleinerten Gemüse, den Kräuterstielen, Gewürznelke und Lorbeerblätter in einen

Topf geben. Mit kaltem Wasser bedecken, mit etwas Meersalz bestreuen und alles zum Kochen bringen. Immer wieder Schaum mit einer Schöpfkelle abseihen, der an der Oberfläche entsteht. Nach etwa 1 Stunde das Gemüse und die Kräuterstiele herausheben, abtropfen lassen und in eine Schale geben, bis alles abgekühlt ist. Kräuterstiele entsorgen und das Gemüse dann klein schneiden und weiter in der Schale aufbewahren.

Das Fleisch mindestens noch weitere 2–2 ½ Stunden bei niedriger Hitze und leicht geöffnetem Deckel köcheln lassen, überschüssiges Fett immer wieder abschöpfen. Dann das gare Fleisch herausheben und in Scheiben schneiden. Das Gemüse in die Brühe geben und das Fleisch in den Pot-au-feu einlegen, mit Pfeffer und Salz nachwürzen. Kurz nachwärmen lassen, Fleisch und Gemüse heiß servieren.

Zum Schluss die Sahne aufschlagen, Meerrettich untermengen und zum Pot-au-feu dazureichen.

Die Brühe entweder als Vorspeise servieren oder aufbewahren für die Bois-de-Valer Grießsuppe.

Choucroute Royale mit Schweineschwanz

Zutaten für 4 Personen:

2 kg feines Sauerkraut
3 Karotten
3 große Zwiebeln
2 Knoblauchzehen
200 g Gänseschmalz
8 Gewürznelken
15 Wacholderbeeren
8 Korianderkörner
2 Lorbeerblätter
250 ml Gemüsebrühe
250 ml trockener Weißwein aus dem Elsass
Pfeffer
Meersalz

Für die Garnitur:

500 g Kasseler
4 Wiener Würste
4 Hackklößchen
1 kleines Eisbein
1 Schweineschwanz
400 g geräucherter Speck
250 g Saucisse de Montbéliard
4 dicke Scheiben Schinken
500 g kleine Kartoffeln

Zubereitung:

Das Sauerkraut unter kaltem Wasser spülen und dann ausdrücken. Karotten würfeln, Zwiebeln und Knoblauchzehen in dünne Scheiben schneiden und alles zusammen in einem großen Topf im Gänseschmalz anbraten. Sauerkraut hinzufügen und erhitzen. Die Gewürze (Nelken, Wacholderbeeren, Korianderkörner, Lorbeerblätter) dazugeben. Mit Gemüsebrühe und Weißwein auffüllen, etwas pfeffern und salzen.

Sobald das Sauerkraut gut erhitzt ist, das Fleisch einschichten. Falls nötig, noch mit etwas Gemüsebrühe und Weißwein auffüllen. 1 ½ Stunden bei mittlerer Hitze und geschlossenem Deckel sanft köcheln lassen. Danach die Kartoffeln schälen, hinzufügen und mindestens 30 Minuten mitköcheln lassen, bis sie gar sind.

Die Choucroute Royale mit Dijonsenf reichen.

Fleischschnacka

Zutaten für 4 Personen:

Für den Nudelteig:

300 g Mehl
200 g Grieß
6 Eier
Wasser
Salz

Für die Füllung:

1 Zwiebel
Butter
1 Bund Petersilie
1 Knoblauchzehe
250 g Pökelfleisch vom Rind, gekocht, aber nicht geräuchert
50 g Weißbrot
100 ml Milch
100 ml trockener Weißwein aus dem Elsass
1 Ei
750 ml Fleischbrühe
20 g Mehl
Öl
Pfeffer
Salz

Zubereitung des Nudelteigs:

Mehl, Grieß und Eier miteinander verrühren. Wasser und Salz hinzufügen. Gut durchkneten. Eine Stunde zugedeckt ruhen lassen.

Zubereitung der Füllung:

Die *Zwiebeln hacken und in Butter anbraten. Petersilie und Knoblauchzehe hacken und mit dem Fleisch vermischen. Das Weißbrot in der Milch aufweichen und das Ei unterrühren. Die Fleischbrühe dazutun und miteinander vermischen.*

Zubereitung der Fleischschnacka:

Den Nudelteig dick ausrollen (ca. 0,3 cm). Die Fleischmischung darauf streichen und den Nudelteig wie eine Biskuitrolle zusammenrollen. Den Rand mit etwas Wasser bestreichen und ankleben.

Die gefüllte Teigrolle in Scheiben schneiden (ca. 5 cm), mit Mehl bestäuben und in Butter und Öl in einer Pfanne anbraten. Zum Schluss etwas Fleischbrühe dazugeben und 30 Minuten schmoren lassen.

Die Fleischschnacka mit gemischtem Salat servieren.

Kaninchen in Rotwein mit glasierten Möhren, Feldsalat und Rauke

Zutaten für 4 Personen:

Für das Kaninchen:

4 Zwiebeln
300 g Schinken
60 g Butter
2 kg Kaninchen, küchenfertig
2 Knoblauchzehen, gehackt
trockener Rotwein aus dem Elsass
Geflügelbrühe
Pfeffer
grobes Meersalz
1 Zweig Rosmarin
1 Bund Thymian
6 Wacholderbeeren
4 Nelken
2 Lorbeerblätter
Crème fraîche

Für die glasierten Möhren:

1 kg junge Bundmöhren
80 g Butter
20 g Zucker
0,25 l Gemüsebrühe
Pfeffer
grobes Meersalz

Zubereitung des Kaninchens:

Zwiebeln und Schinken in Streifen schneiden, in einer Pfanne in Butter anbraten. Danach in einen Bräter geben, das Kaninchenfleisch drauflegen und leicht andrücken. Mit dem gehackten Knoblauch beträufeln.

Rotwein und Geflügelfond zusammengießen, mit Pfeffer und etwas Salz würzen, Rosmarin, Thymian, Wacholderbeeren, Nelken, Lorbeerblätter hinzugeben. Den Bräter abdecken und im Ofen bei 180 °C ca. 1–1½ Stunden schmoren.

Währenddessen die Zubereitung der glasierten Möhren vornehmen. Dann das Kaninchen aus der Soße nehmen, die Soße abschmecken, etwas Crème fraîche unterrühren und zusammen mit den glasierten Möhren, dem Feldsalat und der Rauke anrichten.

Zubereitung der glasierten Möhren:

Die *Bundmöhren waschen und schälen, dabei das Grün ca. 2 cm lang stehen lassen.*

Butter und Zucker in einer großen Pfanne erhitzen, die Möhren dazugeben (dickere Möhren halbieren) und bei mittlerer Hitze und unter Wenden ca. 3 Minuten lang anschwitzen. Gemüsefond angießen, pfeffern, salzen und die Bundmöhren bei geringer Hitze und ohne Deckel glasieren, bis die Flüssigkeit verdampft ist.

Feldsalat und Rauke putzen, mit Essig und Öl anrichten und zusammen mit den glasierten Möhren und dem Kaninchen servieren.

Süri Nierle an selbst gemachten Bandnudeln

Zutaten für 4 Personen:

Süri Nierle:

2 Zwiebeln
Öl
800 g Kalbsnieren, geputzt und in ca. 1 cm breite Streifen geschnitten
60 g Schweineschmalz
1 TL Mehl
4 EL Rotweinessig
0,25 l dunkler Kalbsfond
Estragon
4 Nelken
2 Lorbeerblätter
Salz
Pfeffer

Bandnudeln, selbst gemacht:

250 g Mehl
2 Eier
3 EL Wasser
4 EL Öl
1 TL Salz

Zubereitung der Süri Nierle:

Die Zwiebeln schälen und würfeln.

Öl in einer großen Pfanne erhitzen, die Kalbsnieren dazugeben und unter Wenden anbraten.

Zwiebeln und Schweineschmalz dazugeben und weitere 1–2 Minuten braten. Mit 1 Teelöffel Mehl bestäuben, kurz schwenken und mit dem Rotweinessig ablöschen. Den Kalbsfond angießen und mit Estragon, Nelken und Lorbeerblättern würzen.

Bei starker Hitze etwa 1 Minute kochen. Mit Salz und Pfeffer kräftig abschmecken.

Zubereitung der Bandnudeln:

Das Mehl in eine Schüssel sieben, salzen. Eier, Wasser und Öl hinzugeben und alles so lange kneten, bis der Teig geschmeidig ist. Den fertigen Teig in Klarsichtfolie wickeln und ca. 30 Minuten kühl aufbewahren.

Die Arbeitsfläche mit Mehl bestreuen. Den Teig mit einem Nudelholz dünn ausrollen (ca. 0,2 cm). Mit Mehl bestäuben und zu einer großen Wurst einrollen. Die Teigwurst in ca. 1 cm dicke Scheiben schneiden, dann vorsichtig jede einzelne Nudel wieder ausrollen.

Die Nudeln in kochendem Salzwasser ca. 3 Minuten garen und abgießen.

Kartoffelpfanne mit Speck und Munsterkäse

Zutaten für 4 Personen:

600 g Kartoffeln
200 g Speck
1 Zwiebel
geklärte Butter
Pfeffer
Salz
Muskatnuss, frisch gerieben
1 EL Majoran, frisch gehackt
1 TL Kümmel
300 g vollreifer Munsterkäse

Zubereitung:

Die Kartoffeln waschen und kochen, abdampfen lassen, schälen und in dünne Scheiben schneiden.

Den Backofen auf 250° C vorheizen.

Den Speck in Würfel schneiden, die Zwiebel schälen und ebenso in Würfel schneiden. Die Kartoffeln in einer Pfanne gemeinsam mit den Zwiebel- und Speckwürfeln in geklärter Butter goldbraun anbraten. Mit Pfeffer, Salz und etwas Muskat, Majoran und Kümmel würzen.

Den Käse in Würfel schneiden und gleichmäßig über die gebratenen Kartoffeln verteilen.

Im Backofen ca. 10 Minuten überbacken.

Bois-de-Valer Grießsuppe

Zutaten für 4 Personen:

1 Bund Suppengrün (Knollensellerie, 3 Karotten, 2 Pastinaken, Lauch)
1 Zwiebel oder 2 große Schalotten
50 g Butter
70 g Hartweizengrieß
1 l Hühnerbrühe (für Vegetarier auch Gemüsebrühe)
0,15 l trockener Weißwein aus dem Elsass
1 Bund Schnittlauch
150 g Crème fraîche
2 Eigelb
Salz
Pfeffer
Muskatnuss, frisch gerieben

Zubereitung:

Das Suppengrün (Knollensellerie, 3 Karotten, 2 Pastinaken, Lauch) putzen und mit der Zwiebel oder den Schalotten fein würfeln. Alles zusammen in der Butter 3 Minuten in einem Topf andünsten. Den Grieß dazugeben und unter Rühren kurz anrösten. Mit Brühe und trockenem Weißwein ablöschen. So lange rühren, bis die Suppe aufkocht. Dann zugedeckt bei milder Hitze ca. 10 Minuten garen. Währenddessen den frischen Schnittlauch schneiden. Crème fraîche mit den Eigelben verquirlen und langsam in die Suppe rühren, mit Salz, Pfeffer und Muskat würzen. Nach Belieben mit Schnittlauch bestreut servieren.

NACHBEMERKUNG

Bois-de-Val ist ein fiktives Dorf im Elsass, für das mir das real existierende Dorf Wihr-au-Val als Vorlage galt. Die Geschichte von Bois-de-Val ähnelt in vieler Hinsicht der von Wihr-au-Val, erhebt aber nicht den Anspruch auf historische Wahrheit.

Über die gesamte Region des Elsasses existieren lokale Mundarten. Das »Elsässische« kennt daher keine feste Schreibweise. Die Mundart wird von Dorf zu Dorf, von Stadt zu Stadt anders gesprochen. Die elsässischen Sätze auf S. 17, 44, 62, 188 und 189 stammen aus *Proverbes d'Alsace/Elsässische Sprichwörter* von H. J. Troxler, Editions du Bastberg, 1977. Die anderen elsässischen Sätze sowie einzelne Wörter wurden von meiner elsässischen Großmutter aus dem Deutschen ins Elsässische übersetzt.